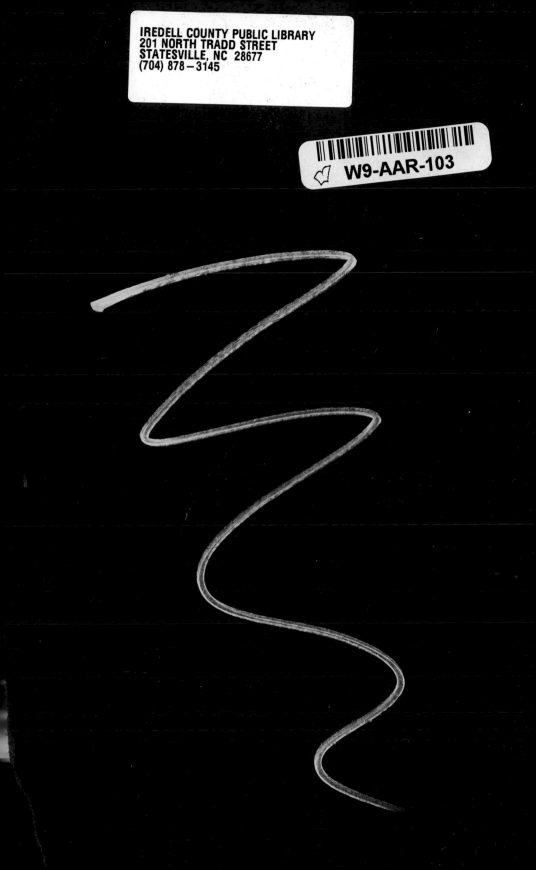

# CROSS

# CROSS

## James Patterson

Traducción de Daniel Laks Adler

EDICIONES B
GRUPO ZETA

Barcelona • Bogotá • Buenos Aires • Caracas • Madrid • México D.F. • Montevideo • Quito • Santiago de Chile

Título original: *Cross*

Traducción: Daniel Laks Adler

1.ª edición: mayo 2008

© 2006 James Patterson
© Ediciones B, S. A., 2008
   Bailén, 84 - 08009 Barcelona (España)
   *www.edicionesb.com*

Publicado originalmente por Little, Brown and Company, New York, NY.
De esta edición, publicada por acuerdo con Linda Michaels Limited, Inter-
national Literary Agents.

Printed in Spain
ISBN: 978-84-666-3211-9
Depósito legal: B. 17.778-2008

Impreso por LIBERDÚPLEX, S.L.U.
Ctra. BV 2249 Km 7,4 Polígono Torrentfondo
08791 - Sant Llorenç d'Hortons (Barcelona)

*Dedicado a la escuela diurna de Palm Beach;*
*a Shirley y al director Jack Thompson*

# Prólogo

¿Cómo se llama, señor?

THOMPSON: Soy el doctor Thompson, del centro médico de Berkshires. ¿Cuántos disparos oyó usted?

CROSS: Muchos disparos.

THOMPSON: ¿Cómo se llama, señor?

CROSS: Alex Cross.

THOMPSON: ¿Respira con dificultad? ¿Siente algún dolor?

CROSS: Me duele el abdomen. Lo noto encharcado. Me falta la respiración.

THOMPSON: ¿Sabe que le han disparado?

CROSS: Sí. Dos veces. ¿Está muerto? ¿El Carnicero? ¿Michael Sullivan?

THOMPSON: No sé. Han muerto varios hombres. Vale, chicos, pasadme un Ventimask. Dos vías intravenosas de alto flujo, ¡rápido! Dos litros de suero salino intravenoso. ¡Ya! Señor Cross, vamos a intentar moverlo y llevarlo a un hospital de inmediato. Aguante un poco. ¿Todavía me oye? ¿Sigue usted conmigo?

CROSS: Mis hijos... díganles que los quiero.

PRIMERA PARTE

# NADIE VA A QUERERTE NUNCA COMO TE QUIERO YO – 1993

# 1

—Estoy embarazada, Alex.

Recuerdo toda aquella noche con claridad meridiana... Aún hoy, después de tanto tiempo, con todos los años que han pasado, todo lo que ha ocurrido, tantos asesinatos espantosos, homicidios a veces resueltos y a veces no.

Yo estaba de pie en el dormitorio, a oscuras, rodeando suavemente con los brazos la cintura de Maria, mi mujer, con la barbilla apoyada en su hombro. Tenía entonces treinta y un años, y no había sido más feliz en toda mi vida.

Nada se aproximaba ni de lejos a lo que había entre los cuatro, Maria, Damon, Jannie y yo.

Era el otoño de 1993, aunque ahora me parece que hace un millón de años.

Eran también las dos de la mañana pasadas, nuestra pequeña Jannie tenía tos ferina y estaba hecha polvo. La pobrecita había pasado casi toda la noche despierta, casi todas las últimas noches, casi toda su joven vida. Maria mecía suavemente en sus brazos a Jannie, tarareando *You Are So Beautiful*, y yo rodeaba a Maria con los míos, meciéndola a ella.

Era yo el que se había levantado primero, pero por más trucos que intenté no hubo forma de conseguir que Jannie volviera a dormirse. Maria había aparecido y cogido al bebé al cabo de una hora, más o menos. Los dos teníamos que ir a trabajar temprano. Yo estaba metido en un caso de asesinato.

—¿Estás embarazada? —dije contra el hombro de Maria.

—Mal momento, ¿eh, Alex? ¿Ves mucha tos ferina en tu futuro? ¿Chupetes? ¿Más pañales sucios? ¿Noches como ésta?

—Ésa no es la parte que más me gusta. Andar levantado tan tarde, o tan temprano, o lo que quiera que sea esto. Pero me encanta nuestra vida, Maria. Y me encanta que vayamos a tener otro bebé.

Sin soltar a Maria, encendí la música del móvil que flotaba sobre la cuna de Janelle. Bailamos en el sitio al son de *Someone to Watch Over Me*.

Entonces me ofreció esa preciosa sonrisa suya, medio vergonzosa, medio bobalicona, igual que la que me había conquistado, tal vez la misma noche en que la vi por primera vez. Nos habíamos conocido en Urgencias del San Antonio, en el curso de una emergencia. Maria había traído a un pandillero que tenía asignado, víctima de un tiroteo. Era una trabajadora social muy entregada, y se mostraba protectora; sobre todo, porque yo era un temido detective de Homicidios de la policía metropolitana, y ella no se fiaba precisamente de la policía. Por otra parte, yo tampoco.

Estreché un poco más mis brazos alrededor de Maria.

—Soy feliz. Eso ya lo sabes. Me alegro de que estés embarazada. Vamos a celebrarlo. Voy a por champán.

—Te va el papel de padrazo, ¿eh?

—Sí. No sé muy bien por qué, pero sí.

—¿Te gusta que te despierten los bebés berreando en mitad de la noche?

—Esto también pasará. ¿Verdad, Janelle? ¡Jovencita, te estoy hablando!

Maria apartó la cabeza del bebé gimoteante y me besó levemente en los labios. Tenía la boca suave, siempre incitante, siempre sexy. Adoraba sus besos; a cualquier hora, en cualquier parte.

Finalmente se liberó de mis brazos.

—Vuelve a la cama, Alex. No tiene sentido que estemos despiertos los dos. Duerme un poco por mí también.

En ese momento, vi algo más en el dormitorio, y me eché a reír, sin poder evitarlo.

—¿De qué te ríes? —Maria sonreía.

Señalé con el dedo y ella también lo vio. Tres manzanas: cada una con un único bocado de niño. Las manzanas estaban colocadas sobre las patas de tres muñecos de peluche, dinosaurios Barney de distintos colores. Descubrimos el juego fantasioso de Damon, que ya gateaba. Nuestro pequeño se había dejado caer por la habitación de su hermana Jannie.

Mientras me dirigía a la puerta, Maria me obsequió de nuevo con su sonrisa bobalicona. Y con un guiño. Susurró... y nunca olvidaré estas palabras suyas:

—Te quiero, Alex. Nadie va a quererte nunca como te quiero yo.

# 2

A sesenta y cinco kilómetros del D.C., en Baltimore, dos matones arrogantes de pelo largo, de veintimuchos años, hicieron caso omiso del letrero de «Sólo socios» y entraron pavoneándose en el club social San Francisco de la calle South High, no lejos del puerto. Ambos individuos iban bien armados y sonreían como un par de cómicos monologuistas.

Había en el club aquella noche veintisiete capos y soldados, jugando a las cartas, tomando grapas y cafés exprés, viendo a los Bullets perder ante los Knicks por la tele. De golpe se hizo un tenso silencio en la sala.

Nadie entraba así como así en el San Francisco de Asís, sobre todo no estando invitados y sí armados.

Uno de los intrusos de la entrada, un hombre llamado Michael Sullivan, saludó al grupo tranquilamente. «Tiene gracia esta mierda —pensaba Sullivan para sí—. Tanto tipo duro italiano, y están todos sentados rumiando.» Su compañero, o *compare*, Jimmy Galati, alias *Sombreros*, echó un vistazo general a la sala desde debajo del ala de un baqueteado fedora negro, como el que llevaba Squiggy en *Laverne & Shirley*. El club social era de lo más típico:

sillas rectas, mesas de jugar a las cartas, un bar improvisado, italianos asomando entre la carpintería.

—¿Y nuestro comité de bienvenida? ¿No hay banda de música? —preguntó Sullivan, que vivía para la pugna, del tipo que fuera, verbal o física. Siempre había sido así: él y Jimmy Sombreros contra todos los demás, desde que tenían quince años y se escaparon de sus casas en Brooklyn.

—¿Quién coño sois vosotros? —preguntó un soldado de a pie, levantándose de una de las desvencijadas mesas de cartas como un resorte. Debía de medir casi metro noventa, tenía el pelo negro azabache, y andaría por los 100 kilos; era evidente que hacía pesas.

—Mi amigo es el Carnicero de Sligo. ¿No habéis oído hablar de él? —dijo Jimmy Sombreros—. Somos de Nueva York. ¿Habéis oído hablar de Nueva York?

# 3

El mafioso peripuesto no reaccionó, pero un hombre de más edad, de traje negro y camisa blanca abotonada hasta el cuello, levantó la mano, un poco como el Papa, y habló muy despacio en un inglés con un acento deliberadamente marcado.

—¿A qué debemos este honor? —preguntó—. Por supuesto que hemos oído hablar del Carnicero. ¿Qué os trae a Baltimore? ¿Qué podemos hacer por vosotros?

—Sólo estamos de paso —dijo Michael Sullivan dirigiéndose al hombre mayor—. Tenemos que hacer un trabajito para el señor Maggione en el D.C. ¿Han oído hablar del señor Maggione, caballeros?

Hubo gestos de asentimiento por toda la sala. El tenor de la conversación sugería de momento que el asunto era decididamente serio. Dominic Maggione controlaba la familia de Nueva York, que controlaba casi toda la Costa Este, por lo menos hasta Atlanta.

Todos los presentes en la sala sabían quién era Dominic Maggione y que el Carnicero era su sicario más despiadado. Se decía que utilizaba con sus víctimas cuchillos de carnicero, bisturís y mazos. Un reportero del *Newsday* había dicho de uno de sus asesinatos: «Esto no puede ser obra de ningún ser humano.» El Carnicero era temido tanto en los círculos de la Mafia como en la policía. De modo que para los presentes en la sala fue una sorpresa que el asesino fuera tan joven y pareciera un actor de cine, con su pelo rubio y sus llamativos ojos azules.

—¿Y qué hay del respeto debido? Oigo mucho esa palabra, pero no veo ningún respeto en este club —dijo Jimmy Sombreros, quien, al igual que el Carnicero, era conocido por amputar manos y pies.

Repentinamente, el soldado que se había puesto en pie hizo un amago, y el Carnicero lanzó un brazo al frente en un visto y no visto. Rebanó al hombre la punta de la nariz, y a continuación el lóbulo de una oreja. El soldado se llevó las manos a ambos puntos de su cara y dio un paso atrás, tan rápido que perdió el equilibrio y cayó violentamente sobre el suelo entarimado.

El Carnicero era rápido, y a todas luces tan bueno con los cuchillos como se le suponía. Era como los asesinos sicilianos de los viejos tiempos, y así era como había aprendido a manejar el cuchillo, de uno de los soldados viejos del sur de Brooklyn. Demostró un talento natural para las amputaciones y para machacar los huesos. Consideraba estas cosas su sello personal, los símbolos de su brutalidad.

Jimmy Sombreros había sacado una pistola, una semiautomática del calibre 44. Sombreros era también conocido como Jimmy *el Protector*, y le guardaba las espaldas al Carnicero. Siempre.

Ahora Michael Sullivan caminaba despacio por la sala. Tiró de una patada un par de mesas, apagó la tele y desconectó el enchufe de la cafetera. Todo el mundo intuía que iba a morir alguien. Pero ¿por qué? ¿Por qué había soltado Dominic Maggione a este pirado sobre ellos?

—Observo que algunos de ustedes están esperando que monte un numerito —dijo—. Lo veo en sus ojos. Lo huelo. Pues, qué demonios, no quiero decepcionar a nadie.

Súbitamente, Sullivan se agachó sobre una rodilla y apuñaló al soldado herido que yacía allí en el suelo. Lo apuñaló en la garganta, y luego en la cara y el pecho, hasta que el cuerpo quedó completamente inerte. Era difícil contar las cuchilladas, pero debieron de ser una docena, probablemente más.

Entonces vino lo más raro. Sullivan se puso en pie e hizo una reverencia sobre el cuerpo del muerto. Como si todo esto no fuera para él más que un gran espectáculo, una simple actuación.

Finalmente, el Carnicero dio la espalda a la sala y echó a andar despreocupadamente hacia la puerta. Sin temor a nada ni a nadie. Sin volver la cabeza, dijo:

—Un placer conocerlos, caballeros. La próxima vez, muestren un poco de respeto. Hacia el señor Maggione, si no hacia mí y el señor Jimmy Sombreros.

Jimmy Sombreros sonrió a la sala y se ladeó el fieltro.

—Sí, es así de bueno —dijo—. Y os diré una cosa, con la motosierra es aun mejor.

# 4

El Carnicero y Jimmy Sombreros se estuvieron partiendo el culo de risa en el coche con la visita al club social San Francisco de Asís durante la mayor parte del viaje por la I-95 a Washington, donde tenían un trabajo delicado que hacer al día siguiente, y tal vez al otro. El señor Maggione les había ordenado que hicieran una parada en Baltimore para hacer una demostración. El Don sospechaba que un par de capos locales le estaban metiendo la cuchara. El Carnicero supuso que había hecho bien su trabajo.

Eso formaba parte de su creciente reputación: que no sólo era bueno matando, sino que era tan inexorable como un infarto para un gordo que se alimente de huevos fritos con beicon.

Estaban entrando en el D.C., por la ruta monumental que pasa por el monumento a Washington y otros importantes edificios de mucho copete. «*My country 'tis of V*», cantaba Jimmy Sombreros con voz más que desafinada.

Sullivan rió con un resoplido.

—Es que eres cojonudo, James, compadre. ¿Dónde coño has aprendido eso? ¿*My country 'tis of V*?

—En la parroquia de San Patricio, Brooklyn, Nueva York, donde aprendí todo lo que sé de leer, escribir y hacer cuentas; y donde conocí a ese hijoputa chiflado llamado Michael Sean Sullivan.

Al cabo de veinte minutos, habían aparcado el Grand Am y se habían unido al desfile nocturno de la juventud que iba de aquí para allá por la calle M de Georgetown. Un montón de «pringaos» universitarios pasmados, más Jimmy y él, «un par de brillantes asesinos profesionales», pensó Sullivan. Así que, ¿a quién le estaba yendo mejor en la vida? ¿Quién estaba triunfando, y quién no?

—¿Alguna vez has pensado que deberías haber ido a la universidad? —preguntó Sombreros.

—No podía permitirme el recorte del sueldo. Con dieciocho tacos, ya estaba ganando 75.000 dólares. ¡Además, me encanta mi trabajo!

Hicieron parada en el Charlie Malone's, un garito local, popular entre la población universitaria de Washington, por alguna razón que Sullivan no acertaba a imaginar. Ni el Carnicero ni Jimmy Sombreros habían pasado del instituto, pero ya dentro del bar, Sullivan entabló conversación sin ningún problema con un par de alumnas de escuela mixta que no tendrían más de veinte años, probablemente dieciocho o diecinueve. Sullivan leía mucho, y se acordaba de casi todo, así que podía hablar prácticamente con cualquiera. Su repertorio de esta noche incluía los tiroteos contra soldados americanos en Somalia, un par de películas recientes de éxito y hasta un poco de poesía romántica: Blake y Yeats, lo que pareció encandilar a las jóvenes estudiantes.

Además de con su encanto, no obstante, Michael Sullivan contaba con un gran atractivo físico, y era consciente de ello: delgado pero fibroso, metro ochenta y cinco, melenita rubia, una sonrisa capaz de deslumbrar a cualquiera con quien decidiera utilizarla.

De modo que no le sorprendió que Marianne Riley, de veinte años, nacida en Burkittsville, Maryland, empezara a ponerle unos ojitos de cordero no demasiado sutiles, y a tocarlo como hacen a veces las chicas lanzadas.

Sullivan se inclinó hacia la muchacha, que olía a flores silvestres.

—Marianne, Marianne... había una canción. Con la melodía del calipso. ¿Te suena? ¿«Marianne, Marianne»?

—Debe de ser de antes de que yo naciera —dijo la chica, pero a continuación le guiñó un ojo. Tenía unos ojos verdes espectaculares, labios rojos y carnosos, y llevaba un lacito de tela escocesa monísimo plantado en el pelo. Sullivan había tenido una cosa clara de inmediato: Marianne era una pequeña calientapollas, cosa que ya le parecía bien. A él también le gustaban los jueguecitos.

—Ya veo. Y el señor Yeats, el señor Blake, el señor James Joyce, ¿no son de antes de que tú nacieras? —la vaciló, con su sonrisa irresistible brillando al máximo. Entonces tomó la mano de Marianne y la besó delicadamente. Tiró de ella levantándola del taburete y, agarrándola, dio una graciosa vuelta al ritmo de la canción de los Rolling que sonaba en la sinfonola.

—¿Adónde vamos? —preguntó ella—. ¿Adónde se cree que vamos, caballero?

—No muy lejos —dijo Michael Sullivan—. Señorita.

—¿No muy lejos? —le interpeló Marianne—. ¿Qué quiere decir eso?

—Ya lo verás. No te preocupes. Confía en mí.

Ella se echó a reír, le dio un besito en la mejilla y siguió riéndose.

—En fin, ¿cómo resistirme a esos letales ojos tuyos?

# 5

Marianne estaba pensando que en realidad no quería resistirse a ese tío tan guapo de Nueva York. Además, dentro de aquel bar de la calle M estaba a salvo. ¿Cómo iba a pasarle nada malo ahí dentro? ¿Qué truco podía intentar nadie? ¿Poner la última de los New Kids on the Block en la sinfonola?

—No me gusta mucho estar bajo los focos —iba diciendo él, conduciéndola hacia el fondo del bar.

—Te crees el nuevo Tom Cruise, ¿verdad? ¿Siempre te da resultado esa enorme sonrisa tuya? ¿Te sirve para conseguir todo lo que quieres? —preguntó ella.

Pero también le sonreía, desafiándolo para que pusiera en juego sus mejores artes.

—No sé, M. M. A veces funciona bastante bien, supongo.

Entonces la besó en la penumbra del pasillo del fondo del bar, y el beso estuvo todo lo bien que Marianne podía esperar, más bien dulce, de hecho. Decididamente más romántico de lo que se hubiera imaginado. Él no aprovechó para intentar meterle mano, cosa que a ella a lo mejor tampoco le habría importado, pero esto estaba mejor.

—Uuuh —exhaló, y agitó la mano ante su cara como abanicándose. Lo hizo de broma, sólo que no del todo en broma.

—Hace mucho calor aquí, ¿no crees? —dijo Sullivan, y la sonrisa de la estudiante floreció de nuevo—. ¿No te parece que estamos muy apretados?

—Lo siento: no voy a salir de aquí contigo. Esto ni siquiera es una cita.

—Lo entiendo —dijo él—. En ningún momento he pensado que te vendrías conmigo. Ni se me ha pasado por la cabeza.

—Por supuesto que no. Para eso eres todo un caballero.

Él volvió a besarla, y el beso fue más profundo. A Marianne le gustó que no se rindiera a las primeras de cambio. Pero daba lo mismo: no se iba a ir con él a ninguna parte. Ella no hacía esas cosas, nunca; bueno, al menos hasta entonces.

—Besas bastante bien —dijo—, eso tengo que admitirlo.

—Tú no te defiendes mal —dijo él—. A decir verdad, besas de miedo. Ha sido el mejor beso de mi vida —la vaciló.

Sullivan se reclinó con todo su peso sobre una puerta... y de pronto entraron trastabillando en el servicio de caballeros. Entonces Jimmy Sombreros se acercó a vigilar la puerta desde el exterior. Siempre le cubría las espaldas al Carnicero.

—No, no, no —dijo Marianne, pero no podía dejar de reírse de lo que acababa de pasar. ¿El servicio de caballeros? Resultaba muy gracioso. Un poco raro, pero gracioso. Del tipo de cosas que uno hace cuando está en la universidad.

—Crees en serio que puedes hacer lo que te dé la gana, ¿verdad? —le preguntó.

—La respuesta es sí. La verdad es que acostumbro a hacer lo que me apetece, Marianne. —De pronto había sacado un bisturí y sostenía su filo cortante y reluciente muy cerca de su garganta, y todo cambió en un abrir y cerrar de ojos—. Y tienes razón, esto no es una cita. Ahora no digas ni una palabra, Marianne, o será la última que pronuncies en tu vida, te lo juro por los ojos mi madre.

## 6

—Ya hay sangre en este bisturí —dijo el Carnicero en un susurro ronco, destinado a volverla loca de miedo—. ¿La ves? —Entonces se tocó los vaqueros por la zona de la entrepierna—. Pues esta cuchilla no hace tanto daño. —Blandió el bisturí ante los ojos de la chica—. Pero esta otra duele un montón. Puede desfigurar tu cara bonita de por vida. Y no estoy vacilando, universitaria.

Se bajó la bragueta y apretó el bisturí contra la garganta de Marianne Riley, pero sin cortarla. Le levantó la falda y le bajó las braguitas azules de un tirón. Dijo:

—No quiero cortarte. Eres consciente de eso, ¿no?

Ella apenas podía articular palabra.

—No lo sé.

—Tienes mi palabra, Marianne.

Entonces empujó con suavidad, introduciéndose en la estudiante lentamente, evitando hacerle daño con una embestida. Sabía que no debía quedarse allí mucho rato, pero se resistía a renunciar a sus prietas interioridades. «Qué demonios, no volveré a ver a Marianne, Marianne después de esta noche.»

Al menos fue lo bastante lista como para no llorar ni

tratar de resistirse con las rodillas o las uñas. Él, cuando hubo rematado la faena, le enseñó un par de fotografías que llevaba encima. Sólo para asegurarse de que ella entendiera su situación, de que la entendiera perfectamente.

—Tomé estas fotos yo mismo. Mira las fotos, Marianne. Y escucha: no debes hablar nunca de esta noche. Con nadie, pero especialmente no con la policía. ¿Me has entendido?

Ella asintió con la cabeza, sin mirarlo.

Él prosiguió:

—Necesito que pronuncies las palabras, niñita. Necesito que me mires, por mucho que te duela.

—Entendido —dijo ella—. Nunca se lo contaré a nadie.

—Mírame.

Levantó la vista y sus miradas se encontraron, y la transformación que se había obrado en ella era asombrosa. Sullivan vio miedo y odio, y era algo de lo que disfrutaba. El porqué era una historia muy larga, una historia sobre crecer en Brooklyn, un asunto entre padre e hijo que prefería guardarse para sí.

—Buena chica. Te parecerá raro que diga esto, pero me gustas. Quiero decir que siento afecto por ti. Adiós, Marianne, Marianne. —Antes de salir del lavabo, rebuscó en el bolso de la muchacha y cogió su cartera—. Es un seguro —dijo—. No hables con nadie.

Entonces, el Carnicero abrió la puerta y se marchó. Marianne Riley se permitió desplomarse sobre el suelo del lavabo, temblando de pies a cabeza. Nunca olvidaría lo que acababa de ocurrir; especialmente, aquellas terroríficas fotos.

## 7

—¿Quién anda levantado tan de buena mañana? Vaya, bendito sea Dios, pero mira quién es. ¿Estoy viendo a Damon Cross? ¿Y no es aquella Janelle Cross?

Mamá Yaya llegó puntualmente a las seis y media para cuidar de los críos, como hacía cada día de entre semana. Cuando irrumpió por la puerta de la cocina, yo estaba dándole a Damon copos de avena con una cuchara, mientras Maria sostenía a Jannie para que eructase. Jannie estaba llorando otra vez, malita, la pobre.

—Son los mismos niños que estaban levantados a mitad de la noche —informé a mi abuela, a la vez que apuntaba con la cuchara rebosante de gachas en la vaga dirección de la gesticulante boca de Damon.

—Damon puede hacer eso él solo —dijo Yaya, resoplando al dejar su fardo sobre la encimera de la cocina.

Parecía que había traído galletas calientes y..., ¿caería esa breva?..., mermelada casera de melocotón. Además de su surtido habitual de libros para el día. *Arándanos para Sal*, *El regalo de los Reyes Magos*, *La luna de las buenas noches*.

Le dije a Damon:

—Dice Yaya que sabes comer solo, amiguito. ¿Me lo estabas ocultando?

—Damon, coge la cuchara —dijo ella.

Y él lo hizo, por supuesto. Nadie se enfrenta a Mamá Yaya.

—Maldita seas —le dije a ella, y cogí una galleta. ¡Alabado sea el Señor, una galleta caliente! Siguió un bocado lento y delicioso con sabor a gloria—. Bendita seas, anciana. Bendita seas.

Maria dijo:

—Alex está un poco sordo últimamente, Yaya. Está demasiado ocupado investigando unos asesinatos que tiene entre manos. Le dije que Damon ya comía solo. Casi todo el rato, vaya. Cuando no está dando de comer a las paredes y al techo.

Yaya asintió.

—Come solo todo el rato. A menos que quiera pasar hambre, el niño. ¿Quieres pasar hambre, Damon? No, claro que no, cariño.

Maria empezó a reunir sus papeles del día. El día anterior se había quedado trabajando en la cocina hasta después de medianoche. Era trabajadora social municipal, y llevaba tantos casos como para parar un tren.

Cogió del colgador que había junto a la puerta trasera, además de su sombrero favorito, un pañuelo violeta, que combinaba con el resto de su indumentaria, predominantemente negra y azul.

—Te quiero, Damon Cross. —Se acercó apresurada y besó a nuestro hijo—. Y a ti, Jannie Cross. A pesar de la noche que nos has dado. —Le dio a Jannie un par de besos en cada mejilla.

Y luego cogió a Yaya por banda y le dio un beso.

—Y a ti también te quiero.

Yaya sonrió como si acabaran de presentarle a Cristo en persona, o a la Virgen tal vez.

—Y yo a ti, Maria. Eres un milagro.

—Yo no estoy aquí —dije desde mi puesto de escucha de la puerta de la cocina.

—Ah, eso ya lo sabemos —dijo Yaya.

Antes de poder irme a trabajar, yo también tuve que besar y abrazar a todo el mundo y repartir «tequieros». Sería cursi, pero no dejaba de sentar bien, y era un corte de mangas a quienes piensan que una familia ocupada y con mil agobios no puede disfrutar del amor y la diversión. Nosotros, desde luego, teníamos de eso a carretadas.

# 8

Como cada mañana, llevé a Maria en coche hasta su trabajo en el proyecto de viviendas de Potomac Gardens. Estaba a sólo quince o veinte minutos de la calle Cuatro, de todos modos, y nos permitía pasar un rato a solas.

Íbamos en el Porsche negro, la última evidencia del dinero que hice a lo largo de tres años de ejercicio privado de la psicología, antes de pasarme a plena dedicación al Departamento de Policía del D.C. Maria tenía un Toyota Corolla blanco que a mí no me gustaba mucho, pero a ella sí.

Parecía que estuviera en algún otro sitio mientras avanzábamos por la calle G aquella mañana.

—¿Estás bien? —pregunté.

Se rió y me guiñó el ojo como hacía ella.

—Un poco cansada. Me siento bastante bien, considerando las circunstancias. Ahora mismo estaba pensando en un caso que estuve estudiando anoche, como favor a Maria Pugatch. Se trata de una estudiante de la Universidad George Washington. La violaron en el aseo de caballeros de un bar de la calle M.

Fruncí el ceño y sacudí la cabeza.

—¿Hay otro estudiante implicado?

—Ella afirma que no, pero no quiere decir mucho más.

Arqueé las cejas.

—¿Así que probablemente conocía al violador? ¿Un profesor, tal vez?

—La chica asegura que nada de eso, Alex. Jura que no lo conocía.

—¿La crees?

—Me parece que sí. Claro que yo soy confiada y crédula, eso también. Parece una chica tan tierna...

No quería pasarme metiendo las narices en los asuntos de Maria. No era algo que nos hiciéramos el uno al otro, o al menos nos esforzábamos bastante por evitarlo.

—¿Hay algo que quieras que haga? —pregunté.

Maria negó con la cabeza.

—Estás muy ocupado. Hoy volveré a hablar con Marianne, la chica. A ver si consigo que se me abra un poco.

Un par de minutos después aparqué enfrente del proyecto de viviendas de Potomac Gardens, en la calle G, entre la Trece y Penn. Maria se había presentado voluntaria para venir aquí, dejando un trabajo mucho más cómodo y seguro en Georgetown. Creo que quiso venir porque había vivido en Potomac Gardens hasta los dieciocho, cuando se mudó a Villanova.

—Un beso —dijo Maria—. Necesito un beso. De los buenos. Nada de besitos en la mejilla. En los labios.

Me incliné y la besé; y luego volví a besarla. Nos morreamos un rato en el asiento delantero, y no pude evitar pensar en lo mucho que la quería, en la suerte de tenerla. Y lo que era aun mejor: sabía que Maria sentía lo mismo por mí.

—Tengo que irme —dijo por fin, y se escurrió fuera

del coche. Pero luego volvió a asomarse al interior—. Puede que no lo parezca, pero soy feliz. Soy muy feliz.

Y luego ese guiñito suyo otra vez.

Observé a Maria subir hasta arriba de la empinada escalinata de piedra del edificio de apartamentos en que trabajaba. Odiaba verla marcharse, y lo mismo me pasaba, como quien dice, cada mañana.

Me pregunté si se volvería a mirar si ya me había ido. Entonces lo hizo; vio que seguía allí, sonrió y me hizo adiós agitando la mano como una loca, o al menos como alguien locamente enamorado. Luego desapareció en el interior del edificio.

Hacíamos lo mismo prácticamente todas las mañanas, pero yo no me cansaba nunca. Sobre todo de ese guiño de Maria. «Nadie va a quererte nunca como te quiero yo.»

No lo ponía en duda ni por un instante.

# 9

Por aquel entonces, yo era un detective bastante destacado: me movía mucho, controlaba, estaba al loro. De ahí que empezaran ya a tocarme más casos difíciles y sonados de los que en justicia me habrían correspondido. El último no era uno de ésos, desafortunadamente.

Por lo que sabía el Departamento de Policía de Washington, la Mafia italiana no había operado nunca a gran escala en el D.C., probablemente debido a tratos a los que hubiera llegado con ciertas agencias como el FBI o la CIA. Hacía poco, sin embargo, que las cinco familias se habían reunido en Nueva York y habían acordado hacer negocios en Washington, Baltimore y algunas zonas de Virginia.

Como no era de extrañar, a los jefes de la delincuencia local no les había hecho gracia esta nueva política, en particular a los asiáticos que controlaban el tráfico de cocaína y heroína.

Un cacique chino de la droga llamado Jiang An-Lo había ejecutado a dos emisarios de la Mafia italiana hacía una semana. Una jugada poco afortunada. Y según algunas informaciones, la Mafia de Nueva York había enviado a un sicario de primera fila, o posiblemente a un equipo de sicarios, para ocuparse de Jiang.

Me había enterado de esto en el curso de una reunión informativa matinal de una hora en el cuartel general de la policía. Ahora John Sampson y yo nos dirigíamos en coche al centro de operaciones de Jiang An-Lo, un dúplex situado en una fila de adosados, en la esquina de la Dieciocho con M, en el distrito Noreste. Éramos uno de los dos equipos de detectives asignados al turno de vigilancia de la mañana, lo que entre nosotros llamábamos «Operación Control de Escoria».

Habíamos aparcado entre la Diecinueve y la Veinte y dado comienzo a nuestra vigilancia. El adosado de Jiang An-Lo estaba descolorido, con la pintura amarilla desconchada, y desde el exterior tenía un aspecto destartalado. Había un patio repleto de basura, que parecía caída de una piñata reventada. La mayoría de las ventanas estaban cubiertas con contrachapado o planchas de hojalata. Sin embargo, Jiang An-Lo era un pez gordo del narcotráfico.

El día empezaba a caldearse, y un montón de gente del vecindario había salido a pasear o se congregaba en las escaleras de entrada de las casas.

—¿En qué andan metidos los hombres de Jiang? ¿Éxtasis, heroína? —preguntó Sampson.

—Añade un poco de polvo de ángel. Se distribuye a lo largo de la Costa Este: el D.C., Filadelfia, Atlanta, Nueva York, arriba y abajo. Viene siendo una operación muy rentable, que es por lo que los italianos quieren meter baza. ¿Qué te parece la designación de Louis French como jefe de la Agencia?

—No conozco al tío. Pero lo han designado, así que no debe de ser el hombre satisfactorio.

Reí ante la verdad que había en la salida de Sampson;

luego nos agazapamos a esperar a que un grupo de matones de la Mafia se presentara e intentara eliminar a Jiang
An-Lo. En el caso de que nuestra información fuera exacta, claro.

—¿Sabemos algo del sicario? —preguntó Sampson.

—Se supone que es un irlandés —dije, y miré a Sampson para ver su reacción.

Él arqueó las cejas; luego se volvió hacia mí.

—¿Y trabaja para la Mafia? ¿Cómo es eso?

—Parece ser que el tío es muy bueno —aclaré—. Y
que está loco, además. Lo llaman el Carnicero.

A todo esto, un viejo muy encorvado había empezado
a cruzar la calle M mirando concienzudamente a izquierda y derecha. Iba fumando un cigarrillo con gran parsimonia. Se cruzó con un tipo blanco y chupado que llevaba un
bastón de aluminio colgado del codo. Los dos peatones
renqueantes se saludaron solemnemente con la cabeza, en
mitad de la calle.

—Vaya par de personajes —dijo Sampson, y sonrió—.
Así nos veremos nosotros algún día.

—Tal vez. Si tenemos suerte.

Y entonces Jiang An-Lo decidió hacer su primera apa-
rición del día.

Jiang era alto, y parecía casi consumido. Lucía una barbita de chivo, negra y descuidada, que le colgaba sus buenos veinte centímetros por debajo del mentón.

El señor de la droga tenía fama de ser taimado, competitivo y sanguinario, esto último a menudo sin necesidad, como si todo aquello no fuera para él más que un juego, peligroso y a lo grande. Había crecido en las calles de Shanghái, después se trasladó a Hong-Kong, luego a Bagdad, y finalmente a Washington, donde reinaba sobre varios barrios como un señor de la guerra chino del Nuevo Mundo.

Recorrí con la vista la calle M en busca de señales de peligro. Los dos guardaespaldas de Jiang parecían alerta, y me pregunté si lo habrían puesto sobre aviso; y de ser así, ¿quién? ¿Alguno de los miembros del Departamento de Policía que tenga en nómina? Era posible, decididamente.

También me preguntaba si ese asesino irlandés sería tan bueno como decían.

—¿Nos han visto ya los guardaespaldas? —dijo Sampson.

—Me figuro que sí, John. Estamos aquí como factor disuasorio más que otra cosa.

—¿Nos habrá visto también el sicario? —preguntó.

—Si es que está aquí. Por poco bueno que sea, si hay un sicario, probablemente también nos ha visto.

Cuando Jiang An-Lo estaba a mitad de camino a un reluciente Mercedes negro aparcado en la calle, otro coche, un Buick LeSabre, giró por la calle M. Aceleró, haciendo rugir el motor y rechinar los neumáticos al quemarlos contra el pavimento.

Los guardaespaldas de Jiang se dieron la vuelta hacia el coche, que seguía acelerando. Los dos habían sacado las pistolas. Sampson y yo abrimos violentamente las puertas de nuestro coche.

—Disuasorio, por mis cojones —masculló él.

Jiang vaciló, pero sólo por un instante. Luego empezó a caminar a grandes zancadas desgarbadas, casi como si estuviera intentando correr con una falda tobillera, en dirección al adosado del que acababa de salir. Se habría figurado, acertadamente, que continuaría en peligro si seguía adelante y llegaba al Mercedes.

Pero todo el mundo estaba confundido. Jiang, los guardaespaldas, Sampson y yo.

Los disparos vinieron de detrás del narcotraficante, de la dirección opuesta de la calle.

Tres sonoros estallidos de arma larga.

Jiang cayó y se quedó tendido en la acera, completamente inmóvil. Le manaba sangre de un lado de la cabeza como por un surtidor. Dudaba que estuviera vivo.

Di media vuelta y miré a la azotea de un edificio de piedra roja conectado con más azoteas que flanqueaban el otro lado de M.

Vi a un hombre rubio, que hizo una cosa rarísima: nos

dedicó una reverencia. No podía creerme lo que acababa de hacer. ¿Una reverencia?

Entonces se agachó tras un parapeto de ladrillo y desapareció de nuestra vista por completo.

Sampson y yo cruzamos la calle M a la carrera y entramos en el edificio. Subimos las escaleras de cuatro en cuatro escalones, a toda prisa. Cuando llegamos a la azotea, el tirador había desaparecido. No se veía a nadie por ninguna parte.

¿Había sido el sicario irlandés? ¿El Carnicero? ¿El sicario de la Mafia llegado de Nueva York?

¿Quién coño podía haber sido si no?

Aún no podía creer lo que había visto. No sólo que hubiera alcanzado a Jiang An-Lo con tanta facilidad, sino que hubiera hecho una reverencia tras su actuación.

# 11

Al Carnicero le resultó fácil mezclarse con los estudiantes que se pavoneaban por el campus de la Universidad George Washington. Iba vestido con vaqueros y una camiseta arrugada y gris que decía «Sección de Atletismo», y exhibía una baqueteada novela de Asimov. Se pasó la mañana leyendo *Fundación* sentado en varios bancos, controlando a las universitarias, pero pendiente sobre todo de si veía a Marianne, Marianne. Vale, era un poco obsesivo. Ése era el menor de sus problemas.

Cierto era que la chica le gustaba y llevaba ya veinticuatro horas vigilándola, y por eso había llegado ella a partirle el corazón. Se había largado y callado la boca. Lo sabía a ciencia cierta, porque la había oído hablar con Cindi, su mejor amiga, sobre una «consejera» con la que se había visto unos días antes. Después había vuelto para una segunda sesión de «consejo», en contra de sus órdenes y advertencias expresas.

Un error, Marianne.

Después de su muy selecta clase de las doce sobre literatura inglesa del siglo XVIII, Marianne, Marianne dejó el campus, y él la siguió, camuflado en un grupo de al menos veinte estudiantes. Supo enseguida que se dirigía a su apartamento. Perfecto.

Podía ser que no tuviera más clases ese día, o bien que tuviera un hueco de varias horas entre clases. Lo mismo le daba una cosa que otra. Había roto las reglas, y tenía que ocuparse de ella.

En cuanto supo adónde iba, decidió adelantársele. Como estudiante de último curso, le estaba permitido vivir fuera del campus, y compartía un pisito de dos habitaciones con la joven Cindi en la calle Treinta y nueve, esquina con Davis. Era una cuarta planta sin ascensor, y no tuvo ningún problema para entrar. La puerta principal tenía una cerradura de llave. Menudo chiste.

Decidió ponerse cómodo mientras esperaba, así que se desnudó, se quitó los zapatos y toda la ropa. En realidad, porque no quería manchársela de sangre.

Entonces esperó a la muchacha, leyó su libro un rato, estuvo haciendo tiempo. En el momento en que Marianne entró en su habitación, el Carnicero la agarró con ambos brazos y le puso el bisturí bajo la barbilla.

—Hola, Marianne, Marianne —susurró—. ¿No te dije que no hablaras?

—No se lo he contado a nadie —dijo ella—. Por favor.

—Mientes. Te dije lo que ocurriría, hasta te lo enseñé.

—No lo he contado. Te lo prometo.

—Yo también hice una promesa, Marianne. Por los ojos de mi madre.

Súbitamente, hizo un tajo de izquierda a derecha en la garganta de la universitaria. A continuación le hizo otro tajo en sentido contrario. Mientras ella se retorcía en el suelo, ahogándose hasta morir, le hizo algunas fotos. Iban a quedarle de concurso, desde luego. No quería olvidar nunca a Marianne, Marianne.

# 12

A la noche siguiente, el Carnicero seguía en el D.C. Sabía lo que estaba pensando Jimmy Sombreros, pero Jimmy era demasiado cobarde y tenía suficiente instinto de supervivencia como para no preguntarle: «¿Se puede saber qué coño estás haciendo ahora?» O: «¿Por qué seguimos en Washington?»

Lo cierto era que sí lo sabía. Estaba conduciendo un Chevrolet Caprice robado, con las ventanillas ahumadas, por el distrito de Washington conocido como Sureste, buscando una casa en particular, disponiéndose a matar de nuevo, y todo por culpa de Marianne, Marianne y esa bocaza suya.

Se había aprendido la dirección y calculaba que ya estaban cerca. Tenía que ocuparse de otro trabajito, y luego Jimmy y él podrían por fin salir zumbando de Washington. Caso cerrado.

—Las calles de por aquí me recuerdan a casa —soltó Jimmy Sombreros, sentado en el asiento del copiloto. Lo dijo como quien no quiere la cosa, tratando de aparentar que no le preocupaba que anduvieran dando vueltas por el D.C. tanto tiempo después de haberse cargado al chino.

—¿Y eso por qué? —preguntó el Carnicero, con la lengua firmemente plantada contra una mejilla. Sabía lo que iba a decir Jimmy. Lo sabía casi siempre. A decir verdad, el hecho de que Jimmy Sombreros fuera tan predecible le resultaba reconfortante, por lo general.

—Está todo que se cae a pedazos, ya sabes, ante nuestros propios ojos. Igualito que en Brooklyn. Y allí tienes el porqué. ¿Ves a esos negros campando por cada esquina, como quien dice? ¿Quién más podría vivir aquí? ¿Vivir así?

Michael Sullivan esbozó una sonrisa, pero no de satisfacción. Sombreros podía llegar a ser muy obtuso, y a resultar irritante.

—Si los políticos quisieran, podrían arreglar este desaguisado. No sería tan difícil, Jimmy.

—Joder, Mikey, lo tuyo es defender causas perdidas. Igual deberías meterte en política. —Jimmy Sombreros meneó la cabeza y se volvió a mirar por la ventanilla. Sabía cuándo no convenía seguir pinchándolo.

—¿Y no te estás preguntando qué coño hacemos aún aquí? —preguntó el Carnicero—. ¿No estás pensando que estoy más pirado que la última de las ratas de las casas de mierda de Coney Island? A lo mejor estás tentado de saltar del coche. De irte a la estación central y subirte a un tren de vuelta a Nueva York, Jimmy, compadre.

El Carnicero dijo esto sonriendo, así que Sombreros supo que probablemente no pasaría nada porque se riera él también. Probablemente. Pero el año pasado había visto a Sullivan matar a dos de sus «amigos», a uno con un bate de béisbol y a otro con una llave de fontanero. Había que andarse con cuidado en todo momento.

—¿Y qué hacemos aquí? —preguntó Sombreros—. Ya que deberíamos estar de vuelta en Nueva York.

El Carnicero se encogió de hombros.

—Estoy buscando la casa de un poli.

Sombreros cerró los ojos.

—Ay, Dios. Un poli no. ¿Por qué un poli? —Luego se cubrió la cara con el fedora—. No veo nada, no sé nada —masculló.

El Carnicero se encogió de hombros, pero el comentario le había hecho gracia.

—Tú confía en mí, y ya está. ¿Alguna vez te he fallado? ¿Alguna vez me he pasado mucho de la raya?

Ante esto, los dos rompieron a reír. ¿Se pasaba mucho de la raya Michael Sullivan alguna vez? La pregunta era más bien si alguna vez no se pasaba mucho de la raya.

Les llevó veinte minutos más dar con la casa que buscaba. Era una de dos pisos, con tejado de doble vertiente, que parecía recién pintada, con flores en los alféizares de las ventanas.

—¿Aquí vive, el poli? No es tan mal sitio, la verdad. Se la ha arreglado guay.

—Sí, Jimmy. Pero estoy por entrar y revolvérsela un poco. Puede que use la sierra. Que saque algunas fotos.

Sombreros crispó el gesto.

—¿Seguro que es buena idea? De verdad, te estoy hablando en serio.

El Carnicero se encogió de hombros.

—Ya lo sé. Me doy cuenta, James. Te sale humo de la cabeza de tanto pensar.

—¿Sabemos cómo se llama el poli? —preguntó Sombreros—. No por nada.

—No por nada. El poli se llama Alex Cross.

# 13

El Carnicero aparcó cosa de una manzana más arriba, en la misma calle Cuatro; entonces salió del coche y caminó apresuradamente de vuelta a la acogedora casa, de la que el poli tenía el piso de abajo. Conseguir la dirección correcta le había resultado bastante fácil. Para algo tenía la Mafia lazos con los federales. Avanzó por un lateral a pasos largos, tratando de no ser visto, pero no preocupado por que le vieran. En estos barrios, la gente no hablaba de lo que veía o dejaba de ver.

Este trabajo lo iba a despachar rápidamente. Entrar y salir de la casa, cuestión de segundos. Luego, a volver a Brooklyn, a cobrar su último trabajo y celebrarlo.

Pasó pisando por un frondoso macizo de diamante que rodeaba el porche trasero y se encaramó arriba. Entró tranquilamente por la puerta de la cocina, que gimió como un animal herido.

De momento, ningún problema. Había entrado en el lugar con toda facilidad. Se figuró que el resto sería también coser y cantar.

Nadie en la cocina.

¿Nadie en casa?

Entonces oyó llorar a un bebé y sacó su Luger. Tanteó el bisturí en su bolsillo izquierdo.

Este imprevisto era prometedor. Con un bebé en casa, la gente se volvía descuidada. Ya se había cargado a más de un tipo de esta manera, en Brooklyn y en Queens. A un chivato de la Mafia lo había cortado en pedacitos en su propia cocina, y luego había llenado con ellos la nevera familiar a modo de mensaje.

Atravesó un corto pasillo, moviéndose como una sombra. No hizo el menor ruido.

Luego asomó la cabeza por el saloncito, el cuarto de estar, lo que coño fuese.

Aquello no era precisamente lo que esperaba encontrarse. Un hombre alto, bien parecido, cambiándoles los pañales a dos críos pequeños. Y al tío parecía dársele bien, además. Sullivan se daba cuenta porque años antes había estado a cargo de tres mocosos, sus hermanos, en Brooklyn.

—¿Eres la señora de la casa? —preguntó.

El tipo levantó la vista y no pareció asustarse de él. Ni siquiera parecía sorprendido de que el Carnicero estuviera en su casa, pese a que tenía que haberse quedado de piedra, y probablemente tendría miedo. Era el detective Alex Cross. Conque no cabía duda de que el poli tenía un par de cojonazos, en todo caso. Desarmado, cambiándoles los pañales a sus hijos, pero demostrando entereza, auténtico carácter.

—¿Quién eres? —preguntó el detective Cross, casi como si dominara la situación.

El Carnicero cruzó los brazos, ocultando el arma a los críos. Diantre, a él los niños le gustaban. Era con los adultos con quienes tenía un problema. Como su viejo, por poner un ejemplo flagrante.

—¿No sabes por qué estoy aquí? ¿Ni idea?

—Puede que sí. Supongo que eres el sicario del otro día. Pero ¿por qué estás aquí? En mi casa. Esto no está bien.

Sullivan se encogió de hombros.

—¿Bien? ¿Mal? ¿Quién puede decirlo? Se supone que estoy un poco loco. Eso me dice la gente, al menos. Igual es eso. ¿No crees? Me llaman el Carnicero.

Cross asintió.

—Eso he oído. No hagas daño a mis hijos. Aquí no hay nadie más que yo. Su madre no está en casa.

—¿Y por qué iba yo a hacer eso? ¿Daño a tus hijos? ¿Daño a ti delante de tus hijos? No es mi estilo. Te voy a decir lo que haré. Me abro. Como te he dicho: loco. Has tenido suerte. Adiós, criaturas.

Entonces el sicario hizo otra reverencia, como había hecho después de abatir a Jiang An-Lo.

El Carnicero se dio media vuelta y salió del apartamento por donde había entrado. Dejó al detective estrella tratando de entender aquello. A pesar de todo, su locura obedecía a un método; cada paso que daba respondía siempre a un método. Sabía lo que hacía, y por qué, y cuándo.

# 14

Aquella noche con el Carnicero me afectó más que cualquier otra cosa que me hubiera pasado hasta entonces como policía. Un asesino dentro de mi casa. Plantado en el salón, junto a mis hijos.

¿Y qué se suponía que debía deducir yo de aquello? ¿Que había recibido un aviso? ¿Que tenía suerte de estar vivo? ¿Uf, qué suerte tengo? El asesino había perdonado la vida a mi familia. Pero ¿por qué había ido a por mí, de entrada?

El día siguiente fue uno de los peores que había pasado como policía. Mientras un coche patrulla vigilaba la casa, me citaron para tres reuniones distintas sobre la cagada en lo de Jiang An-Lo.

Se habló de una investigación interna, la primera en que me veía involucrado.

A causa de todas esas reuniones no programadas, que se sumaron al papeleo extra y a mi carga de trabajo habitual, llegué tarde a recoger a Maria en Potomac Gardens por la noche. Me sentí culpable por ello. No había llegado a acostumbrarme a que ella pasara tanto tiempo en un proyecto como el de Potomac Gardens, especialmente después de ponerse el sol. Ya estaba oscuro. Y Maria volvía a estar embarazada.

Pasaban un poco de las siete y cuarto cuando aquella noche llegué a la sede del proyecto. Maria no estaba esperándome fuera en la puerta como acostumbraba.

Aparqué y salí del coche. Empecé a andar hacia su oficina, que estaba situada cerca de mantenimiento, en la planta baja. Acabé echándome a correr.

Entonces vi a Maria salir por la puerta principal, y la noche se me arregló de golpe. Llevaba la cartera cargada con tantos papeles que no había podido cerrarla. Acarreaba debajo del brazo un montón de carpetas que no habían cabido en ella.

Aun así, se las arregló para saludarme con la mano y sonreír cuando me vio acercarme caminando. Rara vez se enfadaba porque yo cometiera errores, como pasar a recogerla con más de media hora de retraso.

Me daba igual que resultara cursi o pasado de moda, el caso era que verla me emocionaba, y así sucedía siempre entre nosotros. Había reordenado mis prioridades: Maria y nuestra familia en primer lugar, y luego el trabajo. Sentía que así debía ser, que era el equilibrio indicado.

Maria tenía una forma alborozada de llamarme por mi nombre.

—¡Alex! ¡Alex! —gritó, y me saludó con la mano mientras yo trotaba para reunirme con ella frente al edificio. Un par de pandilleros del barrio que estaban apoyados en la verja de la fachada se volvieron hacia nosotros y se echaron unas risas a nuestra costa.

—Hola, preciosa —exclamé—. Siento llegar tarde.

—No pasa nada. Yo también tenía trabajo. ¿Qué pasa, Reuben? ¿Estás celoso, chico? —le dijo a voces a uno de los pandilleros recostados en la verja.

Él se rió y le respondió del mismo modo:

—Ya te gustaría, Maria. Ya te gustaría tenerme a mí en vez de a él.

—Sí, claro. Qué más quisieras —respondió ella.

Nos besamos; no haciendo alarde, porque estábamos delante de su lugar de trabajo y los pandilleros estaban ahí mirando, pero sí como para que se notara que era un beso sentido. Luego le cogí las carpetas del trabajo, y nos dirigimos hacia el coche.

—Llevándome los libros —se mofó de mí—. Qué tierno, Alex.

—Si tú quieres, te llevo a ti.

—Te he echado de menos todo el día. Más incluso que de costumbre —dijo ella, y volvió a sonreírme. Luego apoyó la cara en mi hombro—. Te quiero tanto...

Maria se abandonó entre mis brazos, y entonces oí los disparos. Dos estallidos lejanos que no sonaron a gran cosa. No llegué a ver al tirador, ni el menor rastro. Ni siquiera tuve claro de qué dirección habían venido los tiros.

—Ay, Alex... —susurró Maria, y luego se quedó callada y muy quieta. No estaba seguro de que respirara.

Antes de hacerme a la idea de lo que ocurría, se me escurrió y cayó sobre la acera. Pude ver que le habían dado en el pecho, o en la parte de arriba del estómago. Estaba demasiado oscuro y era todo muy confuso como para aseverar nada más.

Traté de escudarla, pero entonces vi que le salía mucha sangre de la herida, así que la levanté en brazos y eché a correr.

Yo estaba cubierto de sangre también. Creo que grité, pero no estoy del todo seguro de qué ocurrió después de que comprendiera que habían disparado a Maria y que la cosa tenía mala pinta.

Me seguían a muy poca distancia dos de los pandilleros. Uno era Reuben.

Quizá querían ayudar. Pero yo no sabía si todavía era
posible ayudar a Maria. Temía que estuviera muerta en
mis brazos.

# 15

El hospital de San Antonio no estaba lejos, y yo corría todo lo rápido que podía con Maria hecha un guiñapo desmadejado y pesado en mis brazos. Mi corazón, la sangre acelerada, creaban un rugido ensordecedor en mis oídos, como si estuviera atrapado debajo, o tal vez dentro, de una ola oceánica a punto de romper sobre nosotros dos y ahogarnos en aquellas calles de la ciudad.

Tenía miedo de tropezar y caerme, porque sentía las piernas flojas y temblorosas. Pero también sabía que no podía reducir el paso, que no podía dejar de correr hasta que llegara a Urgencias.

Maria no había hecho el menor ruido desde que susurrara mi nombre. Yo estaba atemorizado, tal vez conmocionado, y desde luego afectado de «visión de túnel». Todo a mi alrededor era una nube borrosa que hacía que el momento pareciera aún más irreal.

Pero estaba corriendo, de eso no había duda.

Llegué a la avenida de la Independencia y vi por fin el rótulo luminoso rojo de «Urgencias» a menos de una manzana de distancia.

Tuve que detenerme a causa del tráfico, que era rápido

y denso. Empecé a gritar pidiendo ayuda. Desde donde me hallaba, podía ver a un grupo de auxiliares de hospital reunidos en corrillo, charlando entre ellos, pero no me habían visto todavía y con el ruido del tráfico no me oían.

No tenía otra elección, así que me adentré como pude en la calzada abarrotada.

Los coches viraban bruscamente para esquivarme, y un gran monovolumen plateado se detuvo en seco. Al volante iba un padre exasperado, y en el asiento trasero unos críos volcados al frente. Nadie me pitaba, tal vez porque veían a Maria en mis brazos. O quizá fuera por la expresión de mi cara. Pánico, desesperación, lo que fuese.

Los coches seguían frenando para dejarme pasar.

Yo pensaba para mis adentros: «vamos a conseguirlo». Se lo dije a Maria:

—Estamos en el hospital de San Antonio. Te pondrás bien, cariño. Casi hemos llegado. Aguanta, ya estamos allí. Te quiero.

Llegué al otro lado de la calle, y Maria abrió repentinamente los ojos de par en par. Me miró, clavó sus ojos en lo más profundo de los míos. Al principio, parecía confusa, pero luego enfocó la mirada sobre mi rostro.

—Cuánto te quiero, Alex —dijo Maria, y me hizo ese guiño suyo maravilloso. Y entonces los ojos de mi dulce niña se cerraron por última vez, y me dejó para siempre. Mientras yo seguía allí, de pie, aferrándome a ella como a un clavo ardiendo.

# 16

Maria Simpson Cross murió en mis brazos; cosa que no le conté a casi nadie, salvo a Sampson y a Mamá Yaya.

No quería hablar de los últimos momentos que pasamos juntos; no quería la compasión de nadie, ni que vinieran entrometiéndose. No quería satisfacer la necesidad de cotilleo banal de algunas personas, de estar al tanto del último suceso dramático que poder contar a media voz. Nunca, a lo largo de toda la investigación del asesinato que se desarrolló en los meses siguientes, entré en detalles de lo que había ocurrido delante del San Antonio. Eso quedaba entre Maria y yo. Sampson y yo hablamos con cientos de personas, pero nadie nos dio una pista del asesino. Su rastro se enfrió rápidamente y así se quedó. Comprobamos al asesino loco de la Mafia, pero descubrimos que había tomado un vuelo a Nueva York la noche anterior; al parecer, había salido de la ciudad poco después de salir de mi cocina. El FBI nos echó una mano con esto, porque habían disparado a la mujer de un policía. El asesino no era el Carnicero.

Al día siguiente de que ella muriera, a las dos de la tarde, yo estaba en nuestro apartamento, aún con la pistolera y la pistola encima, dando vueltas por el salón con Janelle, que no dejaba de gritar, en mis brazos. No podía quitarme de la cabeza la idea de que nuestra pequeña lloraba por su madre, muerta la noche anterior, en la misma puerta del San Antonio donde seis meses antes había nacido Jannie.

De pronto se me inundaron los ojos de lágrimas, y me sentí abrumado por lo que había ocurrido aquel día, tanto por su realidad como por su irrealidad. No podía enfrentarme a nada de aquello, pero especialmente al bebé que sostenía en brazos y al que no conseguía hacer callar.

—Está bien, pequeña, está bien —susurré a mi pobre hijita, torturada por la dichosa tos ferina, y que probablemente preferiría estar en brazos de su madre que en los míos—. Está bien, Jannie, no pasa nada —repetía, aunque sabía que era mentira. Pensaba: «¡No está bien! Tu mamá se ha ido. Nunca volverás a verla. Ni yo tampoco.» Mi dulce, adorable Maria, que nunca había hecho daño a otra persona, que yo recordara, y a quien amaba más que a mi vida. Nos la habían arrebatado tan repentinamente, y por razones que nadie —ni siquiera Dios— era capaz de explicarme...

»Maria, Maria —le hablaba en silencio, mientras caminaba de una punta a otra con nuestro bebé encima—, ¿cómo ha podido ocurrir esto? ¿Cómo voy a hacer lo que tengo que hacer de ahora en adelante? ¿Cómo voy a hacerlo sin ti? No me estoy compadeciendo de mí mismo. Es sólo que ahora mismo estoy loco de dolor. Me aclararé con todo. Sólo que no esta noche.

Sabía que no me iba a responder, pero imaginar que Maria pudiera contestar, que al menos pudiera oírme, me proporcionaba un extraño consuelo. No dejaba de oír su voz, con su mismo sonido y sus palabras exactas. «Todo irá bien, Alex, porque adoras a nuestros hijos.»

—Jannie, Jannie, pobrecita mía. Sí que te quiero —musité con los labios sobre la cabeza húmeda y ardiente de nuestro bebé.

Y entonces vi a Mamá Yaya.

## 17

Mi abuela estaba de pie en la entrada del pasillo que conducía a los dos pequeños dormitorios del apartamento. Llevaba todo aquel rato observándome con los brazos cruzados. ¿Había estado hablando conmigo mismo? ¿En voz alta? No tenía ni idea de lo que había hecho.

—Te he despertado, ¿no? —dije, en un susurro más bien innecesario, teniendo en cuenta el llanto del bebé.

Yaya estaba tranquila, y mantenía en apariencia un perfecto dominio de sí misma. Se había quedado en el apartamento para ayudarme con los niños por la mañana, pero ya estaba levantada, y era por culpa mía y de la pequeña Jannie.

—Estaba despierta —dijo—. Pensando en que los niños y tú tenéis que veniros a mi casa de la calle Cinco. Hay espacio de sobra, Alex. Es una casa muy grande. Es la mejor forma de organizarnos a partir de ahora.

—¿De organizar qué? —pregunté, un poco confundido por sus palabras, sobre todo porque Jannie me estaba berreando en la otra oreja.

Yaya encorvó la espalda.

—Necesitas que te ayude con estos críos, Alex. Está

más claro que el agua. Lo acepto. Quiero hacerlo, y lo voy a hacer.

—Yaya —dije—. Nos apañaremos. Saldremos adelante solos. Sólo tienes que darme un poco de tiempo para que me aclare con todo.

Yaya me ignoró y siguió poniéndome al corriente de sus pensamientos.

—Estoy aquí por ti, Alex, y estoy aquí por los niños. Así debe ser ahora. No quiero oír más peros. Así que déjalo ya, por favor.

Entonces se acercó a mí y me rodeó con sus brazos delgados, ciñéndome más fuerte de lo que nadie hubiera pensado que pudiera.

—Te quiero más que a mi vida. —Y añadió—: Quería a Maria. Yo también la echo de menos. Y quiero a estos pequeños, Alex. Ahora más que nunca.

Ahora a los dos se nos saltaban las lágrimas; estábamos los tres llorando en el reducido y atestado espacio de la salita del apartamento. Yaya tenía razón en una cosa: aquel sitio no podía seguir siendo nuestra casa. Había entre sus paredes demasiados recuerdos de Maria.

—Venga, dame a Jannie. Dámela —dijo, y no era precisamente un ruego. Suspiré y le tendí el bebé a aquella temible guerrera de metro y medio que me había criado desde que, con diez años, me quedé huérfano.

Yaya empezó a darle a Jannie palmaditas en la espalda y a frotarle el cuello, y entonces la criatura soltó un rotundo eructo. Yaya y yo nos echamos a reír, sin poder evitarlo.

—Muy poco propio de una dama —susurró Yaya—. Ahora, Janelle, basta de llorar de esa manera. ¿Me oyes? Para inmediatamente.

Jannie hizo lo que Yaya le ordenaba, y ése fue el principio de nuestra nueva vida.

SEGUNDA PARTE

CASO ENFRIADO

# 18

*En la actualidad*

Hoy me ha llegado una carta de ese psicópata de Kyle Craig, y me ha dejado de una pieza. ¿Cómo ha podido hacerme llegar una carta? La había enviado a la dirección de la calle Cinco. Que yo supiera, Kyle seguía encerrado y a buen recaudo en la prisión de máxima seguridad de Florence, Colorado. Así y todo, era inquietante recibir un mensaje suyo.

De hecho, me revolvió el estómago.

Alex,

Te he echado de menos últimamente —nuestras charlas regulares y demás—, y ésa es la causa de esta misiva. Para serte franco, lo que todavía me resulta desesperante es lo muy por debajo de mí que estás, tanto en términos de inteligencia como de imaginación. Y sin embargo, fuiste tú quien me capturó y me metió aquí, ¿no? Las circunstancias y el desenlace final podrían llevarme a creer en una intervención divina, pero, por supuesto, todavía no he llegado a semejante grado de incapacidad.

En todo caso, sé que eres un chico muy ocupado (lo digo sin segunda intención), así que no voy a entretenerte. Sólo quería que supieras que estás siempre presente en mis pensamientos, y que espero verte pronto. En realidad, puedes darlo por hecho. Mi plan es matar primero a Yaya y a los chavales, mientras tú miras. Ardo en deseos de veros a todos de nuevo. Voy a encargarme de que así sea; te lo prometo.

K

Leí la nota dos veces e inmediatamente la rompí en mil pedazos e intenté hacer lo contrario de lo que Kyle evidentemente quería que hiciera: lo aparté de mi mente.

Más o menos.

Después de llamar a la prisión de máxima seguridad de Colorado y contarles lo de la carta; y de asegurarme de que Craig seguía allí, en su celda acolchada.

# 19

El caso es que era sábado. No tenía que trabajar. Ni crimen ni castigo ese día. Ningún psicópata a la vista, o al menos ninguno del que tuviera noticia.

El «coche familiar» de los Cross era por aquellos días el vetusto Toyota Corolla que había pertenecido a Maria. Dejando a un lado su evidente valor sentimental y su longevidad, no es que valorara en mucho el vehículo. Ni su diseño ni su funcionamiento, quiero decir: ni la pintura color hueso, ni los varios bollos del maletero y el capó. Los críos me habían regalado un par de adhesivos gigantes por mi último cumpleaños: «yo seré lento, pero tú vas detrás» y «atiende mis oraciones, roba este coche». A ellos tampoco les gustaba el Corolla.

Así que aquel sábado claro y soleado, me llevé a Jannie, Damon y el pequeño Alex a comprar un coche nuevo.

Mientras íbamos conduciendo, en el CD sonaba Twista, *Overnight Celebrity*, y luego *All Falls Down*, de Kanye West. Los críos no dejaron en ningún momento de hacer sugerencias descabelladas sobre el coche nuevo que necesitábamos.

A Jannie le interesaba un Range Rover, pero no pensaba darle ese gusto, por todo tipo de buenas razones. Damon trató de convencerme de las bondades de una moto, que por supuesto podría utilizar él cuando cumpliera dieciocho, dentro de cuatro años, lo que era tan absurdo que ni siquiera obtuvo de mí una respuesta. A menos que hoy en día un gruñido se considere una forma de comunicación.

El pequeño Alex, o Ali, estaba abierto a cualquier modelo de coche, siempre que fuera de color rojo o azul claro. El chico era inteligente, y su plan podía servir, excepto por lo de «rojo» o «claro».

De modo que paramos en un concesionario de Mercedes de Arlington, Virginia, que no quedaba muy lejos de casa. A Jannie y Damon se les iban los ojos a un Cabriolet CLK500 plateado, mientras Ali y yo probábamos el espacioso asiento delantero de un R350. Yo tenía en mente un coche familiar: seguridad, belleza, valor de reventa. «Emoción e inteligencia.»

—Éste me gusta —dijo Ali—. Es azul. Es precioso. Perfecto.

—Tienes un gusto excelente en cuestión de coches, coleguita. Un coche de seis asientos, y vaya asientos. Fíjate en el cristal del techo. Debe de medir como metro y medio.

—Precioso —repitió Ali.

—Estírate. Mira la de espacio que hay para las piernas, hombrecito. Esto es un automóvil de verdad.

Una vendedora de nombre Laurie Berger llevaba todo el rato a nuestro lado sin presionarnos ni intervenir más que lo justo. Yo lo agradecía. Bendita sea la Mercedes.

—¿Alguna pregunta? —inquirió—. ¿Algo que quieran saber?

—La verdad es que no, Laurie. Te sientas en este R350 y te lo quieres comprar.

—Me facilita bastante el trabajo. También lo tenemos en negro obsidiana, con tapicería gris ceniza. El R350 es lo que llaman un vehículo *crossover*, doctor Cross. Mezcla de monovolumen familiar y 4x4.

—Y combina lo mejor de uno y otro —dije, y sonreí afablemente.

Entonces me sonó el busca y solté un gruñido lo bastante fuerte como para atraer miradas de alarma.

«¡En sábado no! ¡Y no mientras nos estamos comprando un coche! No estando sentado en este precioso Mercedes R350.»

—Oh-oh —dijo Ali, poniendo los ojos como platos—. ¡El busca de papá! —avisó a voz en grito en medio del salón de exposición a Damon y Jannie—. Ha sonado el busca de papá.

—Te has chivado. Eres un chivato miserable —dije, y lo besé en la cabeza. Esto es algo que hago al menos media docena de veces al día, todos los días.

Él se rió, me dio una palmada en el brazo y volvió a reírse. Siempre entendía mis bromas. No es de extrañar que nos llevemos tan bien los dos.

Aunque aquel mensaje del busca probablemente no tenía gracia. Ni pizca de gracia. Reconocí el número de inmediato, y no pensé que fueran a ser buenas noticias.

«¿Ned Mahoney, de Rescate de Rehenes? Tal vez quiere invitarme a un baile con barbacoa en Quantico. O más probablemente, sin barbacoa.»

Llamé a Ned por el móvil.

—Soy Alex Cross. He recibido tu aviso, Ned. ¿Por qué he recibido tu aviso?

Ned fue al grano.

—Alex, ¿conoces la avenida Kentucky, cerca de la calle Quince, en el distrito Sureste?

—Claro que sí. No está lejos de mi casa. Pero ahora mismo estoy fuera, en Arlington. Con los críos. Estamos mirando coches, para comprarnos uno familiar. ¿Te suena la palabra «familia», Ned?

—Nos vemos allí, en Kentucky con la Quince. Necesito tu ayuda, tu conocimiento del lugar. Prefiero no contarte mucho más por el móvil. —Ned me informó de un par de detalles adicionales, pero no de todo. Y eso, ¿por qué? ¿Qué era lo que se callaba?

«Tío, tío, tío.»

—¿Es muy urgente? Estoy con mis hijos, Ned.

—Lo siento. Mi equipo estará allí en cuestión de diez minutos, quince como mucho. Va en serio. Se ha armado una muy gorda, Alex.

A la fuerza. ¿Por qué si no iba a andar por medio un equipo de Rescate de Rehenes del FBI dentro de los límites de la ciudad de Washington? ¿Y cómo, si no, iba a llamarme Ned Mahoney un sábado por la tarde?

—¿Qué pasa? —me preguntó Ali mirándome fijamente.

—Tengo que ir a una barbacoa. Y creo que soy el plato fuerte de la parrilla, hombrecito.

# 20

Le prometí a Laurie Berger que volvería pronto a por el vehículo *crossover*; luego llevé a casa a los críos en el coche; estuvieron callados y enfurruñados todo el viaje. Lo mismo que yo. Hice la mayor parte del trayecto detrás de un monovolumen familiar con la pegatina de «Primero Irak, luego Francia». Últimamente venía viéndola por todo Washington.

Por el reproductor de CD sonaba Hoobastank a un volumen irritante, lo que ponía todo al borde del caos y las cosas en su sitio. Ellos eran los hijos; yo era el padre; los abandonaba para irme a trabajar. A ellos les daba igual que no tuviera más remedio que ganarme la vida, o que tal vez debiera hacerme cargo de responsabilidades importantes. ¿Qué coño estaría pasando en la esquina de Kentucky con la Quince? ¿Por qué había tenido que ocurrir hoy, fuese lo que fuese? ¡Nada bueno!

—Gracias por este magnífico sábado, papá —dijo Jannie al salir del coche en la calle Cinco—. Ha sido estupendo, de verdad. Inolvidable.   Su tono altivo y sarcástico hizo que no me disculpara como había pensado hacer durante la mayor parte del viaje.

—Os veo más tarde, chicos —opté por decir—. Os quiero. —Y así era: profundamente.

—Sí, papi, más tarde. La semana que viene, por ejemplo, con un poco de suerte —prosiguió Jannie, y me lanzó un saludo furioso. Que atravesó mi corazón como una lanza.

—Perdón —dije al fin—. Lo siento. Perdón, chicos.

Luego me dirigí a la avenida Kentucky, donde se suponía que había de reunirme con Ned Mahoney y su grupo de elite de Rescate de Rehenes, y enterarme con más detalle de qué emergencia estaba teniendo lugar allí.

Al final no pude ni siquiera acercarme a Kentucky con la Quince. La policía del D.C. había cortado todas las calles en diez manzanas a la redonda. Decididamente, la cosa parecía seria.

Así que acabé por bajarme del coche e ir caminando.

—¿Qué es lo que pasa? ¿Ha oído usted algo? —pregunté de camino a un hombre que andaba merodeando, un tipo al que tenía visto de una panadería local, donde él atendía y yo compraba a veces donuts de gelatina para los críos. No para mí, por supuesto.

—Un festival de cerdos —dijo él—. Pasma por todas partes. No tienes más que mirar a tu alrededor, hermano.

Caí en la cuenta de que él no sabía que yo había sido detective de Homicidios y pertenecía ahora al FBI. Asentí con la cabeza, pero nunca te acostumbras a ese tipo de resentimiento y de rabia, aunque a veces esté justificado. Los «cerdos», los «maderos», como quiera que elijan llamarnos ciertas personas, nos jugamos la vida. Hay un montón de gente que no alcanza realmente a entender lo que eso supone. Distamos mucho de ser perfectos, y no pretendemos serlo, pero aquí fuera se corre peligro.

«A ver si te pegan a ti un tiro en tu trabajo, panadero»,

quería decirle al tipo, pero no lo hice. Sencillamente seguí andando, me tragué el sapo una vez más, volví a hacerme el guerrero feliz.

Al menos, ya me había calentado para cuando avisté por fin a Ned Mahoney. Saqué mi credencial del FBI para que me permitieran acercarme. Seguía sin saber qué diablos estaba pasando, más allá de que unos rehenes sin identificar estaban siendo retenidos en el laboratorio de un traficante, donde se elaboraban y cortaban las drogas. No sonaba tan mal como parecía a juzgar por el espectáculo. ¿Dónde estaba la trampa, entonces? Tenía que haberla.

—Dichosos los ojos que te ven —dijo Mahoney cuando me vio dirigiéndome hacia él—. Alex, no te vas a creer el pollo que se ha montado. Fijo, créeme.

—¿Nos jugamos algo?

—Diez dólares a que nunca te has visto en una como ésta. A ver esa pasta.

Cerramos la apuesta con un apretón de manos, y no quería perderla por nada del mundo.

## 21

Ned se frotaba y rascaba su habitual barbita rubia de un día o dos mientras iba hablando, como de costumbre, sin parar ni dejar que nadie más metiera baza. No pude evitar quedarme mirándole la barbilla. Ned es de piel muy clara, y sospecho que le impresiona un montón que le crezca algo parecido a una barba ahora que ha cumplido los cuarenta.

La verdad es que me gusta Ned Mahoney, por más que a veces se ponga insoportable. El tío me cae muy bien.

—Un puñado de tíos, media docena tal vez, bien armados, llegó con idea de robar en el laboratorio del traficante —dijo—. Se toparon con algún que otro problema gordo y se han quedado colgados dentro. Además, hay gente del barrio que trabaja en el laboratorio, como una docena de personas, por lo que hemos podido averiguar. También están atrapados dentro. Éste es otro problema con que habremos de lidiar en su momento. Luego...

Levanté la mano para poner fin al parloteo vertiginoso de Ned.

—La gente de la que hablas, la que trabaja en el laboratorio, los que preparan las papelas, ¿serán mujeres en su mayoría, madres, abuelas? ¿Es el caso? A los traficantes les gusta tener trabajadores de los que se puedan fiar, que no vayan a sisarles la mercancía.

—¿Entiendes por qué te quería aquí? —dijo Mahoney, y sonrió; o al menos me dejó verle los dientes. Su tono me recordó al de Jannie rezongando un rato antes. Un listillo que disimulaba su vulnerabilidad haciéndose el machito.

—¿Así que están atrapados ahí dentro tanto los ladrones de drogas como los traficantes? ¿Y por qué no dejamos sencillamente que se maten a tiros entre sí?

—Ya lo ha sugerido alguien —soltó Mahoney con cara de póquer—. Pero ahora viene lo bueno, Alex. Por lo que te he hecho venir. Los tíos bien armados que han venido a dar el palo al laboratorio son de Operaciones Especiales de la metropolitana. Tus antiguos compadres son los otros malos del capítulo de hoy de los de: «¡Cualquier cosa puede pasar, y lo más probable es que pase!» Me debes diez pavos.

Se me volvió a revolver el estómago. Conocía a un montón de gente en Operaciones Especiales.

—¿Estáis seguros de esto?

—Y tanto. Un par de polis que estaba de patrulla oyeron tiros en el edificio. Fueron a investigar. Uno recibió un disparo en la tripa.

»Fueron ellos los que reconocieron a los tíos de Operaciones Especiales.

Empecé a mover la cabeza en círculos. De repente me notaba el cuello rígido.

—O sea, que el equipo de Rescate de Rehenes del FBI ha venido a liarse con unos de Operaciones Especiales del D.C. —dije como si tal cosa.

—Algo así parece, colega. Bienvenido al marrón y todo eso. ¿Se te ha ocurrido ya alguna idea brillante?

«Sí —pensé—, ábrete ahora mismo. Vuelve con los
críos. Es sábado. Hoy libras.»

Le tendí a Ned los diez dólares de la apuesta.

# 22

Yo, desde luego, no veía el modo de salir de aquel huerto, ni los demás tampoco. Por eso me había hecho venir Mahoney, con la esperanza de que le sacara las castañas del fuego.

Por eso, y porque las penas se llevan mejor en compañía, claro, sobre todo en una tarde soleada en que el último sitio en que uno querría estar es en mitad de un posible tiroteo en que con toda probabilidad iba a haber muertos.

La primera reunión para evaluar la situación tuvo lugar en el auditorio de un instituto cercano. Estaba a rebosar de personal de la policía de Washington, pero también de agentes del FBI, incluidos miembros destacados del equipo de Rescate de Rehenes: los chicos estaban listos para entrar en acción si llegaba el caso, y todo indicaba que eso podía no tardar mucho.

Casi al final de la reunión, el capitán Tim Moran, jefe de Operaciones Especiales de la metropolitana, hizo un resumen de los hechos conforme a la información de que disponía. Tenía que estar muy afectado, por razones obvias, pero parecía sereno y templado. Conocía a Moran de mis años en el cuerpo, y me merecía respeto por su valor.

Más aun, por su integridad, y más que nunca esta tarde en que era posible que tuviera que actuar contra sus propios hombres.

—Para resumir la situación, nuestro objetivo es un edificio de cuatro pisos donde transformaban resina de heroína, negra como la brea, en polvo y un montón de pasta. Tenemos como mínimo una docena de trabajadores del laboratorio en el interior, mujeres en su mayoría. Tenemos a los guardias del laboratorio, bien armados y distribuidos por al menos tres plantas. Parece que son como una docena también. Y tenemos seis miembros de Operaciones Especiales que han intentado un robo y se han quedado atrapados dentro. Parece ser que tienen en su poder parte de la heroína y el dinero. Están pillados entre traficantes y otro personal, que está en los pisos superiores, y una media docena de otros guardias armados que se presentaron mientras llevaban a cabo el robo. Ahora mismo, están todos en un buen atolladero, amenazándose unos a otros. Hemos establecido un primer contacto con ambos bandos. Ninguno quiere ceder. Supongo que todos piensan que ya no tienen nada que perder, o que ganar. Así que están a verlas venir. —Tim Moran prosiguió con voz calmada—: Dado que hay miembros de Operaciones Especiales en el interior, con las complicaciones que ello supone, el equipo de Rescate de Rehenes dirigirá la operación. La policía metropolitana prestará su plena cooperación al FBI.

El resumen del capitán Moran fue claro y conciso, y no debió de resultarle fácil ceder el mando de la operación al FBI. Pero era lo que había que hacer, si al final tenía que entrar alguien y posiblemente disparar a los tipos de Operaciones Especiales. Aunque fueran polis malos, seguían siendo polis.

A ninguno nos hacía gracia tener que disparar a nuestros hermanos.

Ned Mahoney se inclinó hacia mí.

—¿Qué hacemos ahora, Einstein? Los de Rescate de Rehenes están pillados en medio de un sándwich de mierda. ¿Ves por qué quería tenerte aquí?

—Sí, vale, perdona que no me deshaga en agradecimientos.

—Tranquilo, de nada igualmente —dijo Mahoney, y me dio con el puño en el hombro en un gesto burlón de camaradería que nos hizo reír a los dos.

## 23

Lo llevaba en la sangre.

El Carnicero tenía la costumbre de interceptar la señal de radio de la policía siempre que estaba en el D.C., y era difícil que se le pasara por alto aquel caramelito. «Aquí se va a montar un sarao de mil pares de cojones», se dijo inmediatamente. Operaciones Especiales contra Rescate de Rehenes. Le encantaba.

A lo largo de los últimos años, había ido limitando el tipo de trabajos que aceptaba: «currar menos, cobrar más». Tres o cuatro encargos gordos al año, más algún que otro favor a los jefes. Con eso tenía de sobra para pagar las facturas. Además, el nuevo Don, Maggione Junior, no era precisamente su fan número uno. La única pega era que echaba en falta la emoción, los viajes de adrenalina, la acción constante. ¡Conque allí estaba, de invitado en el baile de la poli!

Se iba riendo mientras aparcaba su Range Rover a una docena de manzanas del escenario del probable tiroteo. Sí, señor, el barrio estaba que ardía. Ni siquiera a pie pudo acercarse por la avenida Kentucky a menos de unos cuantos bloques. De camino a la escena del crimen, ya había contado más de dos docenas de furgonetas de la policía metropolitana aparcadas en la calle. Aparte de unas cuantas más de coches patrulla.

Luego vio gabanes azules del FBI; probablemente, serían los chicos de Rescate de Rehenes, que habrían venido de Quantico. ¡Joder! Se suponía que eran unos figuras, que llegaban allí sólo los mejores. Igualito que él. La cosa prometía, y no se lo habría perdido por nada del mundo, aunque para él fuera un poco peligroso estar aquí. Después identificó varios vehículos de puesto de mando. Y en la «zona restringida» o perímetro interior, creyó distinguir al tipo a cargo de la operación.

Entonces, Michael Sullivan vio algo que hizo que se detuviera y que se le acelerara ligeramente el corazón. Un tío con ropa de calle hablando con uno de los agentes del FBI.

Sullivan conocía a aquel notas, el que iba de paisano. Se llamaba Alex Cross, y, en fin, él y Sullivan habían compartido un par de momentos. Y luego se acordó de otra cosa: Marianne, Marianne. Uno de sus asesinatos —y fotos— favoritos.

La cosa se ponía mejor por momentos.

## 24

Decididamente, estaba muy claro por qué me quería allí Ned Mahoney.

Una fábrica de heroína que se calculaba que contenía más de ciento cincuenta kilos de ponzoña, con un valor en la calle de siete millones. Polis contra polis. Parecía la típica situación en que ninguno de los implicados puede salir ganando. Oí que el capitán Moran le decía a alguien:

—Te mandaría al infierno, pero trabajo allí y no me apetece tener que verte todos los días. —Aquello venía a resumir la situación perfectamente.

Dentro del edificio no parecía que nadie estuviera tentado de rendirse: ni los traficantes ni los tíos de Operaciones Especiales. Tampoco dejaban salir a ninguno de los trabajadores del laboratorio encerrados en el cuarto piso. Teníamos el nombre y edad aproximada de algunos de estos últimos, y casi todos eran mujeres de entre quince y ochenta y un años. Era gente del barrio que no tenía acceso a otros trabajos, generalmente por barreras lingüísticas y educativas, pero que necesitaba y quería trabajar.

No me estaba yendo mucho mejor que a todos los demás en lo tocante a dar con una solución o un plan alternativo. Tal vez por eso decidí, a eso de las diez, ir a dar un paseo fuera de la zona acordonada. Para tratar de despejarme la cabeza. Quizá me viniera una idea si salía físicamente de aquella olla a presión.

Para entonces había ya cientos de espectadores, incluidas algunas docenas de periodistas y equipos de televisión.

Me alejé unas manzanas caminando tranquilamente por la calle M, con las manos hundidas en los bolsillos. Llegué a una esquina atestada en la que los de la tele estaban entrevistando a gente del barrio.

Iba a pasar de largo, absorto en mis pensamientos, cuando oí a una de las mujeres que hablaba entre sollozos, desconsolada:

—Hay sangre de mi sangre atrapada ahí dentro. Y nadie hace nada. ¡Les trae sin cuidado!

Me paré a escuchar la entrevista. La mujer no tendría más de veinte años, y estaba embarazada. Por su aspecto, le faltaba muy poco para salir de cuentas. Igual rompía aguas aquella misma noche.

—Mi abuela tiene setenta y cinco años. Está ahí dentro por querer ganar dinero para que mis hijos puedan ir a la escuela católica. Se llama Rosario. Es una mujer maravillosa. Mi abuela no merece morir.

Escuché unas cuantas entrevistas emotivas más, casi todas a familiares de los trabajadores del laboratorio, pero también un par de ellas a mujeres e hijos de los miembros de la banda de narcotraficantes. Uno de los camellos atrapados no tenía más que doce años.

Finalmente, volví a la zona acordonada, al perímetro interior, y fui a buscar a Ned Mahoney. Lo encontré reu-

nido con unos cuantos burócratas de traje y el capitán
Moran, junto a una de las furgonetas de puesto de mando.
Estaban discutiendo si se cortaba la luz al edificio.

—He tenido una idea —le dije.

—Pues ya iba siendo hora.

# 25

El Carnicero seguía merodeando a lo largo del cordón policial en Washington, y sabía que no debía estar allí. Se suponía que debía estar en casa, en Maryland, desde hacía horas. Pero aquello valía la pena por lo desquiciado del asunto. Vagaba entre la multitud de mirones y se sentía como un niño suelto en un parque de atracciones, o al menos como creía que debía sentirse un niño suelto en un parque de atracciones.

Demonios, si hasta había puestos de helados y perritos calientes en torno al escenario. A la gente le brillaban los ojos de excitación; querían ver un poco de acción en directo. Coño, pues él también, él también.

Decididamente, era un yonqui de las escenas violentas, y creía que le venía de los tiempos en que vivía con su padre en Brooklyn. Cuando era pequeño, su padre, que interceptaba las llamadas a la policía o los bomberos en su radioemisora, solía llevarlo con él allí donde hubiera un aviso. Era casi lo único bueno que hizo nunca con el viejo, y se figuraba que él lo hacía porque pensaba que si iba con un niño de la mano no daría tanto la impresión de ser un degenerado.

Pero su padre era un degenerado. Le encantaba ver cadáveres, del tipo que fuera: tendidos en la acera, dentro de un coche accidentado, sacados de un edificio incendiado, humeante aún. El pirado de su viejo había sido el Carnicero de Sligo original... y cosas mucho, mucho peores. Claro que ahora era él, Michael Sullivan, *el Carnicero*, uno de los asesinos más temidos y buscados del mundo. Era el puto amo, ¿o no? Podía hacer lo que le viniera en gana, y en ello estaba en aquellos momentos.

El sonido de alguien hablando por un micrófono en el escenario del secuestro sacó a Sullivan de su ensimismamiento. Levantó la vista, y era otra vez aquel detective; Alex Cross. Casi le pareció que fuera obra del destino, como si fantasmas del pasado estuvieran llamando al Carnicero.

# 26

Calculaba que mi idea tenía pocas posibilidades de salir bien, y era bastante heterodoxa, desde luego, pero merecía la pena intentarlo si podía salvar algunas vidas. Además, a nadie se le había ocurrido nada mejor.

Así que a medianoche dispusimos unos cuantos micrófonos tras una fila cerrada de furgonetas y coches patrulla aparcados en la acera opuesta de la calle Quince. Como mínimo, impresionaba, y las cámaras de televisión se apresuraron a dar cumplida cuenta de todo, por supuesto.

Luego estuve una hora llevando a los familiares a explicar su caso por los altavoces, a razonar con los hombres del interior del edificio y rogarles que depusieran las armas y salieran a la calle, o que dejaran salir al menos a los trabajadores. Por megafonía se hacía hincapié en que era inútil no rendirse y que muchos de los encerrados morirían si no lo hacían. Algunas de las historias que se contaron partían el corazón, y vi que a más de un espectador se le escapaban las lágrimas oyéndolas.

Los mejores momentos fueron anécdotas: un partido de fútbol que un padre debía arbitrar el domingo; una boda para la que faltaba menos de una semana; una chica embarazada que debía estar guardando cama pero que había venido a suplicar a su novio camello... Los dos tenían dieciocho años.

De pronto nos llegó una respuesta del interior.

Ocurrió mientras una niña de doce años hablaba de su padre, uno de los traficantes. ¡Sonaron disparos dentro del edificio!

El tiroteo duró unos cinco minutos y luego paró. No teníamos forma de saber qué había pasado. Lo único que sabíamos era que las palabras de sus seres queridos no habían logrado conmover a los encerrados.

No había salido ninguno; nadie se había rendido.

—No te preocupes, Alex. —Ned me llevó a un aparte—. Puede que nos haya permitido ganar un poco de tiempo. —Pero no era ése el resultado que ninguno de los dos buscaba. Ni de lejos.

A la una y media, el capitán Moran desconectó los micros del exterior. Parecía que no iba a salir nadie. Habían tomado una decisión.

Poco después de las dos, los mandamases decidieron que el equipo de Rescate de Rehenes del FBI entraría en el edificio en primer lugar. Les seguiría un comando de la policía del D.C., pero sin miembros de Operaciones Especiales. Fue una decisión draconiana, pero ése era el estilo que se llevaba en Washington en aquellos días; tal vez debido al aumento de la actividad terrorista en los últimos años. Se diría que la gente ya no intentaba buscar una salida negociada a situaciones de crisis. Yo no sabía con seguridad de qué lado estaba en ese debate, pero entendía los argumentos de ambos.

Ned Mahoney y yo formaríamos parte de la avanzadilla del ataque.

Nos reagrupamos en la calle Catorce, justo detrás del edificio sitiado. La mayor parte de nuestros hombres se agitaba inquieta, hablaban entre sí, tratando de centrarse.

—Esto está chungo —dijo Ned—. Los chicos de Operaciones Especiales saben cómo pensamos. Incluso que vamos a entrar esta noche, probablemente.

—¿Conoces a alguno? ¿A los de Operaciones Especiales que están dentro? —pregunté.

Ned sacudió la cabeza.

—Por lo general no nos invitan a las mismas fiestas.

# 27

Nos pusimos nuestros chalecos antibalas, y tanto Ned como yo nos armamos con una MP5. Nunca se sabe qué puede pasar durante un asalto nocturno, y menos en este caso, con tíos de Operaciones Especiales en el interior y un equipo de Rescate de Rehenes entrando a por ellos.

Ned recibió un mensaje por el manos libres y se volvió hacia mí.

—Vamos allá, Alex. No asomes mucho la cabeza, colega. Esos tíos son tan buenos como nosotros.

—Lo mismo te digo, Ned.

Pero entonces ocurrió lo inesperado. Y esta vez no fue nada malo.

Se abrió la puerta principal. Durante unos pocos segundos, no se apreció actividad en el portal. ¿Qué estaba ocurriendo allí?

Luego salió una mujer mayor vestida con una bata de laboratorio, caminando en dirección a los potentes focos orientados hacia el edificio. Levantó las manos en el aire y dijo repetidamente:

—No disparen.

La siguieron más mujeres en bata, viejas y jóvenes, así

como un par de chavales que no parecían tener más de doce o trece años.

Tras el cordón, la gente gritaba nombres. Lloraban de alegría y aplaudían como locos.

Luego la puerta de entrada se cerró de un golpe.

Se había acabado el éxodo.

# 28

La liberación de once trabajadores del laboratorio detuvo el asalto total del equipo de Rescate de Rehenes y reabrió las comunicaciones. El comisario de policía y el jefe de detectives hicieron acto de presencia y hablaron con el capitán Moran. Lo mismo hicieron un par de sacerdotes de la comunidad. Pese a lo tarde que era, los equipos de televisión seguían allí filmando.

Alrededor de las tres, se nos comunicó que íbamos a entrar después de todo. Luego la cosa volvió a retrasarse. Deprisa, alto, deprisa, alto.

A las tres y media, nos dieron la orden. Nos dijeron que era definitiva.

Pasados unos minutos de las tres y media, Ned Mahoney y yo nos poníamos en marcha a la carrera hacia una entrada lateral del edificio; lo mismo hacían otros doce tíos de Rescate de Rehenes. Lo bueno del equipamiento de protección es que puede detener una bala fatal o lesiva; lo malo es que te hace más lento, te impide correr tanto como querrías o sería necesario, y te hace respirar a trancas y barrancas.

Los francotiradores estaban ocupando ventanas, tratando de reducir al máximo la resistencia desde el interior.

A Mahoney le gustaba referirse a esta rutina como «cinco minutos de emoción y pánico», pero a mí siempre me horrorizaba. Para mí eran más bien «cinco minutos más cerca del cielo o el infierno». No se me podía exigir que estuviera allí, pero Ned y yo habíamos tomado parte juntos en un par de asaltos, y tampoco podía mantenerme al margen.

Una explosión atronadora, ensordecedora, desguazó la puerta trasera.

De pronto, había escombros y nubes de humo negro arremolinándose por todas partes; y nosotros dos corríamos a través de ellas. Esperaba que no me alcanzara una bala en la cabeza u otra parte expuesta del cuerpo en los dos minutos siguientes. Esperaba que no tuviera que morir nadie esa noche.

A Ned y a mí nos llovieron los tiros de inmediato, y ni siquiera podíamos decir quién demonios nos estaba disparando, si los traficantes o los tíos de Operaciones Especiales. Tal vez todos.

El ruido, de las ametralladoras primero y luego de las granadas, retumbaba en los pasillos mientras subíamos cautelosamente por las revueltas de una escalera. La potencia de fuego en el interior del edificio era ahora enorme, acaso excesiva para que se tuviera en pie. El fragor hacía difícil pensar con claridad o mantenerse centrado.

—¡Eh! ¡Capullos! —oí que decía alguien por encima de nuestras cabezas. Siguió una salva de disparos. Destellos de luz cegadora en la oscuridad.

Entonces Ned soltó un gruñido y cayó pesadamente en la escalera.

Al principio, no podía distinguir dónde lo habían alcanzado; luego vi que tenía una herida cerca de la clavícula. No supe si era de bala o lo habían golpeado los cascotes que volaban por el aire. Pero le salía mucha sangre de la herida.

Me quedé allí mismo junto a él, pedí ayuda por radio. Oí más explosiones, gritos, hombres y mujeres que chillaban encima de nosotros. Caos.

A Ned le temblaban las manos, y yo nunca lo había visto asustado por nada hasta entonces. El tiroteo que atronaba el edificio no hacía sino añadir terror y confusión. La cara de Ned había perdido el color; no tenía buen aspecto.

—Vienen a sacarte —le dije—. Quédate conmigo, Ned. ¿Me oyes?

—Qué estúpido —dijo al fin, entre gemidos—. Me la he comido de lleno.

—¿Todavía la sientes?

—Podría ser peor. También podría ser mejor. Por cierto —dijo—, a ti también te han dado.

# 29

—Viviré —le dije a Ned mientras me acurrucaba sobre él en el hueco de la escalera.

—Sí, yo también —admitió Ned—. En fin, probablemente.

Un par de minutos más tarde, el personal sanitario estaba junto a nosotros en el angosto hueco. Para cuando sacaron a Ned de allí, el tiroteo parecía haber finalizado. Como él solía decir: cinco minutos de emoción y pánico.

Empezaron a llegar informes. El capitán Tim Moran me dio el último personalmente. El asalto a la fábrica de heroína parecía haber tenido resultados dispares. La mayoría de nosotros pensábamos que no tendríamos que haber entrado tan pronto, pero la decisión no estaba en nuestras manos. Había dos oficiales de la metropolitana y dos de Rescate de Rehenes. heridos junto a nosotros. A Ned se lo llevaron al quirófano.

Hubo seis víctimas entre los que estaban dentro del edificio, incluidos dos hombres de Operaciones Especiales. Uno de los muertos era una chica de diecisiete años, madre de dos hijos. Por la razón que fuera, había permanecido en el interior cuando salieron los trabajadores del laboratorio. También había muerto el marido de la muchacha. Tenía dieciséis años.

Al final llegué a casa poco después de las seis de la mañana. Iba arrastrándome, sin fuerzas, cansado hasta los huesos, y había algo surrealista en el hecho de volver tan tarde, o tan temprano.

La cosa no hizo más que empeorar. Yaya me esperaba levantada en la cocina.

# 30

Estaba sentada ante una taza de té y una tostada. Parecía enferma, pero yo sabía que no se trataba de eso.

Su infusión caliente echaba humo, y ella también. Todavía no había sacado a los críos de la cama. Tenía su tele pequeña sintonizada en los boletines locales de noticias sobre la operación policial de la noche anterior en el cruce de Kentucky con la Quince. Resultaba irreal ver las grabaciones en mitad de nuestra cocina.

Yaya fijó la vista en la herida que tenía en un lado de la frente; en la «venda» que la cubría.

—Es un rasguño —dije—. Poca cosa. No ha pasado nada. Estoy bien.

—No me vengas con esas ridículas explicaciones, Alex. No te atrevas a tratarme con esa condescendencia, como si fuera tonta. Estoy contemplando la línea de la trayectoria de una bala a la que le ha faltado un dedo para reventarte los sesos y dejar huérfanos a tus tres pobres hijos. Sin madre ni padre. ¿Me equivoco acaso? ¡No, claro que no! Y ya estoy harta de esto, Alex. Llevo más de diez años viviendo cada día con esta especie de miedo espantoso. Y ya está bien. Hasta aquí hemos llegado. Te juro que ya he tenido bastante. Se acabó. ¡No quiero saber nada más! ¡Me desentiendo! ¡Sí, me has oído bien! ¡Os dejo a los niños y a ti! ¡Os dejo!

Levanté ambas manos en mi descargo.

—Yaya, estaba fuera con los críos cuando recibí un aviso de emergencia. No tenía ni idea de que fueran a llamarme. ¿Cómo iba a saberlo? No hay nada que hubiera podido hacer para evitar que pasara lo que ha pasado.

—Aceptaste la llamada, Alex. Luego aceptaste la misión. Como haces siempre. Tú lo llamas dedicación, deber. Yo lo llamo enajenación total, locura.

—No. Tenía. Otra. Elección —silabeé exageradamente.

—Sí que la tienes, Alex —afirmó mi abuela—. A eso voy precisamente. Pudiste decir que no, que estabas fuera con tus hijos. ¿Qué crees que te habrían hecho, Alex? ¿Despedirte por tener vida privada? ¿Por ser padre? Y si por casualidad te hubieran despedido, que no hubiera caído esa breva, pues adelante.

—No sé qué habrían podido hacer, Yaya. Antes o después supongo que sí que acabarían por despedirme.

—¿Y tan malo sería eso? ¿En serio? ¡Bah, déjalo! —dijo, y dio un golpetazo en la mesa con el tazón—. ¡Me voy!

—Por Dios, Yaya, esto es ridículo. Estoy derrengado. Me han pegado un tiro. O casi. Lo hablamos más tarde. Ahora mismo necesito dormir.

Yaya se puso súbitamente en pie, y se me acercó. Tenía el rostro desencajado de rabia, los ojos como minúsculas cuentas negras. No la había visto así en muchos años, quizá desde que estaba creciendo y andaba yo también un poco descontrolado. Dijo, aún furiosa:

—¿Ridículo? ¿Esto te parece ridículo? ¿Cómo te atreves a decirme semejante cosa?

Yaya me golpeó el pecho con la base de ambas manos. Los golpes no dolieron, pero la intención sí, la verdad que encerraban sus palabras sí.

—Lo siento —dije—. Es sólo que estoy cansado.

—Búscate una asistenta, una niñera, lo que quiera que encuentres. ¿Tú estás cansado? Yo sí que estoy cansada. ¡Cansada, y harta, y asqueada de preocuparme por ti!

—Yaya, lo siento. ¿Qué más quieres que te diga?

—Nada, Alex. No digas nada. Estoy aburrida de oírte, de todos modos.

Salió disparada hacia su habitación hecha una furia, sin decir una palabra más. «Bueno, al menos hemos terminado con esto», pensé mientras me sentaba junto a la mesa de la cocina, cansado y ahora además con una depresión de caballo.

Pero no habíamos terminado.

Al cabo de unos minutos, Yaya reapareció en la cocina arrastrando una vieja maleta de piel y una bolsa de viaje con ruedas, más pequeña. Pasó de largo junto a mí, cruzó el comedor y salió por la puerta principal sin volverse a mirarme.

—¡Yaya! —exclamé, levantándome como pude de la silla y echando a trotar detrás de ella—. Para. Por favor, para y habla conmigo. Hablemos.

—¡Ya he dicho todo lo que tenía que decir!

Llegué hasta la puerta y vi un taxi azul claro, rayado y abollado y soltando un humo mortecino, parado enfrente de casa. Uno de sus muchos primos, Abraham, trabajaba de conductor para una de las compañías de taxis de Washington. Desde el porche, alcanzaba a distinguir su cogote, con su corte de pelo retro, a lo afro.

Yaya se subió al desangelado taxi azul, que se alejó de inmediato de la casa entre pedorretas.

Entonces escuché una vocecita:

—¿Adónde va Yaya?

Me di la vuelta y cogí en brazos a Ali, que se había colado en el porche, detrás de mí.

—No sé, hombrecito. Creo que nos acaba de abandonar.

Pareció horrorizado al oírlo.

—¿Yaya abandona nuestra familia?

# 31

Michael Sullivan despertó sobresaltado, estremecido de pavor, y supo de inmediato que no conseguiría volver a dormirse. Otra vez había estado soñando con su padre, el ogro de todas sus pesadillas; qué miedo daba el hijoputa.

Siendo él un niño, el viejo lo llevaba a trabajar a su carnicería dos o tres veces por semana, durante el verano. La cosa se prolongó desde que tenía seis años hasta que tuvo once, cuando se acabó. La tienda ocupaba la planta baja de un edificio de dos pisos de ladrillo rojo en el cruce de Quentin Road con la calle Treinta y seis este. «Kevin Sullivan, Carnicero» era conocido por tener la mejor carne de todo el barrio de Flatlands, en Brooklyn, pero también por su habilidad para preparar la carne no sólo al gusto irlandés, sino también al italiano o al alemán.

En el suelo había siempre una gruesa capa de aserrín que se barría cada día. El cristal de las ventanas de los escaparates estaba invariablemente reluciente. Y Kevin Sullivan tenía un sello personal: tras presentar su carne a la inspección de un cliente, sonreía y hacía una cortés reverencia. Su pequeña reverencia los conquistaba a todos.

Sin embargo, Michael, su madre y sus tres hermanos conocían otra cara de su padre. Kevin Sullivan tenía unos brazos inmensos y las manos más poderosas que pudiera uno imaginar, sobre todo a ojos de un niño. Una vez cazó una rata en la cocina y reventó a la alimaña con sus propias manos. A sus hijos les dijo que podía hacer lo mismo con ellos, reducir sus huesos a aserrín, y rara era la semana que su madre no aparecía con un moratón en alguna parte de su cuerpo fino y delicado.

Pero no era eso lo peor, ni lo que había despertado a Sullivan aquella noche y tantas otras veces a lo largo de su vida. La auténtica película de terror empezó cuando tenía seis años y estaban limpiando una noche después de cerrar. Su padre lo llamó al pequeño despacho que había en la tienda, con un escritorio, un archivador y un catre. Kevin Sullivan estaba sentado en el catre, y le dijo a Michael que se sentara a su lado.

—Aquí cerquita, hijo. A mi lado.

—Perdona, papá —dijo Michael de inmediato, sabiendo que debía de haber cometido alguna equivocación estúpida haciendo sus tareas—. Me esforzaré más. Lo haré bien.

—¡Tú siéntate! —dijo su padre—. Tienes mucho de qué arrepentirte, pero no es eso. Ahora escucha. Escúchame bien.

Su padre puso la mano en la rodilla del chico.

—Tú sabes el daño que puedo llegar a hacerte, Michael —dijo—. Lo sabes, ¿verdad?

—Sí, señor, lo sé.

—Pues te lo haré —continuó su padre—, si se lo dices a alguien, a quien sea.

«¿Si les digo qué?», quería preguntar Michael Sullivan, pero sabía muy bien que lo que menos le convenía era abrir la boca e interrumpir a su padre mientras estaba hablando.

—Ni a un alma. —Su padre estrujó la rodilla de la criatura hasta que se le formaron lágrimas en los ojos.

Y entonces su padre se inclinó hacia él y besó al niño en la boca, e hizo otras cosas que ningún padre debería hacer a su hijo jamás.

## 32

Su padre llevaba ya mucho tiempo muerto, pero el siniestro hijoputa no andaba nunca lo bastante lejos de los pensamientos de Michael, que, de hecho, había ingeniado formas muy particulares de «escapar» de los demonios de su infancia.

Al día siguiente por la tarde, hacia las cuatro, se fue de compras a las Galerías Tysons, en McLean, Virginia. Buscaba algo muy especial: justo la chica indicada. Quería jugar a un juego llamado «semáforo rojo, semáforo verde».

En las galerías, y durante la siguiente media hora, abordó a unas cuantas posibles jugadoras en la puerta de Saks Quinta Avenida, de Neiman Marcus después, y luego de Lillie Rubin.

Su técnica era directa e invariable. Amplia sonrisa, y luego: «Hola. Me llamo Jeff Carter. ¿Podría hacerle un par de preguntas? ¿Le importa? Será rápido, se lo prometo.»

La quinta o sexta mujer a la que abordó tenía una cara muy bonita e inocente —¿cara de Madonna?—, y se paró a oír lo que tenía que decirle. Cuatro de las mujeres con las que lo había intentado antes eran bastante agradables. Una hasta coqueteó un poco, pero todas terminaron por irse.

No era algo que le molestara. Le gustaba la gente inteligente, y aquellas mujeres sólo estaban siendo cautelosas en el juego de ligar. ¿Qué decía la clásica advertencia? «No cojas eso, no tienes manera de saber de dónde ha salido.»

—Bueno, no se trata exactamente de preguntas —dijo a la Madonna de las galerías, siguiendo con su rutina de captación—. Permítame expresarlo de otra manera. Si digo algo que la moleste, daré media vuelta y me iré. ¿Le parece justo? Usted pone el semáforo en rojo o en verde.

—Es un poco raro —dijo la morenita. Era espectacularmente guapa de cara y, por lo que se podía apreciar, tenía buen cuerpo. Su voz era un poco monótona, pero, oye, nadie era perfecto. Salvo tal vez él mismo.

—Pero inofensivo —prosiguió—. Por cierto, me gustan sus botas.

—Gracias —dijo la chica—. No me molesta que me diga que le gustan. También me gustan a mí.

—También tiene una sonrisa muy bonita. Usted ya lo sabe, ¿verdad? Naturalmente que sí —se atrevió Sullivan.

—Vaya con cuidado. No tiente a su suerte.

Se rieron los dos, y a Sullivan le pareció que estaban congeniando. En todo caso, el juego seguía abierto. Sólo tenía que evitar que el semáforo se pusiera en rojo.

—¿Puedo continuar? —preguntó. Siempre hay que pedirles permiso. Era una regla que seguía cada vez que jugaba. «Sé siempre educado.»

Ella se encogió de hombros, desvió sus claros ojos castaños, traspasó la carga de su peso de una pierna a la otra.

—Supongo que sí. Ya que estamos, ¿por qué no?

—Mil dólares —dijo Sullivan. Normalmente, era en este punto cuando se ganaba o se perdía el juego. Justo... ahora.

La sonrisa se esfumó del rostro de la Madonna... pero

no lo dejó plantado. A Sullivan empezó a latirle más fuerte el corazón. La tenía enganchada, inclinada a su favor. Ahora sólo le quedaba cerrar la venta.

—Sin cosas raras, se lo prometo —se apresuró a decir Sullivan, derrochando su encanto sin que resultara demasiado fehaciente.

La Madonna frunció el ceño.

—Conque me lo promete, ¿eh?

—Una hora —dijo Sullivan. El truco estaba en cómo lo decía. Tenía que sonar como si fuera lo más normal del mundo, nada amenazador, nada que se saliera de lo corriente. Sólo un hora. Son mil dólares. ¿Por qué no? ¿Qué hay de malo en ello?

—Semáforo rojo —dijo ella, y se alejó de él, enfurruñada, sin siquiera volverse a mirarlo. Estaba claro que se había molestado.

Sullivan se puso como loco, el corazón se le había acelerado a cien y alguna otra cosa también. Sintió deseos de agarrar a la Madonna y estrangularla en mitad del centro comercial. Hacer una escabechina con ella. Pero le encantaba aquel jueguecito que se había inventado. Semáforo rojo, semáforo verde.

Media hora más tarde, estaba probando suerte en la puerta de Victoria's Secret, en el cercano centro comercial de Tysons Corner; llegó hasta «una hora» con una rubia de aspecto soñador que llevaba una camiseta con la inscripción «Jersey Girl» y unos shorts muy ajustados. Pero no hubo suerte con ella, y Sullivan empezaba ya a estar salido y a cabrearse. Necesitaba ganar, necesitaba echar un polvo, necesitaba una descarga de adrenalina.

La siguiente chica a la que abordó tenía un pelo rojo precioso, reluciente. Un cuerpo que quitaba el hipo. Piernas largas y unas tetas pequeñas y vivaces, que se movían al ritmo de su conversación cuando hablaba. Cuando le soltó lo de «una hora», cruzó sus delgados brazos sobre el pecho. «Caramba, eso sí que es lenguaje corporal.» Pero la pelirroja no se alejó de él. ¿Sentimientos encontrados? Seguro. Le encantaba eso en las mujeres.

—Tú mandas en todo momento. Tú eliges el hotel que quieras, o tu casa. Lo que quieras, lo que creas conveniente. Las condiciones las pones tú.

Ella se detuvo un momento a mirarlo, en silencio, y supo que lo estaba evaluando; llegados a este punto, todas te miraban fijamente a los ojos. Estaba seguro de que ésta confiaba en su instinto. «Las condiciones las pones tú.» Además, o quería los mil dólares o los necesitaba. Y por supuesto, él era guapo. La pelirroja habló por fin, en voz baja, porque nadie más debía escuchar esto, ¿vale?

—¿Llevas el dinero encima?

Él le enseñó un rollo de billetes de cien.

—¿Son todos de cien?

Él le mostró que eran de cien.

—¿Te importa que te pregunte cómo te llamas? —dijo Sullivan.

—Sherry.

—¿Es tu verdadero nombre?

—¿Qué más da, Jeff? Vamos. El tiempo corre. Tu hora ya ha empezado.

Y allá fueron.

Cuando hubo transcurrido su hora con Sherry, que de hecho fue más bien hora y media, a Michael Sullivan no le hizo falta darle dinero. Ni mil dólares, ni cinco centavos. No tuvo más que enseñarle a Sherry su colección de fotos... y un bisturí que traía consigo.

Semáforo rojo, semáforo verde.

Un juego cojonudo.

# 33

Dos días después de abandonarnos, Yaya volvió a casa, gracias a Dios y a todos los santos, que debían de velar por nosotros. Toda la familia, pero yo más que nadie, habíamos aprendido una lección sobre lo mucho que queríamos a Yaya y la necesitábamos; la cantidad de pequeñas cosas que hacía por nosotros todos los días y que a menudo pasaban inadvertidas, ignoradas; lo absolutamente indispensable que era y lo que se sacrificaba.

Y no es que Yaya permitiera bajo ninguna circunstancia que olvidáramos su contribución. Sólo que era aun mejor de lo que ella misma creía.

Cuando entró por la puerta de la cocina como si tal cosa aquella mañana, pescó a Jannie comiendo copos hinchados con chocolate y le largó una andanada en su particular e inimitable estilo:

—Me llamo Janelle Cross. Soy adicta a ciertas sustancias —dijo.

Jannie levantó ambos brazos en el aire en señal de rendición; luego fue y vació los cereales con chocolate directamente en la basura. Miró a Yaya a los ojos y agregó:

—Si fueras un vehículo que viaja a la velocidad de la

luz, ¿qué pasaría cuando encendieras los faros? —Luego abrazó a Yaya sin darle tiempo a intentar responder a preguntas sin respuesta.

Yo me acerqué y abracé también a Yaya, y tuve el buen juicio de mantener la boca cerrada, pero la pólvora seca.

Cuando volví del trabajo aquella noche, mi abuela me estaba esperando en la cocina. «Oh, oh», pensé, pero en el instante en que me vio me tendió los brazos, para mi sorpresa.

—Ven —dijo.

Cuando me tuvo entre sus brazos, prosiguió:

—Perdóname, Alex. No tenía ningún derecho a salir huyendo y dejaros de esa manera. Hice mal. Empecé a extrañaros nada más subirme al taxi con Abraham.

—Tenías todo el derecho del... —empecé a decir.

Yaya me cortó.

—Mira, Alex, no me discutas. Por una vez, déjalo mientras estás a tiempo.

Hice lo que se me ordenaba, y me callé.

# 34

Palabras mayores. En fin, vamos allá. Esa misma semana, el viernes por la mañana, pasados unos minutos de las nueve en punto, me encontraba solo en la antesala del despacho del director, Ron Burns, en el noveno piso del edificio Hoover, cuartel general del FBI.

Tony Woods, el asistente del director, asomó su rostro engañosamente angelical por la puerta del antedespacho.

—Hombre, Alex, ahí estás. ¿Por qué no entras? Buen trabajo el otro día en la avenida Kentucky. Sobre todo, dadas las circunstancias. El director quería hablar personalmente contigo de eso y de otros asuntos que tiene en mente. Me he enterado de que Ned Mahoney se va a recuperar del todo.

«Un trabajo fantástico, casi me matan», pensé mientras seguía a Woods al despacho interior. Ned Mahoney recibió un tiro en el cuello. También pudo haber muerto.

Allí estaba el director, esperándome en su santasanctórum. Con Ron Burns pasa una cosa graciosa: es un tipo agresivo, pero ha aprendido a charlar de naderías y sonreír mucho antes de ir al grano. Eso en Washington es casi una exigencia, sobre todo si has de tratar con políticos taimados como él. Lo que ocurre es que, como a tantos hombres eficientes que ocupan puestos de primer orden, la charla intrascendente se le da fatal. Así y todo, estuvimos hablando de deportes y del tiempo durante al menos noventa segundos antes de pasar a tratar el auténtico motivo de mi presencia.

—¿Y qué le ronda por la cabeza últimamente? —preguntó Burns—. Tony me dijo que quería verme, así que supongo que esto no es una visita de pura cortesía. Aparte, tengo que hablar con usted de unas cuantas cosas. De un caso nuevo que le voy a asignar, para empezar: un asesino en serie que actúa nada menos que en Vermont y Maine, figúrese.

Yo asentí y dejé que Burns parloteara un rato. Pero de pronto me sentí tenso y algo inseguro de mí mismo. Al final, lo tuve que cortar.

—No sé por dónde empezar a explicarle esto, señor director, así que se lo voy a decir sin más. He venido a decirle que dejo el FBI. Esto me resulta muy difícil, y violento. Le agradezco todo lo que ha hecho por mí, pero he tomado esta decisión por mi familia. Es definitiva. No voy a cambiar de opinión.

—¡Mierda! —ladró Burns, y dio un buen golpe en la mesa con la palma de la mano—. No me venga con ésas, Alex. ¿Por qué iba a dejarnos ahora? Me parece absurdo. Usted está haciendo carrera aquí muy rápidamente. Es consciente de ello, ¿no? Le diré qué vamos a hacer: no voy a permitirle que se vaya.

—No hay nada que pueda hacer para impedírmelo —le dije—. Lo siento, pero estoy seguro de que es lo que debo hacer. Le he dado cien mil vueltas en estos últimos días.

Burns se quedó mirándome a los ojos, y algo de determinación debió de ver, porque se puso de pie tras su escritorio. Acto seguido lo rodeó y me tendió la mano.

—Comete una terrible equivocación, y es un paso en falso lamentable en lo que se refiere a su carrera, pero está claro que no tiene sentido discutir con usted. Ha sido un verdadero placer trabajar con usted, Alex, y muy instructivo —dijo mientras se la estrechaba.

Estuvimos un par de minutos más de incómoda charla. Luego me puse en pie para marcharme de su despacho.

—Adiós, señor director.

Cuando llegaba a la puerta, Burns dijo:

—Alex, espero que pueda contar con usted alguna vez de todas formas. Puedo, ¿no?

Me reí de mala gana, porque el comentario era muy propio del espíritu irreductible de Burns, que nunca se daba por vencido.

—Puede llamarme alguna vez. Pero deje pasar unos meses, ¿vale?

—Como mínimo un par de días —dijo Burns, pero al menos me guiñó el ojo.

Nos reímos los dos, y de pronto me hice cargo: mi breve, aunque más bien ilustre carrera en el FBI había tocado a su fin.

O sea, que estaba en el paro.

# 35

No soy muy dado a lamentarme al recordar etapas pasadas de mi vida, ni nada parecido, y en todo caso la época que había pasado en el FBI había estado muy bien en general, y había resultado valiosa de cara al futuro. Había aprendido algunas cosas, logrado unas cuantas otras; como detener a un psicópata de la mafia rusa conocido como el Lobo. Y había hecho un puñado de buenos amigos, el jefe de Rescate de Rehenes, puede que incluso el director, lo que no me iba a perjudicar y es posible que hasta pudiera sacarme de un apuro algún día.

Así y todo, no estaba preparado para la increíble sensación de alivio que experimenté aquella mañana al sacar del edificio del FBI mis posesiones, metidas en una caja de cartón. Me sentía como si me hubieran quitado de encima al menos cien kilos de peso muerto, una carga que yo ni me había dado cuenta de que llevaba a cuestas. No estaba convencido de que acabara de tomar la decisión correcta, pero desde luego era la sensación que tenía.

Se acabaron los monstruos, humanos o de otro tipo, me iba diciendo. Se acabaron los monstruos para siempre.

Me encaminé hacia mi casa poco antes del mediodía.

Por fin libre. Llevaba abiertas las ventanillas del coche e iba escuchando el *No Woman, No Cry* de Bob Marley, y la radio atronaba con el estribillo «*Everything's gonna be alright*». Yo iba cantando también. No tenía planeado lo que haría a continuación, ni siquiera con el resto del día. Y era genial. De hecho, me gustaba la idea de pasar un rato sin hacer nada, y empezaba a pensar que se me podía dar bastante bien.

Había algo que tenía que hacer inmediatamente, mientras estuviera de humor. Me fui hasta el concesionario de Mercedes y encontré a la vendedora Laurie Berger. Di una vuelta de prueba con el R350, y tener tanto espacio para las piernas resultaba aún más gozoso corriendo por la autopista de lo que parecía en la sala de exposición. Me gustaba el brío del vehículo, y también el climatizador con zonas independientes de temperatura para las dos filas de asientos; era algo que tendría a todo el mundo contento, hasta a Mamá Yaya. Y lo que era aun más importante, ya era hora de que la familia y yo nos olvidáramos del viejo coche de Maria. Ya era hora, y tenía un dinero ahorrado, así que compré el R350, y me sentó de miedo.

Cuando llegué a casa, encontré una nota de Yaya sobre la mesa de la cocina. La había dejado para Jannie y Damon, pero la leí de todas formas.

Vosotros dos, salid de casa y tomad un poco el aire. Hay *coq au vin* en la olla. ¡Delicioso! Hacedme un favor, poned la mesa por mí. Y poneos con los deberes antes de cenar. Damon tiene que ensayar para el coro esta noche. Acuérdate de «sostener la respiración», jovencito. La tita Tia y yo hemos llevado a Ali al zoo, y estamos de fábula.

¡Vuestra Yaya no está, pero os vigilo de todas formas!

No pude evitar sonreír. Aquella mujer me había salvado hacía mucho tiempo, y ahora estaba salvando a mis hijos.

Venía acariciando la idea de salir con Ali de paseo, pero en lo sucesivo iba a tener mucho tiempo para hacerlo. Así que me preparé un sándwich con unas sobras de lomo y ensalada de repollo con mayonesa y luego, por alguna extraña razón, hice palomitas para uno.

¿Por qué?... ¿Y por qué no? Tampoco es que me encanten las palomitas, pero de pronto me apetecía un poco de comida basura, mantecosa y caliente. Era libre de ser yo mismo; libre para hacer estupideces si me venía en gana.

Me acabé las palomitas recién hechas y luego estuve tocando el piano un par de horas: Duke Ellington, Jelly Roll Morton, Al Green. Leí varios capítulos de un libro titulado *La sombra del viento*. Y luego hice lo verdaderamente inconcebible: me eché una siesta en mitad del día. Antes de caer dormido, volví a pensar en Maria, en los mejores días, nuestra luna de miel en Sandy Lane, en Barbados. Aquello sí que fue una pasada. Cuánto la echaba de menos, y cómo deseaba que estuviera allí en aquel momento para contarle las nuevas.

El teléfono no sonó en toda la tarde. Ya no tenía busca, y en palabras de Yaya... estaba de fábula.

Yaya y Ali llegaron juntos a casa, luego llegó Jannie, y por último, Damon. Su regreso escalonado me dio ocasión de fardar de nuestro coche nuevo tres veces, y de recibir sus elogios y aplausos tres veces. ¡Qué día tan, tan fantástico estaba resultando éste!

Por la noche, en la cena, dimos buena cuenta del pollo afrancesado de Yaya, y me reservé la gran noticia para los postres: helado de calabaza y café con leche.

Jannie y Damon querían acabar y salir corriendo, pero no dejé que nadie se levantara de la mesa. Jannie quería seguir leyendo su libro. Estaba flipando con *Eragon* por aquellos días, en lo que supongo que no había nada de malo, aunque nunca he entendido por qué los niños han de leer un mismo libro media docena de veces.

—Y ahora, ¿qué pasa? —preguntó con los ojos en blanco, como si ya conociera la respuesta.

—Tengo noticias —le dije, tanto a ella como a todos los demás.

Los críos intercambiaron miradas, y Jannie y Damon coincidieron en sacudir la cabeza y fruncir el ceño. Todos creían saber lo que vendría a continuación: que tenía que irme de viaje para investigar un nuevo crimen, probablemente un caso de asesinatos en serie. Tal vez esa misma noche, como hacía siempre.

—No me voy a ninguna parte —dije, con una sonrisa de oreja a oreja—. Se trata justamente de lo contrario. De hecho, esta noche pienso ver a Damon practicar para el coro. Quiero escuchar ese ruido jubiloso. Quiero ver cómo lleva lo de «sostener la respiración» últimamente.

—¿Vas a verme ensayar? —exclamó Damon—. ¿Qué pasa, hay un asesino en nuestro coro?

Yo estaba estirando la cosa a propósito, saltando con la mirada de una cara a otra todo el rato. Estaba claro que ninguno de ellos se olía lo que iba a decirles. Ni siquiera nuestra astuta y sabihonda Yaya se lo había figurado todavía.

Finalmente, Jannie miró a Ali.

—Haz que nos diga qué pasa, Ali. Hazle hablar.

—Venga, papá —dijo el hombrecito, que ya era un manipulador consumado—. Cuéntanoslo antes de que Jannie se vuelva loca.

—Vale, vale, vale. Voy al grano. Me temo que he de deciros que me he quedado en el paro, y que estamos prácticamente en la ruina. Bueno, tampoco es eso. Da igual, el caso es que esta mañana he dimitido del FBI. En todo el resto del día no he hecho nada. Y esta noche me toca el ensayo de *Cantante Domino*.

Mamá Yaya y los críos rompieron a aplaudir como locos. «¡En-la-rui-na! ¡En-la-rui-na!», empezaron a corear los chavales.

Y quién lo iba a decir: sonaba a música celestial.

Así que se acabaron los monstruos.

## 36

El siguiente giro de la historia empezó así. John Sampson era una estrella dentro del Departamento de Policía de Washington por entonces. Desde que Alex lo dejó para pasarse al FBI, su reputación no había parado de crecer, y no es que antes Sampson no estuviera bien considerado, ni que no se hubiera ganado mucho respeto por razones de todo tipo. Lo curioso del caso es que a Sampson se la sudaba. La aprobación de sus pares nunca había significado mucho para el Gran Hombre. Salvo quizá si se trataba de la de Alex, y aun eso a ratos.

Su caso más reciente era todo un desafío. Acaso porque detestaba al pésimo actor al que trataba de dar caza. El montón de escoria en cuestión, Gino *Bola de Grasa* Giametti, controlaba locales de *strip-tease* y casas de masaje que se extendían por el sur nada menos que hasta Fort Lauderdale y Miami. Su «otro» negocio era suministrar chicas adolescentes, y a veces prepúberes, a pervertidos. El propio Giametti estaba obsesionado con lo que algunos llaman «complejo de Lolita».

—Capo —musitó Sampson entre dientes mientras conducía por la calle de Giametti, en el lujoso distrito de

Kalorama, en el D.C. El pomposo término era abreviatura de *capitano*, un capitán de la Mafia. Gino Giametti llevaba años haciendo mucho dinero. Había sido uno de los primeros mafiosos en darse cuenta de que se podía hacer una fortuna trayendo guapas jovencitas de los países del antiguo bloque soviético, en particular de Rusia, Polonia y la ex Checoslovaquia. Ésa era su especialidad, y la razón por la que ahora Sampson le estaba pisando el culo. Lo único que sentía era que Alex no lo acompañara en esta redada. A éste lo iban a pillar con los pantalones bajados.

Poco después de medianoche, se detuvo frente a la casa de Giametti. El mafioso no llevaba un estilo de vida muy ostentoso, pero tenía bien cubiertas sus necesidades. Así era como la Mafia cuidaba de los suyos.

Sampson echó una ojeada al retrovisor y vio un par de coches más que reducían la marcha justo detrás de él. Habló a un micrófono que sobresalía del cuello de su camisa.

—Buenas noches, caballeros. Y, la verdad, creo que va a ser una gran noche. Me da en la nariz. Vamos a sacar de la cama a esa bola de grasa.

# 37

Por aquellos días el compañero de Sampson era un detective de veintiocho años llamado Marion Handler, que era casi tan alto como Sampson. Aunque Handler no era Alex Cross, desde luego. Vivía en aquel momento con una animadora de los Washington Redskins de mucho pecho y poco seso, y pretendía hacerse un nombre en Homicidios.

—Yo soy de ascender rápido, tío —le gustaba decirle a Sampson, sin el menor asomo de humor o modestia.

El simple hecho de pasarse el día con el arrogante detective era agotador y deprimente. El tío era corto, sin más; peor aun, presumía de ello aireando sus frecuentes patinazos lógicos.

—Ya me encargo yo de esto —anunció Handler cuando llegaron al porche de entrada de la casa de Giametti.

Cuatro detectives más, uno de los cuales sostenía un ariete, aguardaban ya en la puerta. Miraron a Sampson esperando instrucciones.

—¿Quieres dirigirlo tú? Ningún problema, Marion. Adelante —le dijo a Handler—. El primero que entra es el primero que va al depósito —añadió acto seguido. Y se dirigió al detective que sostenía el ariete—. ¡Échela abajo! El detective Handler entrará el primero.

La puerta de la calle se derrumbó de dos potentes embestidas con el ariete. El sistema de alarma de la casa se disparó con toda su estridencia y los detectives entraron corriendo.

Los ojos de Sampson repasaron la penumbra de la cocina. Allí no había nadie. Electrodomésticos nuevos por todas partes. Un iPod y CD desparramados por el suelo, síntoma de críos en casa.

—Está abajo —dijo Sampson a los demás—. Giametti ya no duerme con su mujer.

Los detectives bajaron a la carrera por unas empinadas escaleras de madera que había en el extremo opuesto de la cocina. No llevaban dentro de la casa más de veinte segundos. Una vez en el sótano, irrumpieron por la primera puerta que encontraron.

—¡Policía metropolitana! ¡Arriba las manos! ¡Ya, Giametti! —tronó la voz de Marion Handler.

Bola de Grasa se levantó en un periquete. Se quedó de pie, encogido en actitud de protegerse, junto al lado más alejado de la enorme cama. Era un hombre barrigudo y peludo de cuarenta y tantos años. Parecía aturdido, como si no se enterara todavía de nada, drogado tal vez. Pero a John Sampson no lo engañaba su apariencia física: ese hombre era un asesino despiadado. Y cosas mucho peores.

Una chica desnuda, muy guapa, de larga melena rubia y piel inmaculada y blanca, seguía en la cama. Trató de cubrir sus pequeños pechos y su zona genital rasurada. Sampson sabía cómo se llamaba, Paulina Sroka, y que era originaria de Polonia. Sampson sabía de antemano que estaría allí, y que se decía que Giametti estaba locamente enamorado de la belleza rubia que había importado de

Europa seis meses antes. Según algunas fuentes, Bola de Grasa había matado a la mejor amiga de la chica por negarse a practicar el sexo anal con él.

—No debe tener miedo —dijo Sampson a Paulina—. Somos de la policía de Washington. Usted no está metida en un lío. Lo está él.

—¡Tú cállate la boca! —gritó Giametti a la chica, que parecía asustada y confusa a un tiempo—. ¡No les digas ni una palabra! ¡Ni palabra, Paulie! ¡Te lo advierto!

Sampson se movía más deprisa de lo que uno podría suponer. Arrojó a Giametti al suelo y le puso las esposas como quien ata un novillo en un rodeo.

—¡No digas una palabra! —siguió chillando Giametti, aún con la cara aplastada contra la tupida alfombra—. ¡No hables con ellos, Paulie! ¡Te lo advierto! ¿Me oyes?

La muchacha puso cara de pena y desconcierto mientras se incorporaba sobre las sábanas revueltas, tratando de cubrirse con una camisa de hombre que le habían dado los detectives.

Por fin, habló en el más tenue de los susurros:

—Él obliga mí hacer todo que quiere. Él hace todo malo a mí. Ustedes saben lo que digo yo: todo que se puede imaginar. Casi no puedo andar. Tengo catorce años...

Sampson se volvió hacia Handler.

—Puedes encargarte del resto, Marion. Llévatelo de aquí, anda. No quiero mancharme las manos.

## 38

Una hora más tarde, Gino Giametti se cocía en su propia grasa y se asaba luego a la parrilla de potentes focos, hasta quedar bien guisado, en la sala 1 de Investigación de la comisaría del distrito Uno. Sampson no le quitaba los ojos de encima al sádico mafioso, que tenía el molesto hábito de rascarse el cuero cabelludo de forma compulsiva, tan fuerte que llegaba a hacerse sangre. El propio Giametti no parecía darse cuenta.

Hasta entonces, la función la había estado dirigiendo Marion Handler, que había hecho la mayor parte de los preliminares del interrogatorio, pero Giametti no tenía gran cosa que decirle. Sampson observaba reclinado en la silla, aquilatando a ambos hombres.

De momento, Giametti iba ganando. Era mucho más listo de lo que parecía.

—Me desperté y me encontré a Paulie durmiendo en mi cama. Durmiendo, igual que cuando irrumpieron ustedes. ¿Qué quieren que les diga? Ella tiene su propia habitación, en el piso de arriba. Pero es una niña muy miedosa. Y un poco loca, a veces. Paulie ayuda a mi mujer con las faenas de la casa y toda esa mierda. Queríamos mandarla a algún colegio de la zona. Un colegio de los buenos. Estábamos esperando a que trabajara más su inglés primero. Oigan, tratábamos de hacer lo mejor para esa chica, así que, ¿por qué vienen a tocarme los cojones?

Sampson se incorporó en la silla por fin. Ya había oído suficientes embustes por esa noche.

—¿Nunca te han dicho que serías un *crack* del regate? —preguntó—. Y Marion, tú serías su pareja ideal en los entrenamientos.

—La verdad es que sí —dijo Giametti, y sonrió muy satisfecho—. Ya me lo han dicho un par de personas, exactamente con las mismas palabras. ¿Sabe una cosa? Creo que también eran polis.

—Paulina ya nos ha dicho que te vio matar a su amiga Alexa. Alexa tenía dieciséis años cuando murió. ¡La estrangularon con un cable!

Giametti dio un puñetazo en la mesa.

—Esa putita está loca. Paulie miente más que respira. ¿Qué hicieron, amenazarla con mandarla de vuelta a casa? ¿Con deportarla a Polonia? Eso es lo que más teme.

Sampson sacudió la cabeza.

—No, le dije que haríamos lo posible por ayudarla a quedarse en Estados Unidos. Que la mandaríamos a un colegio. De los buenos. Por hacer lo mejor para ella.

—Miente, y está loca —dijo Giametti—. Se lo estoy diciendo, esa preciosidad está chiflada por partida doble.

Sampson asintió pausadamente con la cabeza.

—¿Miente? De acuerdo, ¿qué me dices entonces de Roberto Gallo? ¿También miente? Te vio matar a Alexa y meter el cuerpo en el maletero de tu Lincoln. ¿O es que se lo ha inventado?

—Claro que se lo ha inventado. Es mentira de principio a fin; es una patraña. Usted lo sabe. Lo sé yo. Lo sabe

Bobby Gallo. ¿Alexa? ¿Quién coño es Alexa? ¿La amiga imaginaria de Paulie?

Sampson encogió sus anchos hombros y preguntó:

—¿Cómo sé yo que lo que cuenta Gallo es mentira?

—¡Pues porque nunca ocurrió, por eso! —gritó Giametti—. Porque probablemente Bobby Gallo ha hecho un trato con usted.

—¿Quieres decir... que no fue así como ocurrió? ¿Que Gallo no fue en realidad testigo ocular de los hechos? Pero ¿Paulina sí? ¿Es eso lo que me estás diciendo?

Giametti frunció el ceño y sacudió la cabeza.

—¿Cree que soy idiota, detective Sampson? No soy idiota.

Sampson extendió los brazos apuntando a la pequeña y muy iluminada sala de interrogatorios.

—Y sin embargo, aquí estás —dijo con tono lógico.

Giametti reflexionó unos instantes. Luego hizo un gesto señalando a Handler.

—Dígale aquí al pipiolo que se vaya a pasear a un bosque y se pierda. Quiero hablar con usted. Solos usted y yo, machote.

Sampson se encogió de hombros, elevó los ojos al techo y lanzó una mirada a Marion Handler.

—¿Qué tal si te tomas un descanso, Marion?

A Handler no le hizo gracia, pero se levantó y abandonó la sala de interrogatorios. Hizo mucho ruido al salir, como un alumno arrogante de instituto expulsado de clase.

Sampson no dijo nada una vez que se hubieron quedado solos Giametti y él. Seguía estudiando al mafioso, tratando de meterse en su piel de reptil.

El tío era un asesino, de eso no había duda. Y además Giametti tenía que ser consciente de que ahora mismo estaba de mierda hasta las cejas. Paulina Sroka tenía catorce años.

—¿Qué, haciéndose el tipo fuerte y callado? —dijo Giametti sonriendo de nuevo con petulancia—. ¿Es ése su juego, machote?

Sampson siguió sin decir palabra. Y así permanecieron varios minutos.

Finalmente, Giametti se inclinó hacia delante y habló con voz seria y tranquila.

—Mire, usted sabe que todo esto no va a ninguna parte, ¿no? No hay arma del crimen. No hay cadáver. No me he cargado a ninguna niña polaca llamada Alexa. Y Pauline está loca. En serio se lo digo. Tiene pocos años pero no es ninguna niña. En su país hacía la calle. ¿Sabía usted eso?

Sampson habló al fin.

—Lo que sé, y puedo probar, es esto: estabas teniendo relaciones sexuales con una chica de catorce años en tu propia casa.

Giametti sacudió la cabeza.

—No es una chica de catorce años. Es una putita. Sea como sea, tengo algo para usted, algo con que negociar. Tiene que ver con un amigo suyo: Alex Cross. ¿Me está escuchando, detective? Pues escuche esto. Sé quién mató a su mujer. Y también sé dónde está ahora.

## 39

John Sampson salió de su coche con calma, recorrió pesadamente el conocido sendero de piedra y subió por último los escalones de entrada al domicilio familiar de los Cross de la calle Cinco.

Vaciló un momento ante la puerta, tratando de aclarar sus pensamientos y serenarse en la medida de lo posible. Aquello no iba a ser fácil, y nadie lo sabía mejor que él. Estaba al tanto de cosas sobre el asesinato de Maria Cross que ni el propio Alex sabía.

Por fin, alargó el brazo y llamó al timbre. Algo que debía de haber hecho mil veces en su vida, pero nunca sintiéndose como ahora.

De esta visita no iba a salir nada bueno. Nada bueno en absoluto. Podía ser incluso que pusiera fin a una larga amistad.

Al cabo de un momento, a Sampson le sorprendió que fuera Mamá Yaya quien acudiera a la puerta. La anciana llevaba una bata azul de flores y parecía aun más menuda que de costumbre, como un ave centenaria digna de ser venerada. Y en esta casa seguro que lo era, incluso por él.

—¿Qué pasa ahora, John? ¿Qué ocurre? Casi me da

miedo preguntar. En fin, pasa, pasa. Vas a asustar a todo el vecindario.

—Ya están asustados, Yaya —dijo Sampson, arrastrando las palabras, y forzó una sonrisa—. Esto es el distrito Sureste, ¿no te acuerdas?

—No me vengas con bromas, John. No te atrevas. ¿A qué has venido?

Sampson se sentía de pronto como si volviera a ser un adolescente, fulminado por una de las infaustas miradas severas de Yaya. La escena le resultaba tan rematadamente familiar... Le recordó a aquella vez que a Alex y a él los cazaron robando discos en Grady's, cuando estaban en secundaria. O la vez que estaban fumando marihuana detrás del instituto John Carroll y les pilló un ayudante del director, y Yaya tuvo que venir a llevárselos.

—Tengo que hablar con Alex —dijo Sampson—. Es importante, Yaya. Tenemos que despertarlo.

—¿Y eso por qué? —preguntó ella, dando golpecitos con el pie en el suelo—. Son las tres y cuarto de la madrugada. Alex ya no trabaja para la ciudad de Washington. ¿Es que no pueden dejarlo en paz de una vez? Y tenías que ser tú precisamente, John Sampson. ¿Cómo se te ocurre venir por aquí en plena noche, a pedirle ayuda otra vez?

Sampson no acostumbraba a discutir con Mamá Yaya, pero esta vez lo hizo.

—Me temo que la cosa no puede esperar, Yaya. Y ahora no soy yo el que necesita la ayuda de Alex. Es él quien necesita la mía.

Y sin decir más, Sampson entró en casa de los Cross, dejando atrás a Yaya, sin que lo hubieran invitado a pasar.

## 40

Eran casi las cuatro de la mañana, y Sampson y yo íbamos en su coche de vuelta a la comisaría del distrito Uno. Yo estaba ya despierto del todo, y alerta. Mi sistema nervioso parecía vibrar.

¿El asesino de Maria? ¿Después de tantos años? ¿De verdad existía una remota posibilidad de cazar al asesino transcurridos más de diez años desde que mataran a mi mujer a tiros? Todo el asunto me parecía mentira. En su día, estuve investigando el caso como poseído durante todo un año, y nunca desistí del todo de cazarlo. ¿Y ahora, de pronto, podíamos dar con el asesino? ¿Era posible?

Llegamos a la comisaría de la calle Cuatro y entramos corriendo, sin decir palabra ninguno de los dos. Una comisaría durante el turno de noche puede parecerse mucho a un servicio de urgencias: nunca sabes qué puedes encontrarte al entrar. Y esta vez, no tenía la menor pista, pero me moría de ganas de hablar con Giametti.

Todo parecía inusualmente tranquilo cuando entramos por la puerta principal, pero la cosa no tardó en cambiar. Se hizo evidente para Sampson y para mí que algo iba mal cuando bajamos a los calabozos. Había media docena de detectives y agentes de uniforme dando vueltas por allí. Parecían demasiado inquietos y en tensión para ser las horas que eran. Decididamente, ocurría algo.

Marion Handler, el nuevo compañero de Sampson, nos vio y se acercó a John a toda prisa. Handler me ignoró, y yo me esforcé por no hacerle ni puto caso. Había hablado con él un par de veces, y el tipo me parecía un macarra y un fantasma. Me preguntaba cómo era posible que John lo aguantara como lo hacía.

Tal vez veía algo en Handler que a mí se me escapaba, o tal vez era sólo que por fin Sampson se estaba ablandando un poquito.

—No vas a creerte esta mierda. Es impensable —le dijo a Sampson—. Alguien ha llegado hasta Giametti. No te vacilo, Sampson. Está allí muerto en su celda. Alguien se lo ha cargado estando aquí dentro.

Yo me sentía petrificado mientras Handler nos conducía hacia la última celda de la fila. No podía creerme lo que acababa de oír. ¿Primero nos daban una pista del paradero del asesino de Maria y ahora habían asesinado al tío que nos la había dado? ¿Allí dentro?

—Lo habíamos aislado y todo —le dijo Handler a Sampson—. ¿Cómo han podido llegar hasta él estando aquí? ¡En nuestras propias narices!

Sampson y yo ignoramos la pregunta y entramos directamente en la última celda de la derecha. Había dos técnicos buscando pruebas alrededor del cuerpo, pero con lo que pude ver fue suficiente. A Gino Giametti le habían hundido un picador de hielo hasta el fondo de la nariz. Parecía que lo hubieran usado primero para sacarle los ojos.

—No veo nada, no sé nada —parodió Sampson con su voz grave y monótona—. Ha tenido que ser la Mafia.

# 41

Cuando llegué a casa unas horas más tarde, sabía que no iba a poder dormir bien. ¿Y qué tenía eso de novedoso? Los críos estaban en el cole, Yaya había salido; en la casa reinaba un silencio sepulcral.

Yaya había pegado en la nevera otro de sus titulares de periódico con errores tontos: «Tribunal de menores juzga a la víctima de un tiroteo.» Muy gracioso, pero yo no estaba para risas, ni aunque fuera a costa de los periodistas. Me puse a tocar el piano en el porche acristalado y me serví una copa de vino tinto, pero todo parecía inútil.

Tenía en la cabeza la imagen de la cara de Maria y el sonido de su voz. Me pregunté cómo es que a veces empezamos a olvidar y de pronto recordamos con toda claridad a aquellos que hemos perdido. Dentro de mí, todo lo relativo a Maria, a nuestra vida en común, parecía salir de nuevo a la superficie.

Al final, sobre las diez y media, subí a mi habitación. Había pasado demasiados días como éste, con sus noches. Subir a acostarme y dormir solo en mi cama. ¿Qué estaba pasando?

Me tendí en la cama y cerré los ojos, pero tampoco esperaba dormirme, sólo descansar. No había dejado de pensar en Maria desde que salí de la comisaría de la calle Cuatro. Algunas de las imágenes que me vinieron a la cabeza eran de nosotros dos cuando los niños eran pequeños; momentos buenos y también malos, no era todo memoria selectiva de rollo sentimental.

Me puse tenso en la cama pensando en ella, y acabé por comprender algo útil relativo al presente: que quería que mi vida volviera a tener sentido. Bastante sencillo, ¿verdad? Pero ¿era posible todavía? ¿Podía seguir adelante?

Bueno, quizás. Había alguien. Alguien que me importaba lo bastante para animarme a hacer algunos cambios. ¿O estaba engañándome a mí mismo otra vez? Finalmente, caí en un sueño inquieto, sin sueños, que venía a ser lo máximo que conseguía ya.

# 42

Lo único que tenía que hacer era seguir adelante, ¿no? Introducir algunos cambios bien pensados en mi vida. Me había deshecho de la vieja cafetera de Maria y había pasado página y mejorado de situación con nuestro vehículo *crossover*. ¿Qué problema había para hacer unos cuantos cambios más? ¿Y por qué seguía fracasando en el intento?

«Alex tiene una cita importante», me repetía de vez en cuando el viernes siguiente. Por eso había elegido el restaurante New Heights de la calle Calvert, en Woodley Park. El New Heights era un sitio muy indicado para citas serias. Había quedado allí con la doctora Kayla Coles después de que saliera del trabajo, más bien pronto para ella, a las nueve.

Me senté a nuestra mesa, en parte porque me temía que se la fueran a dar a otros si Kayla tardaba en aparecer, como así fue: a y cuarto más o menos.

No me importó que llegara con retraso. Me alegré de verla igualmente. Kayla es una mujer muy guapa, con una sonrisa radiante, y lo que es más importante, estoy a gusto en su compañía. Parece que siempre tengamos algo de que hablar. Justo lo contrario de lo que les pasa a muchas parejas que conozco.

—¡Uau! —exclamé, y le sonreí, cuando la vi avanzar, como deslizándose, por el comedor. Llevaba zapatos planos, seguramente porque mide metro setenta y ocho descalza, o acaso sólo porque está en sus cabales y no soporta la incomodidad de llevar tacones.

—¡Uau por ti! Tú también estás guapo, Alex. Y qué vistas. Me encanta este sitio.

Había pedido que nos reservaran una mesa junto a un ventanal que daba al parque Rock Creek, y tenía que admitir que era bastante espectacular. Lo mismo podía decirse de Kayla, que se había vestido de gala, con chaqueta de seda blanca y blusa beige, pantalón negro y un bonito fajín dorado en la cintura elegantemente caído de un lado.

Pedimos una botella de pinot noir y disfrutamos de un cena magnífica, realzada por un paté de judías negras y queso de cabra que compartimos; trucha alpina a la brasa para ella, solomillo a la pimienta para mí; y pastel de frutas con praliné y chocolate amargo para dos. Todo en el restaurante New Heights era perfecto para la ocasión: los cerezos de afuera, en flor en otoño; unos cuantos cuadros bastante interesantes de artistas locales colgados en las paredes; el delicioso olor a hinojo y ajo asado que se extendía por el comedor, velas encendidas allí donde fijáramos la vista. Aunque la mía estuvo puesta básicamente en Kayla, la mayor parte del tiempo en sus ojos, que eran de un castaño oscuro, hermosos e inteligentes.

Después de la cena, fuimos juntos a dar un paseo cruzando el puente Duke Ellington, hacia Adams Morgan y Columbia Road. Nos detuvimos en una de mis tiendas favoritas de Washington, Crooked Beat Records, y compré discos de Alex Chilton y de John Coltrane, para ella, a Neil Becton, uno de los propietarios y viejo amigo mío, que en otros tiempos escribía en el *Post*. Luego Kayla y yo recalamos en Kabani Village, no lejos de allí. Nos tomamos unos mojitos y pasamos una hora viendo un taller de teatro.

Caminamos de vuelta a mi coche cogidos de la mano y sin parar de hablar. Entonces Kayla me besó... en la mejilla.

No supe muy bien cómo tomarme aquello.

—Gracias por la velada —dijo—. Ha sido perfecta, Alex. Como tú.

—Sí que ha estado bien, ¿no? —dije, aún no del todo repuesto de aquel beso de hermana.

Ella sonrió.

—Nunca te había visto tan relajado.

Creo que eso era lo mejor que podía haber dicho, y compensó un poco la escasez del beso en la mejilla. Un poco.

Entonces Kayla me besó en la boca, y yo a ella. Eso estuvo mucho mejor, como lo estuvo el resto de la noche, en su apartamento de Capitol Hill. Durante unas horas, al menos, sentí que mi vida empezaba a cobrar sentido otra vez.

# 43

El Carnicero siempre había opinado que Venecia, la de Italia, estaba un poco sobrevalorada, en realidad.

Pero hoy en día, con la avalancha incesante de turistas, y sobre todo con el trasiego de norteamericanos arrogantes e ingenuos hasta decir basta, cualquiera que tuviera dos dedos de frente habría de estar de acuerdo con él. O tal vez no, dado que la mayor parte de la gente que conocía eran perfectos imbéciles, si se paraba a pensarlo. Eso era algo que había aprendido cuando tenía quince años y andaba por las calles de Brooklyn, después de escaparse de casa por tercera o cuarta vez siendo adolescente, un joven problemático, una víctima de sus circunstancias, o quizás un psicópata de nacimiento sin más.

Había llegado a las afueras de Venecia en coche y aparcado en Piazzale Roma. Luego, mientras se apresuraba a coger un taxi acuático que lo llevara a su destino, pudo ver la emoción, o incluso la admiración reverencial, que Venecia despertaba en casi todos los rostros con los que se cruzó. Tontos del culo y borregos. Ni uno solo de ellos había alumbrado en su vida una idea original o llegado a alguna conclusión sin la ayuda de una estúpida guía turística. Con todo y con eso, hasta él tenía que admitir que el cúmulo de antiguos palacios hundiéndose lentamente en la laguna podía ser visualmente deslumbrante según la luz que les diera, sobre todo vistos de lejos.

Una vez a bordo del taxi acuático, no obstante, no pensó en otra cosa que el trabajo que tenía en perspectiva: Martin y Marcia Harris.

Al menos, por esos nombres los conocían sus incautos vecinos y amigos de Madison, Wisconsin. Quiénes fueran en realidad los de la pareja carecía de importancia; aunque Sullivan estaba al corriente de su identidad. Lo que contaba era que representaban cien mil dólares ya depositados en su cuenta suiza, gastos aparte, por dos únicos días de trabajo. Estaba considerado como uno de los ejecutores más eficientes del mundo, y un cliente ha de recibir el valor de lo que paga, salvo en los restaurantes de Los Ángeles. Le había sorprendido un poco que le contratara John Maggione Junior, pero daba gusto volver a trabajar.

El taxi acuático amarró en el río Di San Mosè, fuera del Gran Canal, y Sullivan pudo llegar, dejando atrás angostas tiendas y museos, a la vasta plaza de San Marcos. Se mantenía en contacto por radio con un observador, y le habían dicho que los Harris estaban dando vueltas por la plaza, disfrutando de las vistas relajadamente. Eran casi las once de la noche, y se preguntó qué tendrían planeado hacer a continuación. ¿Salir a bailar? ¿Una cena tardía en el Cipriani? ¿Tomar unas copas en el Harry's Bar?

Entonces vio a la pareja; él, con una gabardina Burberry; ella, con un chal de cachemira y un ejemplar de *La ciudad de los ángeles caídos*, de John Berendt, en la mano.

Los siguió, oculto entre la multitud bulliciosa y festiva. A Sullivan le había parecido que lo mejor era ir vestido de forma anodina; chinos color caqui, sudadera y gorro de lluvia. De los pantalones, la sudadera y el gorro podía deshacerse en cuestión de segundos. Debajo llevaba un traje de tweed marrón, camisa y corbata, y además tenía una boina. Con eso se convertiría en «el profesor». Uno de sus disfraces favoritos cuando viajaba a Europa por trabajo.

Los Harris no se alejaban mucho de San Marcos, y finalmente giraron por la calle Tredici Martiri. Sullivan sabía que se alojaban en el hotel Bauer, así que se iban ya para casa.

—Casi me lo estáis poniendo demasiado fácil —masculló para sí.

Luego pensó: «Error.»

## 44

Siguió a Martin y Marcia Harris, que se adentraron en un callejón oscuro cogidos del brazo, una vía estrecha y típicamente veneciana. Cruzaron la verja de entrada al hotel Bauer. Se preguntó por qué los querría muertos John Maggione Junior, pero tampoco le importaba.

Al poco rato estaba sentado enfrente de ellos, al otro lado de la barra, en la terraza del hotel. Un rinconcito encantador, acogedor como un sofá de dos plazas, que daba al Canal y a la Chiesa della Salute. El Carnicero se pidió un Bushmills, pero no bebió más que un sorbo o dos, lo justo para rebajar un poco la tensión. Llevaba un bisturí en el bolsillo del pantalón, y lo acariciaba mientras observaba a los Harris.

«Menudos tortolitos —pensó, sin poderlo evitar, mientras les veía darse un beso interminable en el bar—. Marchaos a la habitación, haced el favor.»

Como si le estuviera leyendo el pensamiento al Carnicero, Martin Harris pagó la cuenta y la pareja abandonó el bar de la terraza, abarrotado y en penumbra. Sullivan salió detrás de ellos. El Bauer era un *palazzo* de estilo veneciano, más parecido a una casa particular que a un hotel, lujoso y opulento hasta el último rincón. A su propia mujer, Caitlin, le habría encantado, pero nunca podría llevarla allí, como tampoco podría él volver jamás.

No después de aquella noche y de la atroz tragedia que iba a tener lugar allí en cuestión de minutos. Porque ésa era su especialidad: las tragedias, y concretamente las atroces.

Sabía que el Bauer tenía noventa y siete habitaciones y dieciocho suites, y que los Harris se alojaban en una de las suites del tercer piso. Subió tras ellos por las escaleras alfombradas y enseguida pensó: «Error.»

«Pero ¿de quién: suyo o mío?»

Giró por el pasillo tras el último peldaño... ¡y todo se complicó, en un abrir y cerrar de ojos!

Los Harris lo estaban esperando, los dos con las pistolas desenfundadas, y Martin con una sonrisa de suficiencia de lo más desagradable. Todo indicaba que pensaban hacerlo entrar en su habitación para matarlo allí. Estaba claro que era una encerrona... a cargo de dos profesionales.

Y un trabajo no demasiado chapucero. De ocho sobre diez.

Pero ¿quién le había hecho esto? ¿Quién le había preparado una encerrona mortal en Venecia? Y lo más intrigante: ¿por qué iban a por él? ¿Por qué a por él? ¿Y por qué ahora?

Tampoco es que estuviera pensando en nada de eso en aquel momento, en el pasillo tenuemente iluminado del Bauer, encañonado por dos pistolas.

Por fortuna, los Harris habían cometido varias equivocaciones por el camino. Se habían dejado seguir con demasiada facilidad; se habían mostrado demasiado descuidados e indiferentes; y demasiado románticos, en su hastiada opinión al menos, para ser una pareja que llevaba casada veinte años, por más que estuvieran de vacaciones en Venecia.

Así que el Carnicero había subido las escaleras con su propia pistola desenfundada... y en el momento en que los vio con las armas en la mano, disparó.

Sin dudar ni un momento, ni medio segundo.

Como el cerdo machista que era, se cargó primero al tío, al adversario más peligroso a su juicio. Acertó a Martin Harris en la cara, le voló la nariz y el labio superior. Un tiro mortal de necesidad. La cabeza del hombre se inclinó hacia atrás violentamente y su rubio peluquín salió volando.

Entonces Sullivan se tiró al suelo como el rayo, rodó a su izquierda, y el disparo de Marcia Harris le pasó a palmo y medio por lo menos.

Él volvió a disparar... y le dio a Marcia a un lado de la garganta; luego le encajó un segundo disparo en el pecho agitado. Y un tercero en el corazón.

El Carnicero sabía que los Harris yacían muertos en el pasillo, ahí tendidos como dos faldas de vaca, pero no salió por piernas del Bauer.

Lo que hizo fue sacar su bisturí como un látigo y acercarse a trabajar un poco sus caras y gargantas. De haber contado con tiempo, les hubiera cosido además las bocas y los párpados, a modo de mensaje. Luego sacó media docena de fotos de sus víctimas, los frustrados asesinos, para su preciada colección particular.

Un día no muy lejano, el Carnicero mostraría esas fotos a la persona que había pagado por verle muerto y fracasado en el intento, y que podía darse ya por muerta.

Esa persona era John Maggione Junior, el mismísimo Don.

# 45

En su identidad de Michael Sullivan, tenía por costumbre repensarse cualquier cosa varias veces, no únicamente sus trabajos de sicario. Este arraigado hábito incluía asuntos familiares, pequeños detalles como el sitio y el modo en que vivían y quién estaba al corriente. También lo acompañaban siempre imágenes de la carnicería de su padre en Flatlands: un toldo de anchas franjas naranjas, blancas y verdes, los colores de la bandera de Irlanda; el blanco deslumbrante del interior del establecimiento; la ruidosa picadora eléctrica de carne que parecía sacudir el edificio entero cada vez que se ponía en marcha.

Para ésta, su nueva vida muy lejos de Brooklyn, había elegido el próspero y mayoritariamente blanco y burgués condado de Montgomery, en Maryland.

Concretamente, se había decantado por la ciudad de Potomac.

Hacia las tres de la tarde del día en que volvió de Europa, iba conduciendo a exactamente cuarenta kilómetros por hora por Potomac Village, y se detuvo como un buen ciudadano más en el semáforo en rojo, insufriblemente largo, del cruce entre las calles River y Falls.

Más tiempo para pensar, u obsesionarse, cosa con la que habitualmente disfrutaba.

Conque ¿quién había encargado que lo mataran? ¿Maggione, seguro? ¿Y qué suponía eso para él y su familia? ¿No era peligroso volver ahora a su casa?

Una de las «apariencias» generales, o de los «disfraces» que había elegido cuidadosamente para su familia, era el de burgués bohemio. Las ironías de esa elección de estilo de vida eran para él una fuente de diversión constante: mantequilla baja en calorías, por ejemplo, y la radio pública sonando a todas horas por los altavoces del 4x4 de su esposa, a la última moda; y la comida rara, como los bollos de salvado y aceitunas. Al Carnicero todo aquello le resultaba absurdo e hilarante a todas luces: las incesantes delicias de la vida de *yuppie*.

Sus tres hijos iban al colegio privado Landor, donde se codeaban con los hijos de los medianamente ricos, en general muy educados, pero a menudo malintencionados. En el condado de Montgomery había montones de médicos opulentos que trabajaban para el Instituto Nacional de Salud, el Departamento de Control Alimentario y la Comandancia Médica Naval de Betsheda. Y él se dirigía ahora al condado de Caza, la lujosa circunscripción en que vivía, lo que ya era para desternillarse: «Condado de Caza, hogar del cazador.»

Y allí estaba por fin su hogar, dulce hogar, comprado en 2002 por un millón y medio. Seis amplios dormitorios, cuatro cuartos de baño completos más uno pequeño, piscina climatizada, sauna, un sótano bien arreglado y provisto de los últimos adelantos audiovisuales. Con Caitlin y los críos, lo último era la radio vía satélite Sirius. La dulce Caitlin, el amor de su vida honrada, que contaba últimamente con un entrenador personal y un naturópata, todo pagado por sus turbias actividades de caza. Sullivan había avisado de su llegada por el móvil, y allí estaban todos, en el jardín delantero, para recibirlo y darle la bienvenida; saludándolo con la mano como la gran familia feliz que creían ser. No tenían ni idea de que eran parte de su disfraz, ni se les pasaba por la cabeza que eran su coartada. Porque no eran más que eso, ¿vale?

Salió del Cadillac de un salto, sonriendo como en un anuncio de comida rápida, y empezó a cantar su sintonía particular, un tema clásico de Shep and the Limelites, *Papá ha llegado a casa*. «Papá ha llegado a casa, ha llegado y está bien así.» Y Caitlin y los chicos hacían los coros: «No está a mil millas de aquíii.»

La suya era una vida ideal, ¿o no? Salvo que ahora alguien quería matarlo. Y, evidentemente, ahí seguía estando su pasado, las circunstancias en que creció en Brooklyn, el pirado de su padre, el hombre de los huesos, el temido cuarto trasero de la carnicería. Pero el Carnicero trataba de no pensar en nada de eso en aquel momento.

Estaba de vuelta en casa, lo había conseguido; e hizo una amplia y cortés reverencia a su familia, que, por supuesto, vitoreó el regreso de su héroe.

Eso es lo que era, sí: un héroe.

# TERCERA PARTE

# TERAPIA

## 46

—¡Alex! ¡Qué pasa! ¿Cómo estás? Cuánto tiempo sin vernos, hombretón. Tienes buen aspecto.

Saludé con la mano a la mujer, guapa y menuda, y seguí corriendo; se llamaba Malina Freeman. Malina era parte del paisaje del barrio, un poco como yo. Tenía aproximadamente mi misma edad y era la propietaria del quiosco en que los dos solíamos gastarnos la paga de pequeños en chucherías y gaseosas. Corría el rumor de que yo le gustaba. Pero bueno, a mí también me gustaba Malina, siempre me había gustado.

Los pies me llevaban maquinalmente por la calle Cinco en dirección norte, como si supieran el camino, y el barrio iba pasando ante mis ojos. Por la plaza Seward giré a la derecha y cogí el camino largo. No tenía mucho sentido ir por allí, pero no lo hice por razones lógicas.

Eran las noticias relativas al asesino de Maria lo que me condicionaba por aquellos días. Ahora evitaba pasar por delante de la manzana en que había ocurrido todo, y al mismo tiempo me esforzaba por recordar a Maria tal y como la conocí, y no como la perdí. También dedicaba un rato todos los días a intentar dar con el rastro de su asesino ahora que sospechaba que seguía suelto por ahí.

Giré a la derecha por la Siete y me encaminé hacia el paseo Nacional, acelerando un poco la marcha. Cuando llegué a mi edificio de la avenida Indiana, me quedaba el aire justo para subir por las escaleras hasta el cuarto piso, de dos en dos escalones.

Mi nueva consulta era un pequeño apartamento reconvertido, con una habitación grande, un diminuto cuarto de baño y una cocina empotrada en un rincón. Entraba mucha luz natural por el semicírculo de ventanas de un mirador. Allí era donde había puesto dos confortables butacas y un diván pequeño para las sesiones de terapia.

El solo hecho de estar allí me emocionaba lo suyo. Había abierto mi consulta y me disponía a recibir a mi primer paciente.

En mi escritorio aguardaban tres pilas de expedientes de casos, dos del FBI y otro que me habían mandado de la policía del D.C. La mayoría representaba posibles trabajos de consulta. ¿Algunos crímenes que resolver? ¿Algún que otro cadáver? Supongo que era eso lo que cabía esperar.

El primer expediente que miré era el de un asesino en serie en Georgia, alguien a quien los medios de comunicación habían apodado el Visitante de Medianoche. Ya habían muerto tres hombres de raza negra, a intervalos progresivamente más cortos entre un homicidio y otro. Era un caso bastante adecuado para mí, de no ser por los cerca de mil kilómetros que hay entre Washington y Atlanta.

Aparté el expediente a un lado.

El siguiente caso caía más cerca de casa. Dos profesores de Historia de la Universidad de Maryland, que tal vez mantuvieran una relación íntima, habían sido hallados muertos en un aula. Habían colgado los cuerpos de las vigas del techo. La policía local tenía un sospechoso, pero querían elaborar un perfil antes de seguir adelante.

Dejé ese expediente otra vez en el escritorio con un post-it amarillo pegado.

Amarillo, de «a lo mejor».

Llamaron a la puerta.

—Está abierto —exclamé, e inmediatamente me puse suspicaz, o paranoico, o sea... como estoy la mayor parte del tiempo.

¿Qué había dicho Yaya al salir yo de casa un rato antes?

—Procura que no te peguen un tiro.

# 47

Los viejos hábitos no desaparecen así como así. Pero no era Kyle Craig, ni ningún otro majara psicótico de mi pasado que hubiera venido a hacerme una visita.

Era mi primera paciente.

La visitante ocupaba casi todo el hueco de la puerta, en donde se había detenido, como si tuviera miedo de entrar. Tenía un mohín de amargura en la boca, y seguía con la mano puesta en el pomo mientras recuperaba el aliento tratando de mantener algo de dignidad.

—¿No piensan poner un ascensor un día de éstos? —preguntó entre jadeo y jadeo.

—Muchas escaleras, sí, lo siento —dije—. Usted debe de ser Kim Stafford. Soy Alex Cross. Pase, por favor. Hay café, o si quiere puedo traerle agua.

La primerísima paciente de mi recién estrenada práctica profesional entró por fin, caminando pesadamente, en mi consulta.

Era una mujer corpulenta, calculé que de veintimuchos años, aunque podría haber pasado por una de cuarenta. Iba vestida muy formal, con falda oscura y una blusa blanca que parecía vieja, pero de buena factura. Llevaba un pañuelo de seda azul y lavanda, cuidadosamente anudado bajo la barbilla.

—¿Decía usted en el contestador que venía de parte de Robert Hatfield? —le pregunté—. En tiempos trabajé con él en la policía. ¿Es amiga de él?

—En realidad, no.

«Vale, no es amiga de Hatfield.» Esperé a ver si decía algo más, pero nada. Siguió plantada en mitad de la consulta, aparentando examinar tranquilamente cuanto había en la habitación.

—Podemos sentarnos aquí —propuse. Ella esperó a que me sentara yo primero, y así lo hice.

Kim se decidió a sentarse ella también, de modo precario, al borde mismo de la butaca. Con una mano enredaba nerviosamente el nudo de su pañuelo. La otra la tenía firmemente cerrada en puño.

—Es sólo que necesito que me ayuden un poco a entender a una persona —comenzó—. Alguien que a veces se enfada.

—¿Está hablando de alguien próximo a usted?

Ella se puso tensa.

—No voy a decirle su nombre —dijo.

—No —acordé—. El nombre no tiene importancia. Pero ¿es alguien de su familia?

—Mi prometido —admitió.

Asentí.

—¿Cuánto tiempo llevan juntos? Si no le importa que se lo pregunte...

—Cuatro años —dijo Kim—. Quiere que pierda algo de peso antes de casarnos.

Puede que fuera la fuerza de la costumbre, pero yo ya estaba empezando a elaborar un perfil del novio. En su relación, le echaba la culpa de todo a ella; nunca tenía en cuenta sus propias acciones; el peso de ella era su válvula de escape.

—Kim, cuando dice que se enfada a menudo... ¿Podría darme más detalles?

—Bueno es sólo que... —Se detuvo a pensar, aunque estoy seguro de que era vergüenza y no falta de claridad lo que la detenía. Entonces asomaron pequeñas perlas a la comisura de sus ojos.

—¿Se ha puesto físicamente violento con usted? —pregunté.

—No —dijo, un poco demasiado deprisa—. Violento no. Es sólo... Bueno, supongo que sí.

Con un suspiro trémulo, pareció renunciar a las palabras. Prefirió desanudarse el pañuelo del cuello y dejarlo caer suavemente en su regazo.

Lo que vi me repugnó. Los verdugones eran más que evidentes. Se prolongaban alrededor de su garganta como bandas borrosas.

Yo ya había visto ese tipo de marcas estriadas. Normalmente, en cadáveres.

# 48

Tuve que recordármelo a mí mismo: «Has dejado atrás los asesinatos; esto no es más que una sesión de terapia.»

—Kim, ¿cómo se hizo esas marcas del cuello? Cuénteme todo lo que pueda.

Ella hizo un gesto de dolor mientras volvía a anudarse el pañuelo.

—Si me suena el móvil, tendré que contestar. Él cree que estoy en casa de mi madre —dijo.

Una expresión turbada contrajo su rostro por un momento, y comprendí que era demasiado pronto para pedirle que hablara de episodios concretos de abusos.

Sin atreverse a mirarme aún, se desabrochó el puño de la blusa.

No tuve claro qué estaba haciendo hasta que vi una herida inflamada por encima de la muñeca, en el antebrazo. Apenas empezaba a curarse.

—¿Eso es una quemadura? —pregunté.

—Fuma puros —dijo ella.

Tomé aire. Lo había dejado caer como si tal cosa.

—¿Ha avisado a la policía?

Ella soltó una risa amarga.

—No, no lo he hecho —admitió Kim.

Se llevó la mano a la boca y volvió a desviar la mirada. Estaba claro que aquel hombre la había asustado para que lo protegiera, a toda costa.

Sonó el pitido de un móvil dentro de su bolso.

Sin decirme a mí una palabra, sacó el teléfono, miró el número y respondió.

—Hola, cariño. ¿Qué hay? —Su tono era afable, desenfadado, y totalmente convincente—. No —dijo—. Mamá ha salido un momento a por leche. Claro que estoy segura. Le diré hola de tu parte.

Era fascinante observar la cara de Kim mientras hablaba. No estaba simplemente actuando para él. Interpretaba el papel para sí misma. Así era como lo iba sobrellevando, ¿no?

Cuando por fin colgó, me miró con una sonrisa absolutamente fuera de lugar, como si no hubiéramos tenido ninguna conversación en absoluto. Duró apenas unos segundos. Luego se desmoronó, de golpe. Un gemido grave dio paso a un sollozo que sacudió su cuerpo, se echó hacia delante, aferrándose la cintura con los brazos cruzados.

—E-esto es muy duro —dijo entrecortadamente—. Lo siento. No puedo hacerlo. No puedo... estar aquí.

Cuando sonó el teléfono por segunda vez, se incorporó en su asiento con un respingo. Aquellas llamadas de control eran lo que le hacía más difícil estar allí; tratando de formar malabarismos, admitiendo los hechos y negándolos a un tiempo.

Se secó la cara como si su aspecto importara y luego contestó en el mismo tono afectuoso de antes.

—Hola, cariño. No, me estaba lavando las manos. Lo

siento, cariño. He tardado un momento en llegar hasta el teléfono.

Podía oír al hombre gritar no sé qué mientras Kim asentía pacientemente y lo escuchaba. Al cabo, me indicó que esperara con un dedo y salió a la escalera.

Aproveché el rato para repasar alguna de mis agendas de proveedores y calmar mi propia ira. Cuando Kim volvió a entrar, intenté darle los nombres de algunos centros de acogida de la zona, pero los rechazó.

—Tengo que irme —dijo bruscamente. La segunda llamada había sellado sus labios—. ¿Cuánto le debo?

—Pongamos que esto ha sido una consulta inicial. Págueme por la segunda cita.

—No quiero caridad. De todos modos, no creo que pueda volver más. ¿Cuánto?

Respondí de mala gana.

—Son cien a la hora, según una escala móvil. Con cincuenta será suficiente.

Contó el dinero ante mí, casi todo billetes de cinco y de un dólar, que probablemente había ido ahorrando con el tiempo. Después abandonó la consulta. Mi primera sesión había concluido.

# 49

Error. Y de los gordos.

Un jefe mafioso de Nueva Jersey y ex asesino por encargo llamado Benny *Goodman* Fontana iba silbando una animada melodía de Sinatra mientras daba la vuelta con paso relajado hacia el lado del acompañante de su Lincoln azul oscuro; luego abrió la puerta con una floritura y una sonrisa de cien kilovatios de la que habría estado orgulloso el viejo Ojos Azules en persona.

Del sedán bajó una rubia pechugona, estirando las piernas como si estuviera haciendo una prueba para las Rockettes. Era una antigua aspirante a Miss Universo, de veintiséis años, con algunas de las mejores partes móviles que podían comprarse con dinero. Además era demasiado elegante y atractiva para que el mafioso se la hubiera ligado sin que unos cuantos billetes cambiaran de mano. Benny era una rata dura de pelar, pero no precisamente una estrella de cine, a menos que se pueda calificar de tal al tipo que hacía de Tony Soprano.

El Carnicero les observaba, casi divertido, desde su propio coche, aparcado en la misma calle a cosa de media manzana. Supuso que la rubia le cobraría a Benny quinientos la hora más o menos, tal vez dos mil por toda la noche si es que la señora Fontana estaba fuera de la ciudad visitando a su hija, a la que tenían interna en el colegio de Marymount, Manhattan.

Michael Sullivan echó un vistazo a su reloj.

Las siete cincuenta y dos. Esto era una represalia por lo de Venecia. O el principio de una serie de represalias. El primero de varios mensajes que tenía previsto enviar.

A las ocho y cuarto, cogió su maletín del asiento de atrás, salió del coche y cruzó la calle, manteniéndose en la leve sombra de los arces y los olmos. No hubo de esperar mucho rato hasta que una mujer con el pelo azul, envuelta en un abrigo de pieles, salió del edificio de apartamentos. Sullivan le sostuvo la puerta con una sonrisa amistosa y luego se coló dentro.

Todo seguía más o menos igual a como él lo recordaba. El apartamento 4C pertenecía a la Famiglia desde hacía años, desde que en Washington empezaran a abrirse las oportunidades para la Mafia. El lugar era un extra para cualquiera que estuviera en la ciudad y necesitara un poco de privacidad, por la razón que fuera. El mismo Carnicero lo había usado una o dos veces en los tiempos en que hacía trabajos para Benny Fontana. Pero eso fue antes de que John Maggione Junior sucediera a su padre y empezara a dejar de contar con el Carnicero.

Hasta el cerrojo de seguridad barato, coreano, de la puerta principal era el mismo, o muy parecido. Otro error. Sullivan lo forzó con un punzón de tres dólares del taller que tenía en casa. Volvió a guardar la herramienta en su maletín y sacó la pistola y una cuchilla quirúrgica, una muy especial.

La salita estaba básicamente a oscuras. Entraban conos de luz por dos puntos: la cocina, a su izquierda, y un dormitorio, a la derecha. Los insistentes gruñidos de Benny le decían a Sullivan que andaban algo más allá de a mitad de faena. Cruzó velozmente la salita sin hacer ruido hasta la puerta de la habitación y echó una mirada al interior. Miss Universo estaba encima —como cabía esperar— dándole a él su esbelta espalda.

—Eso es, nena. Así me gusta —dijo Benny, y luego—: Voy a meterte el dedo en...

El silenciador de Sullivan hizo un ruido sordo, sólo uno. Disparó a la ex aspirante a Miss Universo en la nuca, en mitad de su peinado, y la sangre y los sesos de la mujer se esparcieron por todo el pecho y la cara de Benny Fontana. El mafioso dio un alarido como si le hubiera dado a él.

Se las arregló para salir rodando de debajo del cuerpo sin vida de la chica e inmediatamente fuera de la cama, lejos de la mesilla, lejos también de su propia pistola. El Carnicero se echó a reír. No pretendía faltarle al respeto al jefe mafioso, ni el respeto a los muertos, pero es que Fontana lo había hecho prácticamente todo mal aquella noche. Se estaba ablandando, lo que era el motivo por el que Sullivan había decidido ir a por él en primer lugar.

—Hola, Benny. ¿Qué es de tu vida? —dijo el Carnicero al darle al interruptor de la luz general—. Tenemos que hablar de Venecia.

Sacó un escalpelo que tenía un filo especial para cortar músculo.

—En realidad, lo que necesito es que le des un mensaje al señor Maggione de mi parte. ¿Harás eso por mí, Benny? ¿Quieres hacerme de chico de los recados? Por cierto, ¿has oído hablar de la operación de Symes, Ben? Es una amputación de pie.

# 50

Michael Sullivan no podía volver directamente a Maryland, a casa con su familia, no después de lo que les acababa de hacer a Benny Fontana y a su novia. Estaba demasiado alterado, le hervía la sangre. Ante sus ojos desfilaban de nuevo fugaces imágenes de escenas en la carnicería de su padre en Brooklyn: el aserrín almacenado en un gran recipiente de cartón, el suelo de baldosas de terracota y lechada blanca, sierras de mano, cuchillos de cortar huesos, los ganchos de la carne en la cámara frigorífica.

Así que anduvo dando vueltas por Georgetown un rato, buscando lío, a ver si lo encontraba del tipo que a él le iba. El asunto era que le gustaba que sus mujeres fueran un poco estiradas. Le agradaban especialmente las abogadas, las licenciadas en Administración de Empresas, las del tipo profesora o bibliotecaria: le encantaban sus gafas, la ropa abotonada hasta arriba, los peinados anticuados. Siempre tan dueñas de sí mismas.

Le gustaba ayudarlas a perder algo de ese autocontrol y de paso desfogarse él mismo un poco, aliviar la tensión, violar todas las normas de esta sociedad agilipollada.

Georgetown era un buen caladero para él. Casi cada

zorrita que veía por la calle tenía ese punto estirado. Tampoco es que hubiera tantas para elegir, al menos a aquellas horas de la noche. Pero no le hacían falta muchas, con una que estuviera bien le bastaba. Y podía ser que ya hubiera dado con ella. Eso creía, en todo caso.

Por su aspecto podía ser abogada ante los tribunales: vestida para impresionar, con aquel elegante traje de tweed. Iba marcando un ritmo acompasado con los tacones sobre la acera: por aquí, por allá, por aquí, por allá.

Por el contrario, las Nike de Sullivan no hacían nada de ruido. Con su sudadera con capucha, no era más que un fulano cualquiera de los que salen a hacer *footing* a última hora de la noche por su barrio. Si alguien se asomaba a la ventana, eso es lo que vería.

Pero no había nadie mirándole, ni siquiera la señorita Tweed. «Tweed-tweed —pensó, sonriendo para sí—. Menuda pájara. Error. De ella.»

Seguía caminando a paso de ciudad, ligero, con su bolso de piel y el maletín firmemente sujeto bajo el brazo, como si fuera la llave del *Código Da Vinci*, y siempre por el lado exterior de la acera: medidas todas ellas inteligentes para una mujer que va sola por la calle a altas horas de la noche. Su único error era no mirar más a menudo a su alrededor, no examinar el entorno. No reparar en el corredor que iba andando detrás de ella.

Y había errores que mataban, ¿o no?

Sullivan se refugió en la sombra al pasar Tweed-tweed bajo una farola. «Bonita delantera y un culo estupendo», observó. No llevaba anillo en la mano izquierda.

Los tacones siguieron marcando su ritmo regular sobre la acera a lo largo de media manzana más; luego aflojó el paso al llegar frente a un edificio de ladrillo rojo. «Bonita casa. Del siglo XIX.» Aunque tenía pinta de que la hubieran dividido por dentro en apartamentos más pequeños.

La mujer sacó un juego de llaves del bolso antes siquiera de llegar a la puerta, y Sullivan empezó a medir sus pasos antes de abordarla. Se llevó la mano al bolsillo y sacó una hoja de papel. ¿Un recibo de lavandería? Daba igual lo que fuera.

Mientras ella introducía la llave en la cerradura, y antes de que empujara la puerta para abrirla, le habló con voz amigable.

—Disculpe, señorita. Disculpe ¿Se le ha caído a usted esto?

# 51

No se chupaba el dedo, la pájara: su madre no había criado hijas tontas. Supo que estaba en apuros al instante, pero en los pocos segundos que siguieron no pudo hacer gran cosa.

Él llegó a la escalinata de la entrada rápidamente, antes de que pudiera cerrar la puerta de cristal entre los dos y encerrarse a salvo en el interior.

Una falsa lámpara de gas que había en el vestíbulo permitió a Sullivan observar el pánico que asomaba a sus preciosos ojos azules.

También iluminaba el filo del bisturí que sostenía él en la mano, con el brazo extendido hacia su cara.

El Carnicero quería que viera el cortante filo para que fuera eso en lo que pensara, más que en él mismo. Eso era lo que sucedía habitualmente, y él lo sabía. Casi el noventa por ciento de la gente que era víctima de un ataque recordaba más detalles del arma que de quien la blandía. Un tropezón torpe fue lo más que Tweed-tweed pudo intentar antes de que él se colara junto a ella en el vestíbulo. Michael Sullivan se situó de espaldas a la calle impidiendo que en caso de pasar alguien por el exterior pudiera verla a ella. Mantuvo el bisturí a la vista en una mano y con la otra le arrebató las llaves.

—Ni una palabra —dijo, acercándole el filo a los labios—. Y procura recordar esto: este instrumento lo aplico sin anestesia; ni siquiera pongo Betadine en la piel. Corto directamente.

Ella retrocedió de puntillas hasta apoyar la espalda contra la columna primorosamente labrada de la que arrancaba la escalera.

—Toma. —Ella le lanzó su pequeño bolso de diseño—. Por favor. Es tuyo. Vete ya.

—No va a ir así la cosa. No quiero tu dinero. Ahora escúchame. ¿Me estás escuchando?

—Sí.

—¿Vives sola? —preguntó. Produjo el efecto que buscaba. Ella, al dudar, le dio la respuesta.

—No. —Intentó protegerse, demasiado tarde.

En la pared había tres buzones. Sólo en el segundo figuraba un único nombre: L. Brandt.

—Subamos a casa, señorita Brandt.

—No soy...

—Sí que lo eres. No tiene sentido que me mientas. Ahora muévete, mientras aún puedes.

En menos de veinte segundos estuvieron en su apartamento del segundo piso. El salón, como la propia L. Brandt, estaba limpio y muy arreglado. En las paredes colgaban fotos en blanco y negro de escenas de besos. Carteles de películas: *Algo para recordar, Oficial y caballero*. La chica era una romántica, en el fondo. Pero en cierto sentido, también lo era Sullivan; o eso pensaba él.

A ella se le puso el cuerpo más rígido que el palo de una escoba cuando la levantó. Era muy poca cosa; le bastó con un brazo para meterla en la habitación y dejarla luego en la cama, donde se quedó echada sin mover un músculo.

—Eres una preciosidad —le dijo—. Preciosa, en serio. Como una muñeca exquisita. Ahora, si no te importa, me gustaría ver el resto del paquete.

Arrancó con el bisturí los botones de aquel traje suyo de tweed tan caro. L. Brandt se desmadejó a la vez que su ropa; pasó de estar paralizada a dejar el cuerpo muerto, pero al menos Sullivan no tuvo que recordarle que no gritara.

El sujetador y las bragas, que eran negros y de encaje, se los quitó con la mano. «Y eso que es día laborable.» No llevaba medias, y tenía unas piernas estupendas, esbeltas y ligeramente bronceadas. Las uñas de los pies, pintadas de rojo brillante. Cuando cerró los ojos, apretando los párpados, él le dio un cachete, lo justo para reclamar su completa atención.

—Has de estar por mí, L. Brandt.

Algo que vio en su cómoda le llamó la atención. Una barra de labios.

—Mira, ponte un poco de eso. Y un buen perfume. Elígelo tú. —L. Brandt hizo lo que se le ordenaba. Sabía que no tenía elección.

Él se agarró la polla con una mano, sin dejar de sostener el bisturí con la otra: una visión que ella no olvidaría nunca, jamás. Luego se la metió.

—Quiero que sigas el juego —le dijo—. Finge si es necesario. Seguro que no será la primera vez. —Ella lo hizo lo mejor que pudo, arqueando la pelvis, lanzando un gemido o dos, sólo que sin mirarlo.

—Vale, mírame —la conminó—. Mírame. Mírame. Mírame. Mucho mejor. —Luego la cosa acabó para él. Para ambos.

»Charlaremos un momento antes de que me vaya —dijo—. Y lo creas o no, pienso marcharme. No voy a hacerte daño. No más del que ya te he hecho.

Encontró su bolso tirado en el suelo. Dentro estaba lo que buscaba: un carnet de conducir y una agenda de teléfonos negra. Sostuvo el carnet a la luz de la lamparilla de noche.

—Así que la L es de Lisa. Bonita foto, para habértela hecho el Estado. Aunque al natural eres mucho más guapa, desde luego. Ahora deja que te enseñe yo unas cuantas fotos.

No llevaba muchas encima, sólo cuatro, pero eran de sus favoritas. Las desplegó sobre la palma de una mano. Lisa volvió a ponerse rígida como una tabla. Casi tenía gracia, como si él no fuera a darse cuenta de que seguía allí si se estaba lo bastante quieta.

Sostuvo las fotos en alto para que ella las viera bien; de una en una.

—Son todas de personas a las que he visto dos veces. Tú y yo, por supuesto, sólo nos hemos visto una vez. Que volvamos a vernos o no depende enteramente de ti. ¿Me sigues? ¿Me explico con claridad?

—Sí.

Él se puso en pie y dio la vuelta a la cama para situarse en el lado de ella, dándole unos segundos para que asimilara lo que le estaba diciendo. Lisa se tapó con la sábana.

—¿Me entiendes, Lisa? ¿De verdad? Sé que no es fácil mantener la concentración en estas circunstancias. Es natural.

—No diré... nada —susurró ella—. Lo juro.

—Estupendo, te creo    dijo él   . Pero, por si acaso, me llevaré esto también.

Sostuvo en alto la agenda. La abrió por la B.

—Vamos a ver. Tom y Lois Brandt. ¿Son papá y mamá? Vero Beach, Florida. Dicen que es muy bonito, aquello. La Costa del Tesoro.

—Dios mío, por favor... —dijo ella.

—De ti depende, Lisa, de nadie más —replicó—. Claro que, si quieres saber mi opinión, sería una lástima que después de todo esto acabaras como las de las fotografías. Ya sabes: en pedazos, o cosida... Según me dé.

Levantó la sábana y echó a la chica una última ojeada.

—En tu caso, serían pedazos muy bonitos, pero pedazos al fin y al cabo.

Y con estas últimas palabras, dejó a Lisa Brandt con sus recuerdos de él.

## 52

—Por esto es por lo que no llevo corbatas.

John Sampson tiró del opresivo nudo que tenía al cuello y se arrancó el maldito invento. Lo tiró a la basura junto con los restos de su café. Al momento se arrepintió de haber tirado el café. Billie y él se habían pasado la mitad de la noche en pie con Djakata y su gripe. Lo que necesitaba en esos momentos era un cargamento de cafeína.

Cuando sonó el teléfono de su escritorio, no estaba de humor para hablar de nada con nadie.

—Sí, ¿qué hay?

Del otro lado de la línea le llegó una voz de mujer.

—¿Es ésta la extensión del detective Sampson?

—Sampson al habla. ¿Qué?

—Soy la detective Angela Susan Anton. De la unidad de agresiones sexuales, asignada al distrito Dos.

—Sí. —Aguardó a que concretara un poco más.

—Esperaba poder convencerlo de que nos echara una mano con un caso bastante inquietante, detective. Ahora mismo no sabemos de dónde tirar.

Sampson buscó el vaso de café en la papelera. ¡Perfecto! Había caído de pie.

—¿Qué caso es?

—Una violación. Ocurrió anoche, en Georgetown. Atendieron a la víctima en el hospital Universitario, pero lo único que dice es que la agredieron. Se niega a identificar al tío. O a darnos cualquier descripción. Me he pasado con ella toda la mañana y no he sacado nada en limpio. Nunca había visto nada igual, detective. El grado de pánico que demuestra esa mujer...

Sampson se sujetó el teléfono a la oreja con el hombro y garabateó unas notas en un bloc con un encabezado que decía «para papá», un regalito de Billie por el día del padre.

—Bien, hasta aquí la sigo —dijo Sampson—. Pero tengo curiosidad por saber por qué me llama a mí, detective.

Dio otro sorbo al café asqueroso, y de pronto no lo encontraba tan malo.

La detective Anton dejó pasar un instante antes de responder.

—Tengo entendido que es usted amigo de Alex Cross.

Sampson dejó el bolígrafo y se echó atrás en la silla.

—Ya veo...

—Confiaba en que usted pudiera...

—Se le entiende todo, detective Anton. ¿Quiere que me lo camele por usted?

—No —se apresuró a decir ella—. Rakeem Powell me ha dicho que ustedes dos son buenísimos cuando trabajan juntos en casos de este tipo. Me gustaría poder contar con ambos. Oiga, no se lo digo por quedar bien.

Sampson no dijo nada, esperando a ver si la mujer conseguía arreglarlo o lo estropeaba aún más.

La detective continuó:

—Anoche le dejamos un mensaje al doctor Cross, y

otro más esta mañana, pero supongo que todo el mundo anda detrás de él ahora que trabaja por libre.

—En eso tiene razón, está muy solicitado —dijo Sampson—. Pero Alex ya es mayorcito. Sabe cuidar de sí mismo y tomar sus propias decisiones. ¿Por qué no sigue insistiéndole por teléfono?

—Detective Sampson, este agresor es un hijo de puta muy despiadado. No puedo permitirme el lujo de hacer perder a nadie el tiempo con este caso, yo incluida. Así que si lo estoy molestando por lo que sea, ¿sería tan amable de no picarse, dejarse de puñetas, y decirme si va a echarme una mano o no?

Sampson captó el mensaje, y se sonrió.

—Bueno, si me lo pone usted así... Vale, de acuerdo. No puedo comprometerme por Alex, pero veré qué puedo hacer.

—Estupendo. Gracias. Ahora mismo le envío los expedientes. Salvo que quiera pasar a recogerlos usted mismo.

—Un momento. ¿Expedientes? ¿En plural?

—¿Voy demasiado rápido para usted, detective Sampson? Si le estoy llamando es precisamente por la experiencia que tienen el doctor Cross y usted con criminales... en serie.

Sampson se restregó la sien con el auricular.

—Sí, supongo que va usted un poco rápido para mí. ¿Estamos hablando de homicidios?

—No de asesinatos en serie —dijo Anton secamente—. De violaciones en serie.

## 53

—Eso no es una consulta —le dije a Sampson—. Es un favor. Un favor personal a ti, John.

Sampson arqueó las cejas en un gesto de buen entendedor.

—En otras palabras, les prometiste a Yaya y los niños que se había acabado el trabajo de campo.

Negué con la mano.

—No, no le he prometido nada a nadie. Tú conduce y procura no atropellar a nadie por el camino. Al menos a nadie que nos caiga bien.

Nos hallábamos en McLean, Virginia, para entrevistar a Lisa Brandt, que había dejado su apartamento de Georgetown para pasar una temporada en el campo con una amiga. Tenía su expediente en el regazo, junto con otros tres más, todos de mujeres que habían sido violadas pero se negaban a decir nada que ayudase a la investigación y pudiera servir para detener al violador. Al violador en serie.

Era la primera ocasión que tenía de repasar la documentación, pero no había tardado mucho en llegar a la misma conclusión que los detectives que habían estudiado antes los casos. Aquellas agresiones las había cometido el mismo hombre, y el autor era sin lugar a dudas un psicópata. Las víctimas supervivientes tenían un perfil similar: mujeres blancas de entre veinte y treinta y pocos años, solteras y que vivían solas en la zona de Georgetown. Todas ellas eran profesionales brillantes de algún tipo: una abogada, una ejecutiva de cuentas. Lisa Brandt era arquitecta. Todas mujeres inteligentes y ambiciosas.

Y ni una de ellas estaba dispuesta a decir ni una palabra en contra de su agresor o sobre él.

Nuestro culpable era evidentemente una bestia en sus plenas facultades mentales, que medía todos sus pasos y sabía meterles a sus víctimas el miedo en el cuerpo, y de qué manera. Y no una vez, sino cuatro. O quizá más de cuatro. Porque había muchas probabilidades de que hubiera más víctimas, mujeres tan aterradas que ni siquiera hubieran denunciado la agresión.

—Ya hemos llegado —dijo Sampson—. Aquí es donde se esconde Lisa Brandt.

# 54

Levanté la vista de la pila de expedientes policiales de mi regazo al girar el coche para meternos, cruzando un seto enorme, por un largo camino particular en forma de media luna, y pavimentado con trozos de conchas marinas.

La casa era majestuosa, moderna pero de inspiración griega clásica, con un frente de columnas blancas de dos pisos de altura, y parecía una fortaleza suburbana. Se comprendía que Lisa Brandt hubiera ido allí en busca de refugio y seguridad.

Nos abrió la puerta su amiga, Nancy Goodes, que salió para hablar con nosotros en privado. Tenía el pelo tirando a rubio y parecía más o menos de la misma edad que la señorita Brandt, que según el expediente tenía veintinueve años.

—No hace falta que les diga que Lisa lo está pasando muy mal —dijo en voz baja, lo que en realidad era innecesario estando allí fuera en el porche—. ¿Podrían hacer esta entrevista lo más breve posible, por favor? De hecho, lo que me gustaría es que se fueran sin más. No entiendo por qué ha de seguir hablando con policías. ¿Me lo puede explicar alguno de los dos?

La amiga de Lisa tenía los brazos cruzados, sujetándose los codos, y era obvio que se sentía incómoda pero se esforzaba por portarse como una buena abogada. Sampson y yo respetábamos su actitud, pero había otras consideraciones a tener en cuenta.

—Seremos todo lo breves que nos sea posible —dijo él—. Pero este violador sigue por ahí suelto.

—No se atrevan a intentar que se sienta culpable encima. Ni se les ocurra.

Seguimos a la señora Goodes al interior atravesando un vestíbulo con suelo de mármol. A la derecha, una espectacular escalinata recogía el eco de la araña de cristal que colgaba sobre nuestras cabezas. Cuando oí un rumor de voces infantiles al fondo a la izquierda, pensé que se hacían extrañas en aquella casa tan formal. Me pregunté si esta gente reservaría algún rincón para tenerlo revuelto.

La señora Goodes suspiró y nos condujo a un salón lateral en que se hallaba sentada Lisa Brandt, sola. Era menuda pero guapa, incluso ahora, en aquellas desgraciadas circunstancias. Me dio la impresión de que se había vestido para aparentar normalidad, con vaqueros y una camisa a rayas, pero su postura contraída la delataba. Era evidente que no sabía si el dolor que sentía desaparecería algún día.

Sampson y yo nos presentamos, y se nos invitó a tomar asiento. Lisa forzó una sonrisa cortés antes de apartar los ojos de nuevo.

—Son preciosas —dije, señalando a un jarrón con rododendros que había sobre una mesilla entre nosotros y ella. No tuve que fingir, porque era cierto, y la verdad es que no sabía cómo empezar si no.

—Ah... Los miró distraídamente—. Nancy es increíble para esas cosas. Está hecha toda una mujer de campo, ahora, y una madraza. Siempre quiso ser madre.

Sampson arrancó con dulzura:

—Lisa, quiero que sepa lo mucho que sentimos que le haya ocurrido esto. Sé que ha hablado usted ya con un montón de gente. Vamos a tratar de no volver sobre los detalles generales. ¿Vamos bien, por ahora?

Lisa seguía con los ojos clavados en un rincón de la habitación.

—Sí, gracias.

—Bien, tenemos entendido que se le aplicó a usted la profilaxis necesaria, pero que prefirió no facilitar pruebas físicas cuando la atendieron en el hospital. Y también que ha decidido no dar de momento ninguna descripción del hombre que la sometió a una agresión criminal. ¿Estoy en lo cierto?

—Ni ahora ni nunca —dijo ella. Empezó a mover la cabeza suavemente a izquierda y derecha, como un pequeño «no» repetido una y otra vez.

—No está usted obligada a hablar si no quiere —le aseguré—. Y no hemos venido a sacarle ninguna información que no quiera darnos.

—Teniendo en cuenta todo eso —continuó Sampson—, hay una serie de cosas que suponemos y que hemos tomado como hipótesis de trabajo. En primer lugar, que no conocía usted a su agresor. Y segundo, que la amenazó de alguna forma para impedir que lo identificara o hablara de él. Lisa, ¿le importaría decirnos si estamos en lo cierto?

Ella se quedó paralizada. Yo traté de analizar su expresión y su lenguaje corporal, pero no saqué nada en limpio. No respondió a la pregunta de Sampson, de modo que probé con otro enfoque.

—¿Hay algo en lo que haya pensado después de hablar con los otros detectives? ¿Algo que quiera añadir?

—Cualquier detalle, por pequeño que sea, podría ayudarnos en la investigación —agregó Sampson—, y a cazar a este violador.

—No quiero que investiguen lo que me ocurrió —nos espetó—. ¿Eso no lo decido yo?

—Me temo que no —dijo Sampson en el tono más amable que jamás le había oído emplear.

—¿Por qué no? —A Lisa le salió aquello más como una súplica desesperada que como una pregunta.

Traté de escoger las palabras con el máximo cuidado.

—Estamos bastante seguros de que lo que le ha ocurrido a usted no fue un incidente aislado, Lisa. Hay otras mujeres que han...

Al oír esto, se desmoronó. Brotó de ella un sollozo entrecortado, que abrió la espuerta a todo cuanto había detrás. Entonces Lisa Brandt se dobló sobre sí misma, sollozando, aferrándose con fuerza la boca con las manos.

—Lo siento —dijo con un gemido—. No puedo hacer esto. No puedo. Lo siento, lo siento.

Entonces, la señora Goodes entró corriendo en la habitación. Debía de estar escuchando detrás de la puerta. Se arrodilló delante de Lisa y rodeó a su amiga con los brazos, susurrando palabras tranquilizadoras.

—Lo siento —le brotó de nuevo a Lisa Brandt.

—No hay nada de qué disculparse. Nada en absoluto. Suéltalo todo, eso es. Ya está —dijo Nancy Goodes.

Sampson dejó una tarjeta en la mesilla.

—Sabremos salir solos —dijo.

La señora Goodes respondió sin dejar de mirar a su llorosa amiga.

—Váyanse pues. Y por favor, no vuelvan. Dejen a Lisa en paz. Váyanse.

## 55

El Carnicero tenía un trabajo entre manos; uno de los buenos, de seis cifras. Entre otras cosas, intentaba no pensar en John Maggione Junior y en el dolor que tenía intención de infligirle. Estaba observando a un hombre mayor, bien vestido, que rodeaba con su brazo a una joven. Un «pajarito», como las llamaban aquí en Londres hace algún tiempo.

Él debía de tener sesenta años; ella tendría veinticinco como mucho. Una pareja curiosa. Llamativa, cosa que podía suponerle a él un problema.

El Carnicero los observaba mientras estaban parados frente al hotel Claridge, esperando a que llegara el coche particular del hombre. Que apareció, igual que lo había hecho la noche anterior y otra vez aquella misma mañana, hacia las diez.

La pareja no había cometido ningún error grave de momento. Nada que le hubiera dado ocasión de atacar.

El conductor del coche era un guardaespaldas, e iba controlando. Y no hacía mal su trabajo, tampoco.

Sólo había un problema para el guardaespaldas: era evidente que a la chica no le hacía gracia su presencia. La noche anterior había intentado sin éxito que el hombre despachara al conductor, cuando acudieron a un asunto formal de algún tipo en la galería Saatchi.

Bien, no le quedaba otra que esperar a ver cómo se desarrollaba el día. El Carnicero salió tras el reluciente Mercedes CL65 negro, manteniéndose a unos coches de distancia. El Mercedes era rápido, con más de 600 caballos de potencia, pero de poco les iba a servir eso en las abarrotadas calles de Londres.

Estaba un poco paranoico con lo de volver a trabajar, y tenía buenas razones para ello, pero había conseguido el trabajo a través de un contacto de la zona de Boston totalmente de fiar. Confiaba en el tipo, o al menos tenía buena impresión de él. Y necesitaba ese cheque de seis cifras.

Por fin vio una posible ocasión en Long Acre, cerca de la parada de metro de Covent Garden. La chica se bajó del coche en un semáforo, echó a caminar... y el viejo salió detrás de ella.

Michael Sullivan se acercó a la acera inmediatamente y dejó el coche abandonado sin más. Era de alquiler y no podría nunca conducirles hasta él, de todas formas. La jugada era genial, porque a la mayor parte de la gente ni se le ocurriría, pero a él no podía traerle más sin cuidado dejar el vehículo tirado en mitad de Londres. El coche no tenía importancia.

Supuso que el conductor y guardaespaldas no haría lo mismo con el Mercedes de doscientos mil dólares, con lo que dispondría de varios minutos antes de que el tipo les alcanzara.

Las calles que rodeaban la Covent Garden Piazza estaban abarrotadas de peatones, y podía ver a la pareja, sus cabezas yendo arriba y abajo, riéndose, probablemente de cómo se habían «escapado» del guardaespaldas. Les siguió James Street abajo. Seguían riéndose y hablando, totalmente despreocupados.

Inmenso error.

Vio un mercado cubierto con un techo de cristal más adelante. Y una multitud congregada en torno a artistas callejeros disfrazados de estatuas de mármol blanco que sólo se movían cuando alguien arrojaba una moneda.

Entonces, de pronto, estuvo encima de la pareja, y le pareció el momento, así que disparó la Beretta silenciada: dos tiros al corazón.

La chica cayó como si bajo sus pies hubieran tirado de una alfombra.

No tenía ni idea de quién era ni de quién la quería muerta ni por qué, y no le importaba lo más mínimo.

—¡Un infarto! ¡Le ha dado un infarto! —exclamó, al tiempo que soltaba limpiamente la pistola, se daba media vuelta y se perdía en la cada vez más apretada multitud. Subió por Neal Street, pasó por un par de *pubs* de fachada victoriana y se encontró su coche abandonado allí donde lo había dejado. Qué agradable sorpresa.

Era más seguro pasar la noche en Londres, pero tenía el vuelo de vuelta a Washington por la mañana.

Dinero fácil; como siempre, o como lo había sido para él hasta la encerrona de Venecia, de la que todavía tenía que ocuparse en serio.

## 56

Había quedado con John aquella noche después de mi última sesión de terapia para un combate ligero de boxeo. La consulta iba ganando clientes, y los días que pasaba allí hacían que me sintiera feliz y satisfecho por primera vez en muchos años. Ahora tenía a menudo la chocante noción de normalidad en la cabeza, aunque no sé qué significaba la palabra en realidad.

—Mete más los codos —dijo Sampson—, si no quieres que te arranque la puta cabeza.

Yo los metí. Aunque no me sirvió de mucho.

Me enganchó con un buen derechazo corto, que me escoció como si tuviera el puño de hierro. Cambié el peso de pie y conecté con fuerza con su flanco desprotegido, pero me pareció que me había hecho yo más daño que él.

Así fue la cosa un rato, pero lo cierto es que no llegué a tener la cabeza puesta en el cuadrilátero. Cuando no habían pasado ni veinte minutos, levanté los guantes con gran dolor en ambos hombros.

—KO técnico —farfullé con el protector dental en la boca—. Vamos a beber algo.

«Algo» fueron unas botellas de Gatorade rojo en la acera de enfrente del Roxy. No era exactamente lo que tenía en mente, pero ya estuvo bien.

—Pues oye —dijo Sampson—, o yo he mejorado muchísimo ahí dentro o tú no estabas hoy en lo que estabas. ¿A ti qué te parece?

—No has mejorado —dije con cara de póquer.

—¿Sigues pensando en lo de ayer? ¿Qué hay? Cuéntame.

Los dos nos habíamos sentido fatal con la entrevista a Lisa Brandt. Una cosa es presionar a un testigo como ella y sacar algo en claro, y otra hurgarle bien en la herida y salir vacío.

Asentí.

—Lo de ayer, sí.

Sampson dejó resbalar la espalda por la pared y se sentó en la acera junto a mí.

—Alex, no puedes estar siempre preocupado.

—Eso quedaría estupendo en una pegatina gigante —farfullé.

—Creía que te iban bastante bien las cosas. Últimamente, al menos.

—Y así es —dije—. El trabajo va bien, mejor incluso de lo que esperaba.

—¿Cuál es el problema, entonces? ¿Te va demasiado bien? ¿Qué te pica, tío?

En la cabeza tenía la respuesta larga y la respuesta corta. Opté por la corta.

—Maria —fue todo lo que dije.

Él supo lo que quería decir, y también por qué lo decía.

—¿Lo de ayer te hizo acordarte de ella?

—Sí, es extraño, pero sí —dije—. Estaba pensando...

¿Te acuerdas de la temporada en que la mataron? Entonces también tuvieron lugar una serie de violaciones. ¿Lo recuerdas?

Sampson entornó los ojos mirando al aire.

—Sí, ahora que lo dices...

Yo me restregué los escocidos nudillos y continué:

—Bueno, pues por ahí voy. Es como que últimamente sólo hubiera dos grados de separación: cualquier cosa en que piense me recuerda a Maria. Todo lo que hago me lleva de vuelta al caso de su asesinato. Me siento un poco como si estuviera instalado en el purgatorio, y no sé qué debo hacer al respecto.

Sampson esperó a que acabara de hablar. Normalmente, sabe cuándo ya ha dicho lo que tenía que decir y le toca callarse. No tenía nada que añadir de momento. Finalmente, hice una inspiración profunda, nos levantamos y echamos a caminar por la acera.

—¿Has oído algo sobre el asesino de Maria? ¿Alguna novedad? —le pregunté—. ¿O va a ser que Giametti sólo estaba jugando con nosotros?

—Alex, ¿por qué no pasas página?

—John, si pudiera pasar página lo haría, ¿vale? Puede que ésta sea mi forma de hacerlo.

Él siguió mirándose los pies a lo largo de media manzana. Cuando por fin respondió, lo hizo a regañadientes.

—Si me entero de algo sobre lo de su asesino, serás el primero en saberlo.

## 57

Michael Sullivan había dejado de aguantarle nada a nadie a los catorce o quince años. En su familia, todos sabían que el abuelo James tenía una pistola y que la guardaba en el cajón de abajo del tocador de su dormitorio. Una tarde de junio, la semana en que terminaron las clases en su colegio, Sullivan se coló en el apartamento de su abuelo y le robó la pistola. Pasó el resto del día dando vueltas con la pipa en los pantalones, disimulada bajo una camisa ancha. No sentía ninguna necesidad de pavonearse enseñándosela a nadie, pero descubrió que le gustaba tenerla, que le gustaba una barbaridad. Pasó de ser un chico duro a sentirse invencible.

Sullivan anduvo por ahí hasta las ocho más o menos; luego cogió Quentin Road para ir a la tienda de su padre. Llegó allí cuando sabía que el hombre estaría solo, cerrando.

Por la radio de algún coche de los alrededores sonaba una canción que detestaba, una de Elton John, y estuvo tentado de pegarle un tiro a quien hubiera puesto esa mierda.

La puerta de la carnicería estaba abierta, y cuando entró como si tal cosa, su padre ni siquiera levantó la vista, pese a que debía de haber visto a su hijo pasar por delante del escaparate.

Junto a la puerta estaba el habitual montón de ejemplares del *Irish Echo*. Todo siempre en su puto sitio. Limpio, ordenado, y completamente previsto.

—¿Qué coño quieres? —masculló su padre. La escoba que manejaba tenía una cuchilla de rascar para arrancar la grasa de la lechada del suelo. Era el tipo de trabajo de mierda que Sullivan odiaba.

—¿Tener una charla contigo? —preguntó a modo de respuesta.

—Lárgate. Estoy ocupado ganándome la vida por vosotros.

—¿Ah, sí? ¿Ocupado fregando el suelo? —Entonces extendió el brazo como un rayo.

Y ésa fue la primera vez que Sullivan golpeó a su padre —con la pistola—, en la sien, junto al ojo derecho. Volvió a pegarle, en la nariz, y el hombretón cayó sobre el aserrín y los despojos de carne. Se puso a gemir y a escupir aserrín y cartílagos.

—«¿Tú sabes el daño que puedo llegar a hacerte, Michael?» —Michael Sullivan se agachó hasta el suelo y preguntó a su padre—: ¿Te acuerdas de esa frase, Kevin? Yo sí. No la olvidaré en la vida.

—No me llames Kevin, desgraciado.

Volvió a pegar a su padre con la culata de la pistola. Luego le dio una patada en los testículos, y su padre aulló de dolor.

Sullivan echó una mirada de desprecio absoluto a la carnicería. Derribó de una patada un expositor de pan irlandés, por el puro gusto de patear algo. Luego le puso a su padre la pistola en la cabeza y la armó.

—Por favor —dijo su padre con voz entrecortada, y en sus ojos muy abiertos se reflejaron la sorpresa y el terror y la extraña impresión de que acababa de entender quién era su hijo en realidad—. No. No hagas eso. No lo hagas, Michael.

Sullivan apretó el gatillo... y hubo un chasquido estrepitoso de metal contra metal.

Pero no un estallido ensordecedor. Ni una bala que esparciera sus sesos. Luego sobrevino un silencio sobrecogedor, como el de una iglesia.

—Algún día —le dijo a su padre—. No hoy, sino cuando menos te lo esperes. Un día que no quieras morir, te mataré. Y además será una muerte amarga, Kevin. Y no con una pistola de juguete como ésta.

Acto seguido, salió de la carnicería, y se convirtió en el Carnicero de Sligo: él. Tres días antes de Navidad, el año en que cumplió los dieciocho, regresó y mató a su padre. Tal y como había prometido, no con una pistola. Utilizó uno de los cuchillos de deshuesar del viejo, y sacó varias Polaroids para llevarse de recuerdo.

## 58

En su retiro de Maryland, donde vivía en la actualidad, Michael Sullivan sostenía contra su hombro un bate de béisbol. Y no un bate cualquiera, sino un Louisville Slugger clásico, de un partido de los Yankees de 1986, para ser exactos. Pero ¡al carajo con las joyas de coleccionista, este pedazo de fresno macizo iba a ser utilizado!

—Venga —gritó Sullivan en dirección al montículo del *pitcher*—. A ver de lo que eres capaz, machote. Temblando estoy. A ver con qué me sales.

Costaba creer que Mike hijo tuviera un saque tan bueno y fluido con la edad que tenía. Y su bola lenta con engaño era una pequeña obra maestra. Sullivan pudo verla venir sólo porque él mismo le había enseñado el truco al chico. Así y todo, no iba tratar a su hijo mayor con guante blanco. Eso sería insultar al muchacho. Dio al lanzamiento la fracción de segundo de más que requería y entonces bateó con fuerza y conectó con la bola con un chasquido que le sonó a gloria. Se había imaginado que la bola era la cabeza de John Maggione Junior

—¡Toma, al quinto pino! —exclamó. Se exhibió corriendo de una base a otra mientras Seamus, el más pequeño de sus hijos, trepaba para saltar la valla metálica del campo para recuperar aquella bola de *home run*.

—¡Muy buena, papá! —gritó, sosteniendo en alto la gastada bola allí donde había caído.

—Papá, tendríamos que irnos. —Su hijo mediano, Jimmy, ya se había quitado el guante de *catcher* y el protector de la cara—. Hay que salir de casa a las seis y media. Te acuerdas, ¿no?

Después del propio Sullivan, Jimmy era el que estaba más emocionado con lo de esta noche. Sullivan había comprado entradas para todos para el concierto de la gira Vértigo de los U2 en el estadio 1st Mariner de Baltimore. Iba a ser una gran noche, la clase de actividad familiar que le resultaba tolerable.

En el coche, camino del concierto, Sullivan iba cantando mientras sonaba el CD por los altavoces, hasta que sus hijos empezaron a farfullar y hacer bromas en el asiento de atrás.

—Veréis, chicos —dijo Caitlin—, vuestro padre se cree que es un segundo Bono. Pero suena más como... ¿Ringo Starr?

—Lo que tiene vuestra madre es envidia —dijo Sullivan, riéndose—. Chavales, a vosotros y a mí nos corre espesa sangre irlandesa por las venas. A ella sólo siciliana, la pobre...

—Vale, vale. Una pregunta: ¿qué comida preferís: irlandesa o italiana? Caso cerrado.

Los chicos rompieron en carcajadas y chocaron los cinco por su madre.

—Eh, mamá, ¿qué es esto? —preguntó Seamus.

Caitlin echó un vistazo y sacó un móvil plateado y pequeño de debajo del asiento delantero. Sullivan lo vio, y se le encogió el estómago. Era el móvil de Benny Fontana. Sullivan lo había cogido la noche que visitó a Benny y llevaba buscándolo desde entonces. Para luego hablar de errores...

Y hay errores que matan.

Se mantuvo impasible.

—Apuesto a que es el móvil de Steve Bowen —mintió.

—¿Quién? —preguntó Caitlin.

—Steve Bowen. Un cliente, ¿no te suena? Lo llevé al aeropuerto cuando vino a la ciudad.

Caitlin parecía desconcertada.

—¿Cómo es que no ha intentado recuperarlo?

«Porque no existe.»

—Probablemente, porque está en Londres —siguió improvisando Sullivan—. Nada, déjalo en la guantera.

Pero ahora que tenía el móvil, sabía lo que quería hacer con él. De hecho, no podía esperar. Acercó a la familia al estadio todo lo que pudo y se pegó a la acera.

—Ahí estáis: servicio puerta a puerta. Inmejorable. Yo aparco la carroza y os veo dentro.

No tardó en encontrar un parking libre. Subió hasta el último piso para estar más tranquilo y tener buena cobertura. El número que le interesaba estaba ahí mismo, en la agenda del teléfono. Lo marcó. «Ahora sólo falta que esté ese hijoputa.»

Y que tuviera aquel número en su agenda y le saliera el nombre.

John Maggione Junior respondió él mismo.

—¿Quién es? —preguntó, y ya sonaba desencajado.

¡Bingo! El tío en persona. Los dos se odiaban desde que el padre de Maggione había dejado que Sullivan se encargara de algunos trabajos por él.

—Adivina, Junior.

—No tengo ni puta idea. ¿Cómo has conseguido este número? Seas quien seas, estás muerto.

—Entonces parece que tenemos algo en común.

A Sullivan le salía la adrenalina por los poros. En aquellos momentos se sentía imparable. Para este tipo de cosas, era el número uno: tenderle una trampa a un blanco, jugar con la víctima.

—Así es, Junior. El cazador cazado. Soy Michael Sullivan. Te acuerdas de mí, ¿no? ¿Y sabes qué? Ahora voy a por ti.

—¿El Carnicero? ¿Eres tú, cabrón? Te iba a matar de todos modos, pero ahora voy a hacerte pagar por lo que le hiciste a Benny. Pedazo de mierda, no sabes el daño que te voy a hacer.

—Lo que le hice a Benny no es nada comparado con lo que voy a hacerte a ti. Te voy a cortar en dos mitades con una sierra de carnicero, y le mandaré una mitad a tu madre y la otra a tu mujer. A Connie se la enseñaré justo antes de follármela delante de tus hijos. ¿Qué te parece el plan?

Maggione explotó.

—¡Estás muerto! ¡Estás más que muerto! Toda persona que te haya importado alguna vez está... muerta. Voy a por ti, Sullivan.

—Claro, claro; pide la vez.

Colgó el teléfono cerrando la tapa y consultó su reloj. Qué bien le había sentado aquello, hablar así con Maggione. Las ocho menos diez. Ni siquiera iba a perderse el tema de entrada de U2.

# 59

Acababa de terminar con la última sesión del día y estaba ojeando los archivos viejos del caso de Maria, cuando inesperadamente alguien llamó a mi puerta con golpes enérgicos. «Y ahora, ¿qué?»

Fui a abrir y me encontré a Sampson plantado en el pasillo de la escalera.

Tenía un *pack* de doce Coronitas metido debajo del brazo, y el cartón de cervezas parecía ridículamente pequeño comparado con su cuerpo. Algo pasaba.

—Lo siento —dije—. No permito que se beba durante la terapia.

—Vale. Entiendo. Creo que mis amigos imaginarios y yo nos iremos con la música a otra parte.

—Pero como salta a la vista que estás muy necesitado de tratamiento, haré una excepción, sólo por esta vez —consentí.

Me tendió una cerveza fría mientras entraba. Decididamente, pasaba algo. Sampson no había venido nunca a mi consulta.

—Esto va cogiendo buena pinta —dijo—. Todavía te debo una planta colgante o algo.

—No me elijas tú ningún cuadro —dije—. Ahórrame ese trago.

Treinta segundos más tarde, sonaban los Commodores en el reproductor de CD... elección de Sampson, y él se había desparramado en mi diván. Con él encima, parecía una butaquita.

Pero sin darme tiempo a relajarme siquiera, se lanzó al ataque, pillándome desprevenido.

—¿Conoces a Kim Stafford?

Di un trago a la cerveza para disimular mi reacción. Kim había sido mi última paciente del día. Era lógico que se hubiera cruzado con Sampson al salir, pero de cómo sabía él quién era no tenía ni idea.

—¿Por qué me lo preguntas?

—Bueno, soy detective de la policía... Acabo de verla ahí fuera. La mujer no pasa inadvertida precisamente. Es la novia de Jason Stemple.

—¿Jason Stemple? —Sampson lo había dicho como si yo debiera saber quién era. Y el caso es que lo sabía, aunque no lo conociera por el nombre.

Me alegraba que Kim hubiera vuelto y pasado por unas cuantas sesiones, pero seguía firme en sus trece de no identificar a su prometido, pese a que los malos tratos parecían ir a peor.

—Trabaja en el distrito Seis —dijo Sampson—. Supongo que entró en el cuerpo después de marcharte tú.

—¿En el distrito Seis? ¿O sea que... el novio es policía?

—Sí. No le envidio el destino, eso ya te lo digo. Aquello está fatal últimamente.

La cabeza me daba vueltas, y se me revolvió un poco el estómago. ¿Jason Stemple era policía?

—¿Cómo va el caso de Georgetown? —pregunté,

probablemente para que Sampson dejara de tirar de ese hilo.

—Nada nuevo —dijo, entrando al trapo del cambio de tema—. He visto a tres de las cuatro víctimas de que tenemos noticia, y sigo sin tener la menor pista.

—¿Así que ninguna suelta prenda? ¿Después de lo que les ha pasado? Es difícil de creer. ¿No te parece, John?

—Sí. Hoy he hablado con una de las mujeres, una capitana del ejército, que ha admitido que el violador hizo algún tipo de amenaza gorda contra su familia. Y ya ha dicho más de lo que quería.

Nos terminamos las cervezas en silencio. En mi cabeza se alternaban el caso de Sampson y Kim Stafford y su novio policía.

Sampson apuró su Coronita; luego se incorporó y me pasó otra.

—Bien, escucha esto —dijo—. Aún me queda una entrevista por hacer: una abogada que ha sido violada. Otra oportunidad para ver si al final conseguimos desenmarañar el asunto. —Oh, oh, aquí viene—. ¿Qué tal el lunes por la tarde?

Giré sobre mi silla para consultar la agenda que tenía en el escritorio. Ni una cita.

—Maldita sea, tengo todo el día ocupado.

Abrí mi segunda cerveza. Por las persianas de madera entraba una larga franja de luz, y la seguí con la vista de vuelta al punto en que estaba sentado Sampson, clavándome una de sus miradas severas. «El hombre montaña» era uno de los sobrenombres que yo le daba. «Doble John» era otro.

—El lunes, ¿a qué hora? —pregunté finalmente.

—A las tres. Pasaré a recogerte, bombón. —Alargó el

brazo y entrechocó su botella de cerveza con la mía—. ¿Sabes? Acabas de costarme siete pavos.

—¿Cómo es eso?

—El paquete de doce —dijo—. Si llego a saber que iba a ser tan fácil convencerte, habría pillado uno de seis.

## 60

Las tres en punto de un lunes. No debería estar aquí, pero aquí estoy.

Por lo visto hasta el momento, el bufete de Smith, Curtis y Brennan estaba especializado en clientes ricos de toda la vida.

La recepción, lujosamente decorada con paneles de maderas nobles, con sus ejemplares de *Golf Digest*, *Town & Country* y *Forbes* en las mesitas, parecía hablar por sí misma: estaba claro que la clientela del bufete no procedía de mi barrio.

Mena Sunderland era una socia reciente, y también nuestra tercera víctima conocida de violación, por orden cronológico. Parecía mimetizarse con la oficina, con su traje gris de marca y esa especie de reserva cortés que caracteriza a menudo a quienes se han criado en el Sur. Nos condujo a una pequeña sala de reuniones y cerró las puertas correderas de la pared de cristal antes de dejar que empezáramos a hablar.

—Mucho me temo que pierden ustedes el tiempo —nos dijo—. No tengo nada nuevo que decir. Ya se lo dije al otro detective. Varias veces.

Sampson le tendió un trozo de papel a través de la mesa.

—Nos preguntábamos si esto la ayudaría.

—¿Qué es?

—El borrador de una nota de prensa. Si llegamos a hacer pública alguna información, será esto. —Ella examinó el papel mientras él se explicaba—. Le da un giro agresivo a esta investigación, y dice que ni una sola de las víctimas conocidas se ha prestado a identificar al agresor o testificar contra él.

—¿Y es cierto eso? —preguntó ella, levantando la vista del papel.

Sampson empezó a responder, pero yo sentí de pronto un impulso visceral y lo interrumpí.

Me puse a toser. Fue una jugada un poco burda, pero funcionó.

—¿Puedo pedirle que me traiga un vaso de agua? —pregunté a Mena Sunderland—. Lo siento.

Cuando hubo salido de la habitación, me volví hacia Sampson.

—No creo que debamos darle a entender que todo depende de ella.

—Vale. Supongo que tienes razón. —Sampson asintió con la cabeza—. Pero si pregunta... —añadió.

—Deja que me ocupe yo de esto —dije—. Tengo una corazonada sobre ella. —Mis famosas «corazonadas» formaban parte de mi reputación, pero eso no implicaba que Sampson se dejara influir por ellas. Si hubiéramos tenido más tiempo para discutirlo, me habría preocupado, pero Mena Sunderland regresó al cabo de un segundo. Traía dos botellines de agua Fiji y dos vasos. Hasta consiguió esbozar una sonrisa.

Mientras me bebía el agua que me había traído, observé que Sampson se recostaba en su silla. Me estaba dando el pie para que tomara yo la iniciativa.

—Mena —dije—, nos gustaría encontrar algo así como un terreno común con usted. Entre lo que usted puede comentar sin sentirse incómoda y lo que nosotros necesitamos saber.

—¿Qué quiere decir?

—Quiero decir que lo que nos hace falta para atrapar a este hombre no es necesariamente que nos lo... describa. —Tomé su silencio como una invitación a seguir, aunque cautelosa—. Me gustaría hacerle algunas preguntas. Todas se responden con un sí o un no. Puede contestar con una palabra o simplemente moviendo la cabeza, si lo prefiere. Y si alguna le resulta demasiado incómoda, puede abstenerse de contestar.

Sus labios amagaron una sonrisa. Mi técnica era muy obvia, y ella lo sabía. Pero la idea era que, cuanto menos amenazador le resultara todo aquello, mejor.

Se sujetó un largo mechón de pelo rubio tras la oreja.

—Adelante. Y ya veremos.

—La noche de la agresión, ¿le expresó este hombre amenazas concretas para evitar que hablara después de marcharse él?

Primero asintió con la cabeza, luego verbalizó la respuesta.

—Sí.

De repente, empecé a albergar esperanzas.

—¿Amenazó con hacer daño a conocidos suyos? ¿Familia, amigos, algo así?

—Sí.

¿Se ha vuelto a poner en contacto con usted desde aquella noche? ¿O le ha hecho saber de su presencia de algún otro modo?

—No. Creí volver a verlo en mi calle un día. Probablemente no era él.

—¿Fueron sus amenazas algo más que verbales? ¿Hizo alguna otra cosa para asegurarse de que no hablaría?

—Sí.

Había dado con algo. Estaba seguro. Mena Sunderland bajó la vista hacia su regazo durante unos segundos y luego volvió a mirarme. La tensión que reflejara su rostro había dado paso a una cierta determinación.

—Por favor, Mena. Esto es importante.

—Se llevó mi agenda electrónica —dijo. Hizo una pausa de varios segundos y continuó—: Allí estaba toda mi información personal. Direcciones, todo. Mis amigos; mi familia, que vive en Westchester.

—Entiendo.

Y era cierto. Eso encajaba perfectamente con el perfil preliminar que había trazado de aquel monstruo.

Empecé a contar hasta diez para mis adentros. Cuando iba por ocho, Mena volvió a hablar.

—Había unas fotos —dijo.

—¿Disculpe? ¿Fotos?

—Fotografías. De gente que había matado. O al menos, que dijo que había matado. Y... —se tomó un momento para decidir cuánto más iba a contar— mutilado. Habló de usar sierras de carnicero, bisturís.

—Mena, ¿puede decirme algo sobre esas fotos que le mostró?

—Me hizo mirar varias, pero lo cierto es que sólo recuerdo la primera. Es lo peor que he visto en mi vida. —El recuerdo le asomó de pronto a los ojos, y pude ver cómo se apoderaba de ella. Horror en estado puro. Perdió la concentración.

—La escucho —susurré.

Al cabo de unos segundos, se rehízo y volvió a hablar.

—Sus manos —dijo, y se detuvo.

—¿Qué pasaba con sus manos, Mena?

—Le había cortado las dos manos a la chica. Y en la foto... seguía viva. Era evidente que estaba gritando. —Su voz se redujo a apenas un susurro. Estábamos tocando la línea de peligro; lo noté enseguida—. La llamó Beverly. Como si fueran viejos amigos.

—Está bien —dije, suavemente—. Podemos parar ya si quiere.

—Quiero parar —dijo ella—. Pero...

—Dígame, Mena.

—Aquella noche... tenía un bisturí. Y ya estaba manchado con la sangre de alguien...

# 61

Esto era sensacional, pero también era una mala noticia. O podría serlo.

Si la descripción de Mena Sunderland era exacta —y no había razón para pensar que no lo fuera—, ya no estábamos hablando sólo de violación en serie. Era un caso de asesinato en serie. De pronto, mis pensamientos se desviaron al asesinato de Maria, y al caso de violación en serie de aquel entonces. Traté de quitarme a Maria de la cabeza de momento. Los casos, de uno en uno.

Anoté todo lo que fui capaz de recordar nada más salir de la reunión con Mena, mientras Sampson me conducía de regreso a casa. Él también había tomado sus notas durante la entrevista, pero pasar estas cosas de la cabeza al papel me ayuda a veces a encajar las piezas de un caso.

Mi perfil preliminar del violador cobraba cada vez más sentido. Fiarte de las primeras impresiones, ¿no es de eso de lo que iba *Blink*, el *best seller*? Las fotos que Mena había descrito —*souvenirs* de algún tipo— eran bastante frecuentes en los casos en serie, desde luego. Las fotografías le servirían de ayuda durante las temporadas que pasara inactivo. Y a la vista del nuevo y truculento giro de la investigación, había utilizado sus *souvenirs* para mantener a raya a aquellas de sus víctimas que seguían vivas: paralizadas de miedo.

Íbamos conduciendo por la carretera del sureste cuando Sampson rompió por fin el silencio que reinaba en el coche.

—Alex, quiero que te incorpores a este caso. Oficialmente —dijo—. Que trabajes con nosotros. Que trabajes conmigo en éste. De consultor. Llámalo como quieras.

Me volví a mirarlo.

—Pensaba que a lo mejor te habías picado un poco con esto de que te haya quitado la iniciativa hace un rato.

Se encogió de hombros.

—Para nada. Yo no discuto cuando hay resultados sobre la mesa. Además, ya estás metido en esto, ¿no? Para el caso, mejor si te pagan por ello. A estas alturas, serías incapaz de desentenderte del caso aunque te lo propusieras.

Sacudí la cabeza y fruncí el ceño, pero sólo porque no se equivocaba. Notaba que empezaba a sonar en mi cabeza un zumbido que me era familiar: mis pensamientos, que se quedaban enganchados al caso sin querer. Es una de las cosas que hacen que sea bueno en este trabajo, pero también la razón por la que me resulta imposible estar sólo medio involucrado en una investigación.

—¿Y qué se supone que voy a decirle a Yaya? —le pregunté, lo que supongo que era mi forma de decirle que sí.

—Dile que el caso te necesita. Dile que Sampson te necesita. —Giró a la derecha para coger la calle Cinco, y mi casa apareció a la vista—. Pero más vale que pienses algo rápido. Se lo olerá seguro. Lo verá en tus ojos.

—¿Quieres entrar?

—Buen intento. —Dejó el motor en marcha tras parar junto a la acera.

—Ahí voy —dije—. Deséame suerte con Yaya.

—Oye, tío, nadie dijo que el trabajo de policía no fuera peligroso.

# 62

Aquella noche estuve trabajando en el caso en el despacho del ático. Era muy tarde cuando decidí que ya estaba bien.

Bajé al primer piso y cogí las llaves; había tomado por costumbre salir a dar una vuelta casi todas las noches en el Mercedes nuevo, mi vehículo *crossover*. Marchaba que era un primor, y los asientos eran tan cómodos como los que teníamos en el salón. Todo era poner el CD, reclinarse en el asiento y relajarse. Daba gusto.

Cuando por fin me metí en la cama aquella noche, mis pensamientos me condujeron a un sitio que todavía necesitaba visitar de cuando en cuando. Mi luna de miel con Maria. Tal vez los diez mejores días de mi vida. Todo seguía vívido en mi recuerdo.

El sol queda justo por debajo de las hojas de las palmeras en su caída hacia la línea horizontal de azul más allá del balcón de nuestro hotel. Todavía está caliente junto a mí el hueco de la cama que ocupaba Maria hace un minuto.

Ahora está de pie delante del espejo.

Preciosa.

No lleva encima más que una de mis camisas de vestir, sin abotonar, y se está arreglando para la cena.

Siempre está con que tiene las piernas demasiado delgadas, pero a mí me parecen largas y solitarias, y me pongo con sólo mirarlas, con verla reflejada en el espejo.

La contemplo mientras se recoge el pelo negro y reluciente con un pasador. Lo que revela la larga línea de su cuello. Dios, es que la adoro.

—Hazlo otra vez —digo.

Ella me complace sin mediar palabra.

Cuando inclina la cabeza para ponerse un pendiente, su mirada se cruza con la mía en el espejo.

—Te quiero, Alex. —Se da la vuelta para mirarme—. Nadie va a quererte nunca como te quiero yo.

Me sostiene la mirada, y creo de verdad que puedo sentir lo que siente por dentro. Es increíble lo próximas que están nuestras formas de pensar. Extiendo el brazo hacia ella desde la cama y digo...

## 63

Algo muy sentido.

Pero de repente no conseguía recordar el qué.

Me incorporé —solo en mi cama— expulsado de golpe del lugar en que había estado, mitad despierto, mitad dormido, hasta un momento antes. Mi memoria acababa de tropezar con un hueco, como un agujero en el suelo que no estaba ahí antes.

Los recuerdos de nuestra luna de miel en Barbados habían permanecido siempre indelebles en mi memoria, hasta el menor detalle. ¿Cómo podía ser que no recordara lo que le había dicho a Maria?

A mi lado, brillaban los números del despertador. 2.15.

Pero yo estaba totalmente desvelado.

«Por favor, Dios, esos recuerdos son todo lo que me queda. Todo lo que tengo. No te los lleves también.»

Encendí la luz.

Quedarse ahora en la cama no era alternativa. Salí al salón, preguntándome si bajar y tocar el piano un rato.

En lo alto de las escaleras, me detuve con la mano en la barandilla.

El leve sonido de la respiración ronca de Ali me retuvo en el sitio.

Entré en su habitación y observé a mi niño desde la puerta.

No era más que un bultito bajo la colcha, y un pie desnudo que asomaba; su respiración parecía un ronquido en miniatura. La luz de noche de Imaginarium de la pared era suficiente para que se le viera la cara. El pequeño Alex tenía las cejas fruncidas, como si estuviera ensimismado, con la misma cara que pongo yo a veces.

Cuando me escurrí bajo la colcha, se acurrucó contra mi pecho y apretó la cabeza contra el interior de mi brazo.

—Hola, papi —dijo, despierto a medias.

—Hola, cachorrito —susurré yo—. Vuelve a dormirte.

—¿Has tenido una pesadilla?

Sonreí. Era una pregunta que yo le había hecho en el pasado innumerables veces. Ahora aquellas palabras volvían a mí como un trozo de mí mismo del que me hubiera desprendido.

Él me había dado mis palabras. Yo le di las de Maria.

—Te quiero, Ali. Nadie va a quererte nunca como te quiero yo.

El niño estaba perfectamente inmóvil, probablemente ya dormido. Me quedé ahí tumbado con la mano en su hombro hasta que su respiración recuperó el mismo ritmo suave de antes. Y en algún lugar dentro de mí, volví a estar con Maria.

# 64

Cuando Michael Sullivan estaba con sus hijos, los recuerdos de su padre se recrudecían. La carnicería blanca y reluciente, la cámara frigorífica del fondo, el hombre de los huesos que pasaba una vez a la semana a llevarse los restos de los animales, el olor a queso Carrigaline de Irlanda y a pastel de morcilla.

—Venga, dale, dale, dale —oyó Sullivan, lo que lo catapultó de vuelta al presente: al campo de béisbol que había cerca de su casa de Maryland.

Luego oyó:

—¡Este tío no le da ni borracho! ¡No vale un pimiento! ¡Es un paquete!

Seamus y Jimmy eran los encargados de gritar tonterías en los partidos de béisbol familiares. Michael Junior permanecía tan concentrado como siempre. Sullivan vio algo en los ojos azules de su hijo mayor: la necesidad de eliminar al viejo de una vez por todas.

Su hijo se encogió y estiró el brazo. Una bola curva con mucho efecto, o quizás una curva rápida. Sullivan exhaló al lanzar el chico; luego oyó el chasquido de la pelota al golpear el guante de *catcher* de Jimmy, justo a su espalda. ¡El hijo de puta se la había colado otra vez!

En el campo de la American Legion, por lo demás vacío, en que practicaban, se desató algo parecido a un pandemónium. Jimmy, el *catcher*, dio una vuelta corriendo en torno a su padre sosteniendo la bola en alto.

Sólo Michael permaneció sereno y tranquilo. Se permitió una leve sonrisa, pero no abandonó el montículo del *pitcher*, no lo celebró con sus hermanos.

Tan sólo fijó una mirada aviesa en su padre, a quien nunca había eliminado hasta el momento.

Acercó la barbilla al pecho, disponiéndose a adoptar la postura previa al lanzamiento... pero se detuvo de pronto.

—¿Qué es eso? —preguntó, mirando a su padre.

Sullivan bajó la vista y vio que algo se movía en su pecho. El puntero rojo de un visor láser.

Se tiró al suelo polvoriento junto a la cuarta base.

# 65

El Louisville Slugger de colección, que no había soltado, se quebró en dos antes de tocar el suelo. Sonó un fuerte «ping» metálico al rebotar una bala en la valla protectora de detrás. ¡Alguien le estaba disparando! ¿Hombres de Maggione? ¿Y quién si no?

—¡Chicos! ¡Al banquillo, rápido! ¡Corred! ¡Corred! —aulló.

Los chicos no necesitaron que se lo dijera dos veces. Michael hijo agarró a su hermano pequeño por el brazo. Los tres corrieron a buscar refugio, y cómo corrían los cabrones, como si acabaran de robarle a alguien la cartera.

El Carnicero echó a correr como alma que lleva el diablo en dirección contraria. Quería apartar el fuego de sus hijos.

¡Y necesitaba la pistola que guardaba en el coche!

Tenía el todoterreno aparcado a más de cincuenta metros, y corrió hacia allí en una línea todo lo recta que le pareció prudente. Otro disparo le pasó tan cerca que lo oyó zumbar junto a su barbilla.

Los disparos provenían de la arboleda situada a la izquierda del campo, lejos de la carretera. Eso al menos ya lo sabía. Pero no se molestó en ponerse a buscar. Todavía no. Cuando llegó al todoterreno, abrió como el rayo la puerta del copiloto y se lanzó al interior. Siguió un estallido de cristales.

El Carnicero permaneció agachado, con la cara pegada a la alfombrilla del suelo, y rebuscó bajo el asiento del conductor. La Beretta que guardaba allí representaba una promesa hecha a Caitlin y rota. Agarró la pistola, la cargó y levantó la cabeza para mirar por el parabrisas.

Eran dos, y estaban saliendo de la arboleda en ese momento; dos de los payasos de Maggione, sin duda. Habían venido a cargárselo, ¿no? Y tal vez también a sus hijos.

Quitó el seguro de la puerta del conductor y salió rodando para caer sobre la gravilla y el polvo. Se aventuró a mirar por debajo del coche y vio un par de piernas que corrían pesadamente en dirección a él.

No había tiempo para pensar mucho ni planear nada. Disparó dos veces por debajo del chasis. El hombre de Maggione soltó un alarido al tiempo que por encima de su tobillo brotaba un estallido de rojo.

Cayó a plomo, y el Carnicero volvió a disparar, directamente a la cabeza del matón, sorprendido por segunda vez. El hijoputa no tuvo ocasión de intentar otro tiro, ni siquiera de pensarlo. Pero eso ahora era lo que menos preocupaba a Sullivan.

—¡Papá! ¡Papá! ¡Socorro, papá!

Era la voz de Mike... y venía de la otra punta del campo, ronca de pánico.

Sullivan se puso en pie de un salto y vio al otro asesino corriendo hacia la caseta del banquillo, a tal vez setenta metros de distancia. Levantó la pistola, pero sabía que también podía dar a sus hijos.

Saltó al todoterreno y lo arrancó a toda prisa.

## 66

Pisó el acelerador a fondo, como si las vidas de sus hijos dependieran de ello. Lo que probablemente era cierto. Maggione era el clásico cobarde que no repararía en matar a tu familia. Entonces sacó la Beretta por la ventana, buscando un buen tiro. Aquello le iba a ir por los pelos. Imposible saber cómo acabaría. ¡Máximo suspense!

El matón iba corriendo por la sección interior del campo, y muy rápido ya. Sullivan sospechó que el tío había hecho atletismo de joven y que no se le había dado mal. Y tampoco haría mucho tiempo de eso.

Michael hijo observaba desde los escalones del banquillo. El chico tenía sangre fría, pero eso podía no resultar especialmente útil en aquel momento. Sullivan le gritó:

—¡Agáchate! ¡Abajo, Michael! ¡Ya!

El matón sabía que Sullivan se acercaba por su espalda. Finalmente, se detuvo y se volvió a intentar él un tiro.

¡Error!

Posiblemente, fatal.

Abrió los ojos como platos antes de que la rejilla delantera del todoterreno lo enganchara por el pecho, a más de ochenta kilómetros por hora. El vehículo no aflojó la marcha hasta haberlo arrastrado un rato por el suelo, y entonces embistió con él contra la valla protectora.

—¿Estáis bien, chicos? —gritó Sullivan, sin apartar la vista del matón, que estaba inmóvil y al que parecía que fueran a tener que despegar de la valla con una cucharilla.

—Estamos bien —dijo el joven Michael, con la voz algo temblorosa, pero dominando aparentemente sus emociones.

Sullivan rodeó el coche para ver a aquel mierda, o lo que quedaba de él. Lo único que lo sostenía de pie era el bocadillo de acero en que estaba atrapado. Tenía la cabeza caída lánguidamente a un lado. Parecía estar echando un vistazo con el único ojo que no tenía cubierto de sangre.

Sullivan se acercó a recoger los restos del Louisville Slugger del suelo.

Descargó con él un golpe, dos, y otro, y otro más, puntuando cada uno con un grito.

—No.

»Volváis.

»A.

»Joder.

»A.

»Mi.

»Familia.

»Nunca.

»Nunca.

»Nunca.

»¡Más!

El último viaje se le desvió y erró el blanco; Sullivan le abrió un cráter enorme al matón. Pero lo ayudó a recordar la situación en que se encontraba.

Se montó en el coche y retrocedió hasta donde estaban sus hijos observando como un grupo de zombis en un funeral. Cuando subieron, ni uno dijo una palabra, pero tampoco se echó a llorar ninguno.

—Ya ha pasado —les dijo—. Ya ha pasado, chicos. Yo me ocupo de esto. ¿Me habéis oído? Os lo prometo. ¡Os lo juro por los ojos de mi madre muerta!

Y pensaba cumplir su palabra. Habían ido a por él y su familia, y ahora el Carnicero iría a por ellos.

A por la Mafia.

A por John Maggione Junior.

## 67

Tenía otra sesión con Kim Stafford, y cuando entró llevaba gafas oscuras y tenía el aspecto de alguien que está huyendo. El estómago se me hundió hasta el suelo de la planta baja del viejo edificio. Me llamaba la atención el hecho de que mis dos mundos profesionales hubieran entrado en colisión en este caso.

Ahora que sabía quién era el prometido de Kim, se me hacía más duro respetar su deseo de mantenerlo a él al margen. Quería afrontar esa gilipollez de la peor manera posible.

—Kim —dije en un momento dado, no mucho después de comenzar la sesión—. ¿Sam guarda algún arma en el apartamento? —Sam era el nombre que habíamos acordado utilizar durante las sesiones; *Sam* se llamaba también un bulldog que había mordido a Kim cuando era niña.

—Una pistola, en la mesilla —dijo ella.

Traté de no exteriorizar la preocupación que estaba sintiendo, la alarma que ululaba en mi cabeza.

—¿Alguna vez le ha apuntado con la pistola? ¿La ha amenazado con utilizarla?

—Sólo una vez —dijo ella, y empezó a pellizcarse el tejido de la falda—. Fue hace ya algún tiempo. Si me hubiera parecido que lo decía en serio, lo habría dejado.

—Kim, me gustaría hablar con usted sobre un plan de seguridad —propuse.

—¿A qué se refiere?

—Hablo de señalar unas cuantas medidas cautelares —dije—. Ahorrar algún dinero, tener preparada una maleta en algún sitio, encontrar un lugar al que pudiera acudir... si es que tuviera que marcharse de casa rápidamente.

No estoy seguro de por qué se quitó las gafas de sol en aquel preciso momento, pero fue entonces cuando decidió mostrarme su ojo morado.

—No puedo, doctor Cross —dijo Kim—. Si pienso un plan, lo seguiré. Y entonces creo que sí que me mataría.

Una vez finalizada mi última sesión de ese día, marqué el número de mi contestador antes de marcharme. Sólo había un mensaje. Era de Kayla.

—Hola, soy yo. Agárrate a algo, porque Yaya me ha dado permiso para hacer la cena para todos esta noche. ¡En su cocina! Si no estuviera muerta de miedo, te diría que me muero de ganas. Así que tengo que hacer un par de visitas a domicilio y después pararé en la tienda. Luego, puede que me pegue un tiro en el aparcamiento. Si no lo hago, te veré en casa sobre las seis. O sea, en tu casa.

Ya eran las seis cuando escuché el mensaje. Traté de sacarme la inquietante sesión con Kim Stafford de la cabeza, pero sólo lo logré en parte. Confiaba en que no le pasara nada, y no estaba seguro de que fuera aún el momento de inmiscuirme.

Para cuando llegué a la calle Cinco y entré corriendo, Kayla ya estaba parapetada en la cocina. Llevaba puesto el delantal favorito de Yaya e introducía en el horno una fuente de carne de ternera.

Yaya estaba sentada muy tiesa a la mesa de la cocina, delante de una copa de vino blanco que no había tocado. En fin, que aquello estaba muy interesante.

Los críos andaban también revoloteando por la cocina, probablemente esperando a ver cuánto tiempo aguantaba Yaya sentada sin hacer nada.

—¿Qué tal te ha ido el día, papá? —preguntó Jannie—. ¿Qué es lo mejor que te ha pasado? —añadió.

Eso nos provocó a los dos una gran sonrisa. Era una pregunta que nos hacíamos a veces a la hora de cenar, los unos a los otros. Llevábamos años haciéndolo.

Pensé en Kim Stafford, y luego pensé en el caso de violación de Georgetown y en la reacción de Yaya a que estuviera trabajando en él. Pensar en Yaya me devolvió de pronto al presente, a mi respuesta a la pregunta de Jannie.

—¿Hasta ahora? —dije—. Esto. Lo mejor del día ha sido estar aquí con vosotros, chicos.

# 68

Ahora la cosa se estaba calentando.

El Carnicero odiaba la playa; odiaba la arena, el olor salobre del agua, los embotellamientos, todo cuanto implicaba una visita a la maldita playa. Caitlin y los chicos, con sus escapadas de verano a Cape May. Por él, se las podían comer con patatas.

Así que era el trabajo, y nada más que el trabajo, lo que lo traía a la costa, y encima hasta el sur de Jersey, nada menos. Era la venganza contra John Maggione Junior. Los dos se odiaban desde que el padre de Maggione permitió a este «irlandés pirado» convertirse en su asesino favorito. Luego, a Sullivan le ordenaron eliminar a uno de los coleguitas de Junior, y el Carnicero hizo el trabajo con su entusiasmo habitual. Cortó a Rico Marinacci en pedacitos.

John Maggione Junior no daba señales de vida últimamente —lo que tampoco era de extrañar—, así que el Carnicero había modificado sus planes un poco, de momento. Si todavía no podía cortar la cabeza, empezaría por alguna otra parte del cuerpo.

La parte, en este caso, se llamaba Dante Ricci. Dante

era el miembro de pleno derecho más joven del sindicato Maggione, y un favorito personal del Don. Era como un hijo para él. Y lo que no dejaba de tener su chiste era que John Maggione no permitía a sus socios ni limpiarse el culo sin consultarlo antes con Dante.

Sullivan llegó al pueblo costero de Mantoloking, Nueva Jersey, justo antes de ponerse el sol. Mientras conducía por la bahía de Barnegat, el océano parecía casi morado a lo lejos; precioso, si a uno le iban ese tipo de imágenes de postal, de momentos Kodak. Sullivan subió las ventanillas para que no entrara el aire salado. No veía el momento de liquidar el trabajo y abrirse de allí corriendo.

El pueblo mismo se extendía por una franja de terreno carísimo de kilómetro y medio de ancho. No le costó mucho encontrar la casa de Ricci, en Ocean Avenue. Pasó de largo por delante de la verja de entrada, aparcó el coche más adelante en la carretera, y retrocedió a pie algo más de ochocientos metros.

Daba la impresión de que a Ricci le iban bastante bien las cosas. La casa principal era muy grande, blanca, de estilo colonial: tres pisos, con listones de cedro oscuro, todo mantenido en perfecto estado, y en primera línea de mar. Garaje de cuatro plazas, casita de invitados, bañera de hidromasaje arriba en la duna. Seis millones, tirando por lo bajo. Justo el tipo de objeto deslumbrante que los listillos de hoy en día agitan ante los ojos de sus mujeres para distraer su atención de los asesinatos y robos con que se ganan la vida cada día.

Y Dante Ricci era un asesino; eso era lo que mejor se le daba. Carajo, si era un nuevo y mejorado Carnicero.

Mirando la fachada principal, Sullivan no acababa de hacerse una idea de la distribución general. Supuso que la mayor parte de la casa estaría orientada hacia el mar, del otro lado. Pero en la playa no estaría bien cubierto. Iba a tener que quedarse donde estaba y tomarse su tiempo.

No le suponía ningún problema. Tenía todo lo necesario para hacer su trabajo, paciencia incluida. Le vinieron a la cabeza unas palabras en gaélico, algo que solía decir su abuelo James. *«Coimhéad fearg fhear na foighde»*, o una mierda por el estilo. «Guárdate de la ira como un hombre paciente.»

«Exacto», pensó Michael Sullivan mientras esperaba, perfectamente inmóvil en la creciente oscuridad. «Exacto.»

# 69

Le llevó un rato hacerse una idea de cómo eran la residencia de la playa y su entorno inmediato. Dentro no se apreciaba mucho movimiento, pero sí el suficiente para saber que la familia se encontraba en casa: Dante, dos niños pequeños y la que parecía ser —a aquella distancia al menos— la joven y ardiente esposa, una guapa rubia italiana.

Pero no había visitas, ni guardaespaldas a la vista en el exterior. Específicamente, ni asomo de la F mayúscula: la de Famiglia. Eso significaba que el arsenal de que disponían en la casa se limitaría a lo que Dante Ricci guardara a mano. Y fuera lo que fuera, no era probable que rivalizara con la ametralladora de 9 mm que Sullivan llevaba enfundada a un costado. O con su bisturí.

A pesar de que el aire era helado, estaba sudando bajo la chaqueta, y una mancha de sudor había empapado su camiseta allí de donde colgaba el arma. La brisa marina tampoco lo ayudaba a refrescarse. Sólo su paciencia le hacía contenerse. Y lo que a él le gustaba considerar su profesionalidad. Rasgos que sin duda había heredado de su padre, el Carnicero original, que, si no otra cosa, había sido un hijoputa muy paciente. Finalmente, empezó a aproximarse a la casa de la playa. Pasó junto a un reluciente Jaguar negro que había aparcado en una zona pavimentada de ladrillo claro y entró hasta una de las plazas del garaje abierto, ocupada por un Jaguar blanco que se tocaba, trasera con trasera, con el negro.

«Caramba, Dante, ¿un poquito ostentoso, tal vez?»

No tardó mucho en encontrar en el garaje algo que le sirviera. El Carnicero cogió un mazo de mango corto del banco de trabajo del fondo. Lo empuñó y sintió su peso. Bastante adecuado. Muy bonito. Joder, le gustaban las herramientas. Igual que a su viejo.

Tendría que manejarlo con la zurda si quería estar listo para disparar, pero el punto a golpear era bastante grande, así como... bueno, como el parabrisas de un Jaguar.

Se echó el mazo al hombro, puso los pies paralelos, y lo descargó sobre el cristal con la contundencia de un leñador.

Al primer impacto, se disparó la alarma del coche con su chirriante estrépito... exactamente lo que pretendía.

Sullivan se escabulló inmediatamente hacia el patio delantero, más o menos a media distancia de la carretera. Se apartó de la vista tras un viejo roble rojo que parecía estar fuera de lugar en aquel sitio; igual que él. Tenía el dedo en el gatillo, pero no. No hubo disparos aún. Que Dante pensara que era algún ladronzuelo de poca monta de Jersey. Eso le haría salir corriendo y jurando en arameo.

La puerta mosquitera de la entrada se abrió de par en par al cabo de unos segundos, dando un golpe en la pared de la casa. Se encendieron dos conjuntos de focos.

Sullivan entrecerró los ojos ante tanta luz. Pero pudo

ver al amigo Dante en el porche... con una pistola en la mano. En bañador, nada menos; y zapatillas playeras. Musculoso y en buena forma, sí, pero ¿y qué? Menudo chuloputas que estaba hecho, el tío.

Error.

—¿Quién coño anda ahí? —gritó el tipo duro a la oscuridad—. ¡Que quién anda ahí, he dicho! ¡Más te vale echar a correr!

Sullivan sonrió. ¿Era éste el brazo armado de Junior? ¿El nuevo Carnicero? ¿Este macarra repulido en su casa de la playa? ¿En bañador y chancletas?

—¡Hola, no es más que Mike Sullivan! —le respondió en voz alta.

El Carnicero salió al descubierto, hizo una pequeña reverencia y acto seguido barrió el porche de una ráfaga sin que a Dante le diera tiempo de vérselo venir. Claro que, ¿cómo iba a esperárselo? ¿Quién iba a tener los cojones de ir a cargarse a un soldado de la Mafia en su propia casa? ¿Quién iba a estar tan loco?

—¡Esto son los entrantes! —rugió el Carnicero mientras media docena de balas le acertaban a Dante Ricci en el estómago y el pecho. El mafioso cayó de rodillas, lanzó a Sullivan una mirada de furia y a continuación se desplomó de bruces contra el suelo.

Sullivan siguió apretando el gatillo y barrió los dos Jaguars, el del garaje y el de la entrada. Más cristales rotos. Limpias filas de orificios abiertos en las carísimas carrocerías. Qué bien sentaba.

Cuando hubo dejado de disparar, pudo oír gritos procedentes del interior del chalet. Mujeres, niños. Apagó los focos del porche con dos ráfagas rápidas, controladas.

Entonces se acercó a la casa, acariciando el bisturí. Nada más llegar junto al cuerpo, supo que Dante Ricci estaba tan muerto como una caballa hinchada, arrastrada hasta la playa. Aun así, giró el cadáver y le rajó la cara con la afilada hoja una docena de veces.

—No te lo tomes como algo personal, pero no eres el nuevo yo.

Entonces dio media vuelta con intención de marcharse. Dante Ricci había recibido el mensaje, y muy, muy pronto, lo recibiría también Maggione Junior.

Entonces oyó una voz que venía del exterior de la casa. De mujer.

—¡Lo has matado! ¡Hijo de puta! ¡Has matado a mi Dante!

Sullivan se volvió y vio a la mujer de Dante allí de pie, sosteniendo una pistola. Era menuda, una rubia teñida bastante guapa, de poco más de metro y medio.

La esposa disparó a ciegas a la oscuridad. No sabía disparar, ni siquiera era capaz de sostener bien la pistola. Pero tenía algo de la sangre caliente de los Maggione en sus venas.

—¡Vuelve a meterte en casa, Cecilia! —gritó Sullivan—. ¡O te volaré la cabeza!

—¡Lo has matado! ¡Saco de mierda! ¡Cabrón, hijo de la grandísima puta! —Bajó del porche y se adentró en el patio.

La mujer estaba llorando, sollozando, pero iba a por él, la muy mema.

—¡Te voy a matar, capullo! —Su siguiente disparo hizo añicos una fuente de cemento para pájaros, aproximadamente a un metro a la derecha de Sullivan.

Su llanto se había transformado en un aullido agudo. Sonaba más como un animal herido que como nada humano.

Entonces algo se desató en el interior de la mujer, y se

lanzó a la carga a través del camino. Pegó un tiro más antes de que Sullivan le encajara dos en el pecho. Se desplomó como si hubiera chocado contra un muro y luego se quedó tendida en el sitio, entre temblores patéticos. A ella también la acuchilló... la sobrina favorita de Maggione. Que los mensajes fueran dos...

Una vez dentro del coche, se sintió mejor, satisfecho de sí mismo. Hasta agradeció el largo viaje de vuelta. Corriendo por la autopista, bajó las ventanillas y puso la música a tope, y cantó las palabras de Bono a pleno pulmón, como si fueran las suyas.

# 70

El día siguiente acabaría archivado en la sección «¿En qué estaría yo pensando?». Me presenté en la comisaría del distrito Seis, donde estaba destinado Jason Stemple, y me puse a preguntar por él. No tenía muy claro lo que haría si lo encontraba, pero Kim Stafford me tenía tan nervioso que algo había de hacer, o eso pensaba.

Ya no llevaba credenciales ni placa, pero muchos policías de la metropolitana sabían quién era, quién soy. No era, al parecer, el caso del sargento del mostrador, sin embargo. Me tuvo esperando del lado del público más tiempo de lo que me hubiera gustado. Tampoco me iba a enfadar por eso, supongo, no tenía importancia. Me quedé dando vueltas por ahí, repasando los premios a la reducción anual de la tasa de crímenes, hasta que me informó por fin de que había comprobado mi identidad con su capitán; entonces apretó un botón y me abrió el paso.

Al otro lado me esperaba otro oficial uniformado.

—Pulaski, lleva al señor... —el sargento echó un vistazo al registro de entrada— Cross al vestuario, por favor. Está buscando a Stemple. Creía que ya habría salido a estas horas.

Lo seguí por un pasillo que bullía de actividad, cazando al vuelo por el camino fragmentos de conversaciones de policías. Pulaski abrió una pesada puerta batiente que daba a los vestuarios. El olor me era conocido, a sudor y diversos antisépticos.

—¡Stemple! Tienes visita.

Se volvió a mirarme un joven, camino de los treinta, de más o menos mi altura, pero más corpulento. Estaba solo delante de una fila de taquillas destartaladas de color verde militar, acabando de ponerse una camiseta de los Washington Nationals. Otra media docena de polis, más o menos, que salían de servicio, andaban por el lugar refunfuñando y riéndose de la situación del sistema judicial, que sin duda daba risa últimamente.

Me acerqué a donde estaba Stemple poniéndose el reloj e ignorándome aún, básicamente.

—¿Podría hablar un minuto con usted? —le pregunté. Estaba tratando de ser educado, pero tenía que hacer un esfuerzo con aquel tipo al que le gustaba pegar a su novia.

—¿De qué? —dijo Stemple sin apenas mirarme.

Bajé la voz.

—Quiero hablarle... de Kim Stafford.

De repente, su poco amistoso recibimiento degeneró en franca hostilidad. Stemple se balanceó sobre los talones y me miró de arriba abajo como si yo fuera alguien que hubiera entrado de la calle a robar en su casa.

—¿Y usted qué hace aquí, para empezar? ¿Es policía?

—Lo era, pero ahora soy terapeuta. Estoy trabajando con Kim.

Stemple me miró fijamente, echando chispas por los ojos. Ya veía por dónde iba yo, y lo que veía no le gustaba nada. Tampoco a mí, porque estaba mirando a un hombre de constitución robusta que pegaba a las mujeres y a veces las quemaba con objetos ardientes.

—Vale, muy bien. Mire, acabo de salir de un turno doble, y me largo. No se acerque a Kim, si es que sabe lo que le conviene. ¿Me ha entendido?

Ahora que lo había conocido, ya tenía una opinión profesional sobre Stemple: era un mierda. Mientras se alejaba, le dije:

—Usted le pega, Stemple. Y la quemó con un cigarro.

El vestuario se quedó mudo, pero advertí que nadie corría a encararse conmigo saliendo en defensa de Stemple. Todos se limitaban a mirar. Un par de ellos asintieron con la cabeza, como si tal vez supieran ya lo de Stemple y Kim.

Él se volvió lentamente hacia mí y sacó pecho.

—¿Me está buscando las cosquillas, tonto del culo? ¿Quién coño es usted? ¿Se la está tirando?

—No es nada por el estilo. Ya se lo he dicho, sólo he venido a hablar. Y si usted sabe lo que le conviene, haría bien en escucharme.

Fue entonces cuando Stemple lanzó el puño por primera vez. Di un paso atrás, y no me dio, pero por poco. Decididamente, tenía mal genio, y era fuerte.

Pero no me hacía falta más excusa; tal vez era lo que estaba deseando. Hice una finta a la izquierda y contraataqué con un gancho a su estómago. Se quedó casi sin aire.

Pero entonces entrelazó sus poderosos brazos en torno a mi cintura. Stemple me arrastró con fuerza contra una fila de taquillas. El metal resonó con el impacto. El dolor se difundió por toda mi espalda, de arriba abajo. Confié en que no me hubiera roto nada ya.

Tan pronto como hube recuperado el equilibrio, lo embestí yo a él, y le hice trastabillar y perder el control.

Volvió a lanzar el brazo. Esta vez, me dio de lleno en la mandíbula.

Yo le devolví el detalle —un contundente derechazo en la barbilla—, y empalmé con un gancho de izquierda que le acertó justo encima de la ceja. Uno por mí, el otro por Kim Stafford. Luego le di con la derecha en el pómulo.

Stemple dio media vuelta; entonces me sorprendió cayendo al suelo del vestuario. Tenía ya un ojo medio cerrado.

La sangre me bullía en los brazos. Estaba dispuesto a seguir pegándome con ese macarra, ese cobarde. La pelea no debería haber empezado, pero lo había hecho, y me quedé decepcionado al ver que no se levantaba.

—¿Te pasa igual con Kim? ¿Ella dice algo que te molesta y a ti se te escapa un guantazo? —Él emitió un gruñido, pero no me respondió. Dije—: Escucha, Stemple. ¿Quieres que me guarde lo que sé para mí, que no vaya con el cuento a instancias más altas? Asegúrate de que no vuelva a ocurrir. Nunca más. No le pongas las manos encima. Ni tus cigarros. ¿Estamos?

Él no se movió del sitio, y con eso me dijo cuanto necesitaba saber. Estaba a medio camino de la puerta cuando mi mirada se cruzó con la de otro de los policías.

—Bien hecho —dijo.

# 71

De haber estado Yaya trabajando en el caso Georgetown, habría dicho, en su inimitable estilo, que estaba «a
punto de romper a hervir». Sampson y yo le habíamos
echado un puñado de ingredientes interesantes al caldo,
y habíamos subido el fuego al máximo. Era el momento
de alcanzar algunos resultados.

Miré al gran hombre de un lado a otro de la mesa cubierta de informes criminales que nos separaba.

—Nunca había visto que de tanta información se pudiera deducir tan poco —dije, refunfuñando.

—Ahora ya sabes cómo me las he visto con este caso
—dijo él, y apretó y aflojó en el puño una pelota de goma
antiestrés. Me sorprendía que a esas alturas no hubiera
reventado ya aquel cacharro en mil pedazos.

—Este tío es meticuloso, parece bastante listo, y es
cruel. También ha dado con un enfoque muy potente:
utilizar sus *souvenirs* para amenazar a esas mujeres. Darle el toque personal. Lo digo por si no te habías dado
cuenta ya —dije. En realidad sólo estaba recapitulan-
do en voz alta. A veces eso ayuda.

Lo que me había dado por hacer últimamente, mi nuevo hábito, era dar vueltas por la habitación. Es probable que hubiera hecho ya diez kilómetros de alfombra en las catorce últimas horas, sin salir de la sala de reuniones de la comisaría del distrito Dos en que nos habíamos recluido. Me dolían un poco los pies, pero así mantenía mi cerebro en funcionamiento. Así, y con caramelos Altoids de manzana amarga.

Aquella mañana habíamos empezado por contrastar los informes criminales de la policía uniformada de los cuatro últimos años, buscando casos que pudieran estar relacionados con éste, con la esperanza de que alguno nos diera la clave que uniera las piezas del rompecabezas. Teniendo en cuenta lo que sabíamos ahora acerca del autor, habíamos repasado las desapariciones de mujeres, los casos de violación y, sobre todo, los de asesinato en que se hubieran dado también mutilaciones. Primero los de Georgetown, y luego los de toda el área metropolitana del D.C.

Para conservar en la medida de lo posible el buen ánimo, habíamos estado escuchando por la radio *Las mañanas de Elliot*, pero ni siquiera Elliot y Diane nos animaban aquel día, y mira que son buenos poniendo a la gente de buen humor.

Para no dejar cabos sueltos, dimos un segundo repaso, centrándonos en los asesinatos sin resolver en general. El resultado fue una lista de casos potenciales que estudiar que era tan larga como poco prometedora.

Algo bueno sí que había traído el día. Mena Sunderland nos había concedido otra entrevista, en la que había llegado a proporcionarnos algunos detalles descriptivos de su violador.

Era un hombre blanco, que según ella debía de tener cuarenta y tantos años. Y por lo que pudimos deducir de sus comentarios, era atractivo, algo que le costaba admitir.

—¿Saben —nos había dicho— el tipo de atractivo que tiene Kevin Costner, que está bien para tener ya cierta edad?

Sin embargo, para nosotros era un punto del perfil que era importante establecer. Los agresores atractivos contaban con una baza que les hacía más peligrosos todavía. Mi esperanza era que si le dábamos un poco más de tiempo y le prometíamos toda la protección del mundo, Mena estaría dispuesta a seguir hablando con nosotros. Lo que teníamos hasta el momento no era suficiente para diseñar una estrategia policial operativa. En cuanto tuviéramos una descripción que no coincidiera con unas doce mil caras de las que podían verse en las calles de Georgetown, Sampson y yo queríamos poner toda la carne en el asador.

Sampson inclinó su silla hacia atrás y estiró las piernas.

—¿Qué te parece si dormimos un poco y acabamos de darle un repaso a esto por la mañana? Yo estoy que me caigo —dijo.

En ese momento, Betsey Hall entró como una flecha, con aire de estar mucho más despierta que cualquiera de nosotros dos. Betsey era una detective novata, con muchas ganas, pero de las que saben cómo ser útiles sin entorpecerte la tarea.

—¿Sólo habéis mirado los casos de víctimas de sexo femenino al contrastar expedientes? —dijo—. Sí, ¿no?

—¿Por qué? —preguntó Sampson.

—¿Os suena el nombre de Benny Fontana?

A ninguno de los dos nos sonaba.

—Soldado de nivel intermedio, subjefe creo que es el término. Eso era, al menos —dijo Betsey—. Lo mataron hace dos semanas. En un apartamento de Kalorama Park. Concretamente, la noche que violaron a Lisa Brandt en Georgetown.

—¿Y? —preguntó Sampson. Pude notar en su voz la misma impaciencia cansada que yo sentía—. ¿Qué pasa?

—Pasa esto.

Betsey abrió un expediente y desplegó media docena de fotografías en blanco y negro sobre la mesa. Mostraban a un hombre blanco, de tal vez cincuenta años, muerto, tendido de espaldas en el salón de una casa. Le habían amputado completamente los dos pies a la altura del tobillo, y hacía poco.

De golpe, ya no me encontraba tan cansado. La adrenalina corría por mi organismo.

—Dios —masculló Sampson. Los dos nos habíamos levantado y procesábamos las truculentas fotos una detrás de otra; repetimos el proceso un par de veces.

—El informe del forense dice que todos los cortes sufridos por el señor Fontana le fueron practicados ante mórtem —añadió—. Posiblemente con instrumental quirúrgico. Tal vez un bisturí y una sierra. —Su expresión era esperanzada, de cierta dulce inocencia—. Así que, ¿creéis que puede tratarse del mismo autor?

—Creo que quiero saber más —respondí yo—. ¿Podemos conseguir las llaves de ese apartamento?

Ella se sacó un juego de llaves del bolsillo y las agitó entre sus dedos, muy orgullosa.

—He pensado que a lo mejor me lo preguntabais.

# 72

—Mierda, Alex. Violación múltiple, asesinato múltiple, ¿y ahora una conexión con la Mafia? —Sampson dio un puñetazo en el techo del coche—. No puede ser una coincidencia. ¡Es imposible! ¡Imposible!

—Puede llevarnos a alguna parte, desde luego... si es el mismo tío —le recordé—. Vamos a ver qué encontramos. Intentemos no precipitarnos, si es posible.

No era que John estuviese desbarrando. Nuestro sospechoso parecía ser cada vez más un monstruo sádico con una costumbre muy siniestra y muy particular. Y no es que hubiéramos estado buscándolo en sitios equivocados, sólo que puede que no lo hubiéramos buscado en suficientes sitios.

—Pero si de aquí sale algo —prosiguió Sampson—, nada de llamar a tus antiguos colegas esta noche. ¿Vale? Quiero tener un poco de tiempo para estudiar esto antes de que desembarquen los federales.

El FBI ya se habría enterado del asesinato de Fontana, asumiendo que tenía que ver con la Mafia. Pero las violaciones seguían siendo del Departamento de Policía del D.C. Seguían siendo un asunto local.

—Tampoco puedes estar seguro de que vayan a hacerse cargo del caso —dije.

—Ah, es verdad —Sampson chasqueó los dedos y me señaló—. Se me olvidaba. Te borraron la memoria cuando dejaste el FBI, como hacen en *Men in Black*. Pues déjame que te lo recuerde: se harán cargo de este caso. Los casos como éste les encantan. Nosotros hacemos todo el trabajo; ellos se cuelgan todas las medallas.

Lo miré de reojo.

—Mientras estuve con los federales, ¿te fastidié alguna vez por intervenir en un caso? ¿Lo hice?

—Si ocurrió, no te preocupes —dijo—. Si en su día hubiera merecido la pena hablarlo, habría sacado el tema. ¡Diantre, no, nunca te inmiscuiste en uno de mis casos!

Paré el coche frente a un bloque de apartamentos situado delante de Kalorama Park. Era un emplazamiento agradable; estoy seguro de que el asesinato de Fontana había conmocionado al edificio, si no al barrio entero. También estaba a sólo tres kilómetros del lugar donde había sido agredida Lisa Brandt, no mucho después de que Benny Fontana muriera.

Pasamos la siguiente hora en el interior, utilizando las fotos del escenario del crimen y las manchas de sangre que se apreciaban aún en la alfombra para recrear lo que podía haber pasado. No encontramos ninguna conexión concreta con el resto de agresiones, pero al menos era un punto de partida.

Cuando salimos, fuimos en dirección suroeste hacia Georgetown, siguiendo la ruta más lógica para llegar al barrio de Lisa Brandt. Ya eran las doce de la noche. Ninguno de los dos teníamos ganas de parar ahora, así que hicimos el *tour* completo del caso, pasando por cada uno de los lugares en que se habían producido las violaciones de que teníamos noticia, por orden cronológico. No estaban demasiado lejos unos de otros.

A las dos y media de la madrugada, estábamos en el compartimiento de una cafetería abierta las veinticuatro horas. Teníamos expedientes criminales desparramados sobre la mesa y los releíamos, demasiado acelerados para parar, demasiado cansados para volver a casa.

Era la primera oportunidad que tenía de estudiar a fondo el expediente de Benny Fontana. Había leído los informes de la policía y el forense varias veces. Ahora repasaba la lista de objetos recogidos en el apartamento. A la cuarta o quinta vez, mis ojos se detuvieron ante un objeto en particular: la esquina arrancada de un sobre blanco con forro metalizado. Lo habían encontrado debajo del sofá, casi a los pies del cuerpo de Fontana. Hablando de pies, o de su falta.

Me enderecé. Éstos son los momentos que uno espera que lleguen cuando tiene entre manos un caso que no consigue resolver.

—Tenemos que ir a un sitio.

—Sí, señor. Tenemos que irnos a casa —dijo Sampson.

Llamé a la camarera, que estaba medio dormida en la barra.

—¿Hay algún *drugstore* que no cierre por aquí cerca? Es importante.

Sampson estaba demasiado cansado para discutir. Me siguió cuando salí de la cafetería, cuando giré la esquina y a lo largo de varias manzanas, hasta llegar a un Walgreens bien iluminado. Un rápido examen de los pasillos y encontré lo que buscaba.

—Mena Sunderland dijo que las fotos que vio eran Polaroids. —Abrí una caja de película, rompiendo el envoltorio.

—Tiene que pagarla primero —advirtió un empleado desde la entrada. Yo lo ignoré.

Sampson sacudía la cabeza.

—Alex, ¿qué coño estás haciendo?

—La lista de pruebas del escenario del crimen del caso Fontana —dije—. Había un sobre blanco con forro metalizado. Un trocito, al menos.

Saqué el sobre nuevo de la caja, rompí una esquina y la sostuve en alto.

—Igualito que éste.

Sampson empezó a sonreír.

—Sacó fotos de Benny Fontana después de rebanarle los pies. Es el mismo tío, John.

# 73

Tuve un día muy, muy largo de trabajo, pero a la noche siguiente hube de quedarme en casa.

Yaya tenía que dar una clase de lectura que impartía una vez a la semana en el albergue que llevaban los baptistas en la calle Cuatro, y yo me quedé con los niños. Cuando estoy con ellos, no hay otro lugar en el que preferiría estar. El único problema, a veces, es llegar allí.

Esa noche me tocó hacer de chef. Preparé el plato favorito de los críos y mío, sopa de alubias blancas, acompañado de una ensalada de pollo y beicon, y había llevado a casa un pan de mantequilla y queso recién hecho de la panadería de al lado de mi consulta. La sopa sabía casi tan rica como la de Yaya. A veces creo que tiene dos versiones de cada receta: la que guarda en su cabeza y la que comparte conmigo, con algún ingrediente clave secreto de menos. Es su mística, y dudo que haya cambiado mucho en el último medio siglo.

Luego los críos y yo tuvimos una larga sesión, demasiadas veces postergada, con el saco de boxeo del piso de abajo.

Jannie y Damon se turnaron para zurrarle al cuero,

mientras Ali jugaba con sus camiones por todo el suelo del sótano, que, según declaró, ¡era la I-95!

Después emigramos al piso de arriba para asistir a una lección de natación con el hermanito. Sí, natación. Era el invento que le había inspirado a Jannie la renuencia de Ali a meterse en la bañera. Qué importaba que luego costara aún más sacarlo del agua, una vez que se ponía. A él esa distinción se le escapaba, y tenía que montar el número cada vez, como si fuera alérgico a la limpieza. Yo era escéptico con la idea de Jannie hasta que vi cómo funcionaba.

—¡Respira, Ali! —lo instruía desde el lateral—. A ver cómo respiras, cachorrito.

Damon mantenía las manos bajo la tripita de Ali, con Ali tumbado boca abajo encima del agua, básicamente soplando burbujas y salpicando a todos lados. Era desternillante, pero no me atreví a reír, no se fuera a enfadar Jannie. Me quedé sentado a una distancia segura, léase «seco», mirando desde el asiento del retrete.

—Levántalo un momento —dijo Jannie.

Damon puso al mocito de pie en la bañera de patas.

Ali pestañeó y echó toda el agua que le cabía en la boca a modo de spray, con los ojos brillantes por la travesura.

—¡Estoy nadando! —proclamó.

—No, todavía no —dijo Jannie, muy seria—. Pero te falta muy poco, hermanito.

Ella y Damon estaban prácticamente tan empapados como él, pero eso no parecía importarle a nadie. Era un desparrame. Jannie estaba de rodillas en mitad de un charco, mientras Damon, de pie, me dirigía una mirada cómplice de hijo mayor que decía: «¿A que están locos?»

Cuando sonó el teléfono, salieron los dos disparados hacia la puerta.

—¡Yo lo cojo! —saltaron a coro.

—Yo lo cojo —dije, cortándoles el paso—. Estáis los dos chorreando. Nada de natación hasta que yo vuelva.

—Vamos, Ali —oí, conforme salía del baño—. Vamos a lavarte el pelo.

La chica era un genio.

Recorrí el pasillo al trote para coger el teléfono antes de que saltara el contestador.

—YMCA de la familia Cross —dije en voz alta para que me oyeran los niños.

## 74

—¿Es Alex Cross?

—¿Sí? —dije. Pero no reconocí la voz que sonaba al otro lado de la línea. Sólo que era una mujer.

—Soy Annie Falk.

—Annie —dije, algo cortado ahora—. Hola, ¿cómo estás?

Éramos conocidos, no exactamente amigos. Su hijo iba un curso o dos por delante de Damon. Annie era médico de urgencias del San Antonio.

—Alex, estoy en el hospital...

De repente, hice una asociación de ideas, y mi corazón se saltó un latido.

—¿Está Yaya allí?

—No es Yaya —dijo—. No sabía a quién más llamar. Acaban de ingresar a Kayla Coles en el San Antonio. Está aquí, en urgencias.

—¿Kayla? —dije, subiendo la voz—. ¿Qué ha pasado? ¿Está bien?

—No lo sé, Alex. Aún no sabemos bastante. Pero la situación es grave.

No era la respuesta que esperaba, ni la que quería oír.

—Annie, ¿qué ha ocurrido? ¿No puedes decirme eso al menos?

—Es difícil saberlo con seguridad. Lo cierto es que alguien ha agredido a Kayla.

—¿Quién? —pregunté, prácticamente gritando por el teléfono, sintiéndome fatal, como si ya conociera la respuesta a mi propia pregunta.

Damon apareció en mitad del pasillo y se me quedó mirando, con ojos de susto, como platos. Era una mirada que ya había visto demasiadas veces en nuestra casa.

—Lo único que puedo decirte es que la han apuñalado con un cuchillo. Dos veces, Alex. Está viva.

«¿Apuñalado?», sonó en mi mente como un grito, pero lo contuve. Tragué saliva. «Pero está viva», pensé.

—Alex, se supone que no debo hablar de esto por teléfono. Deberías acercarte al hospital lo antes posible. ¿Puedes venir ahora mismo?

—Voy para allí.

# 75

Yaya seguía con su clase, pero sólo me llevó un par de minutos avisar a Naomi Harris, la vecina, para que se quedara con los niños. Me subí al coche de un salto y fui todo el camino corriendo. Una sirena habría sido de ayuda.

El trayecto al hospital fue rápido; es casi lo único que recuerdo, y que estuve pensando en Kayla todo el camino. Cuando paré el coche en el exterior de urgencias, vi que el suyo estaba aparcado bajo la cubierta de la entrada.

Tenía la puerta del conductor abierta, y al pasar corriendo junto a él, observé que había sangre en el asiento delantero. ¡Dios, había llegado hasta el hospital conduciendo ella misma! De alguna forma, había conseguido escapar de su agresor.

La sala de espera estaba abarrotada, como ocurre siempre en el San Antonio. En el mostrador de la recepción había una fila de gente con aspecto desamparado y andrajoso. Los heridos menos graves y sus amigos y parientes. Aquí habían declarado muerta a Maria.

—Señor, no puede usted...

Pero yo ya me había colado por la puerta de la zona de atención médica antes de que se cerrara. Una vez dentro, vi que el San Antonio tenía otra de esas noches muy atareadas. El personal sanitario empujaba camillas; médicos, enfermeros y pacientes se cruzaban en todas direcciones a mi alrededor.

Había un joven tendido en un catre con una brecha en la línea de nacimiento del pelo que bañaba de sangre su frente.

—¿Me voy a morir? —preguntaba a todo el que pasaba.

—No, te vas a poner bien —le dije yo, ya que nadie más se detenía a hablar con él—. Estás bien, hijo.

Pero ¿dónde estaba Kayla? Todo se movía demasiado rápido. No encontraba a nadie a quien preguntarle por ella. Entonces oí una voz que me llamaba.

—¡Alex, aquí!

Annie me hacía señas desde el fondo del pasillo. Cuando llegué hasta ella, me cogió del brazo y me condujo a una sala de traumatología: un espacio con dos camas separadas por una cortina de plástico verde.

Había varios miembros del personal médico rodeando la cama, en herradura. Movían ágilmente las manos, enfundadas muchas de ellas en guantes manchados de sangre.

Otros sanitarios entraban y salían, pasando a mi lado como si yo ni siquiera estuviera allí.

Eso quería decir que Kayla estaba viva. Supuse que estaban tratando de estabilizarla, si era posible, para llevarla después al quirófano.

Estiré el cuello intentando ver lo que pudiera, y entonces vi a Kayla. Una mascarilla le cubría la boca y la nariz. Alguien estaba levantando una gasa empapada en sangre de su estómago, que habían dejado al descubierto cortándole la camisa.

La médica jefe, una mujer en la treintena, dijo:

—Herida de arma blanca, en el abdomen, posible herida en el bazo.

El resto de voces que sonaban en la sala se fundían en un murmullo, y traté de entender cuanto pudiera, pero todo se me volvía borroso.

—Presión sanguínea setenta, pulso ciento veinte. Respiración, treinta-cuarenta.

—Un poco de drenaje aquí, por favor.

—¿Está ella bien? —solté de pronto. Me sentía como en una pesadilla en la que nadie podía oírme.

—Alex. —Annie me puso la mano en el hombro—. Tienes que dejarles sitio. Todavía no sabemos gran cosa. En cuanto sepamos algo, te lo diré.

Me di cuenta de que me había acercado a empujones a la cama, a Kayla. Dios mío, estaba sufriendo por ella, y me costaba respirar.

—Llamad a la planta siete y decidles que estamos listos —dijo la médica que parecía al mando del resto de los que estaban en la sala—. Tiene un abdomen quirúrgico.

Annie me susurró:

—Eso quiere decir que tiene el vientre en tabla, que hay parálisis intestinal.

—¡Vamos! ¡Rápido, todos!

Me estaban empujando por detrás, y no muy amablemente.

—Apártese, señor. Tiene que salir de en medio. Esta paciente está grave. Podría morir.

Me hice a un lado para dejarles sitio mientras empujaban su camilla hacia el pasillo. Kayla continuaba con los ojos cerrados. ¿Sabía que estaba yo allí? ¿Quién le había hecho aquello? Seguí a la comitiva de tan cerca como pude. Entonces, con la misma rapidez con que habían hecho todo lo demás, la cargaron en un ascensor y las puertas metálicas se cerraron entre ella y yo.

Annie estaba ahí mismo, a mi lado. Con un gesto, me señaló otra fila de ascensores.

—Si quieres, te llevo a la sala de espera de arriba. Créeme, todos están haciendo cuanto pueden. Saben que Kayla es médica. Y todo el mundo sabe que es una santa.

## 76

«Esta paciente está grave. Podría morir...» «Todo el mundo sabe que es una santa.»

Pasé las tres horas siguientes en la sala de espera, solo y sin que me dijeran ni una palabra más de Kayla. Mi cabeza bullía de inquietantes ironías: dos de mis hijos habían nacido en el San Antonio. A Maria la habían declarado muerta allí. Y ahora Kayla.

De pronto Annie Falk estaba otra vez conmigo, rodilla en tierra, hablándome en voz baja y respetuosa, lo que me asustó más de lo que me hubiera asustado cualquier otra cosa en aquel momento.

—Ven conmigo, Alex. Ven, por favor. Corre. Voy a llevarte con ella. Ya ha salido del quirófano.

Al principio, creí que Kayla seguía dormida en la sala de reanimación, pero se movió cuando me acerqué. Abrió los ojos y me vio; tardó un instante en reconocerme.

—¿Alex? —susurró.

—Eh, hola —musité yo en respuesta, y apreté afectuosamente su mano entre las mías.

Durante unos instantes, pareció perdida, confundida; luego cerró los ojos con fuerza. Unas lágrimas surcaron sus mejillas, y casi me eché a llorar yo también, pero pensé que si Kayla me veía así podría asustarse.

—Tranquila —dije—. Ya ha pasado. Estás en reanimación.

—He pasado... tanto miedo —dijo ella, y sonó como una adolescente, una parte adorable de Kayla que nunca me había mostrado.

—Seguro que sí —dije, y me acerqué sin soltarle la mano—. ¿De verdad has venido hasta aquí en el coche tú sola?

Su mirada siguió ligeramente perdida, pero el hecho es que sonrió.

—Sé lo que llega a tardar en venir una ambulancia en este barrio.

—¿Quién te ha hecho esto? —pregunté entonces—. ¿Sabes quién ha sido, Kayla?

Como respuesta a la pregunta, volvió a cerrar los ojos. Yo contraje la mano que tenía libre en un puño. ¿Sabía quién la había atacado, y tenía miedo de decirlo? ¿Le habían advertido a Kayla que no hablara?

Nos quedamos en silencio un momento, hasta que se sintió dispuesta a decir algo más. No pensaba presionarla en esas circunstancias, como había presionado a la pobre Mena Sunderland.

—Estaba de visita domiciliaria —dijo por fin, con los ojos aún cerrados—. Había llamado la hermana de este tío. Es un yonqui. Intentaba desintoxicarse en casa. Cuando llegué yo, el hombre prácticamente ya no regía. No sé por quién me tomó. Me apuñaló...

Su voz se apagó. Le acaricié el pelo y puse el dorso de la mano contra su mejilla.

He visto lo frágil que puede llegar a ser la vida, pero es algo a lo que nunca te acostumbras, y se ve distinto cuando se trata de alguien a quien quieres, cuando te toca de cerca.

—¿Vas a quedarte conmigo, Alex? ¿Hasta que me duerma? No te vayas.

Era su voz de adolescente de nuevo. Kayla nunca me había parecido tan vulnerable como en aquel instante, aquel momento fugaz en la sala de reanimación. Se me partió el corazón por ella y por lo que le había ocurrido mientras andaba intentando hacer el bien.

—Por supuesto —dije—. No me moveré de aquí. No voy a ninguna parte.

# 77

—Llevo deprimido una buena temporada, como sabes. Nadie lo sabe mejor que tú.

—Más de diez años. Supongo que eso es una buena temporada, Alex.

Estaba sentado frente a mi médica favorita, mi psiquiatra personal, Adele Finaly. Adele es además mi mentora ocasional. Fue ella quien me animó a retomar el ejercicio privado, y hasta me consiguió un par de pacientes. «Conejillos de Indias», como a ella le gusta llamarlos.

—Tengo que contarte un par de cosas que me están agobiando mucho, Adele. Nos puede llevar varias horas.

—No hay problema. —Se encogió de hombros. Adele tiene el pelo castaño claro y cuarenta y pocos años, pero no parece haber envejecido desde que nos conocemos. Ahora mismo no está casada, y con cierta frecuencia nos imagino a los dos juntos, pero luego me quito la idea de la cabeza. Demasiado estúpido, una locura.

»Mientras seas capaz de condensar varias horas de tus patrañas en cincuenta minutos —prosiguió, haciéndose, como siempre, la listilla; que es justo el tono que hay que adoptar conmigo.

—Puedo hacerlo.

Ella asintió.

—Pues más vale que empieces. Ya estoy contando el tiempo. Y el reloj corre.

Le conté lo que le había pasado a Kayla y lo que me había hecho sentir, incluido el hecho de que se había ido a Carolina del Norte a recuperarse en casa de sus padres.

—No creo que sea culpa mía. Así que no me siento culpable de que hayan agredido a Kayla... al menos, no directamente.

Adele no pudo evitar, con todo lo buena que es, elevar las cejas y descubrir sus pensamientos.

—¿E indirectamente?

Moví la cabeza arriba y abajo.

—Sí que siento esta especie de culpabilidad vaga... como si pudiera haber hecho algo para evitar que la atacaran.

—¿Por ejemplo?

Sonreí. Entonces, también Adele.

—Por poner sólo uno, acabar con el crimen en toda el área del D.C. —dije.

—Te estás escondiendo otra vez tras tu sentido del humor —dijo Adele.

—Desde luego, y aquí viene lo peor. Por más que me tengo por una persona racional, sí que me siento culpable por no haber sabido proteger a Kayla de alguna manera. Y sí, sé lo ridículo que es eso, Adele. Pensarlo. Y admitirlo en voz alta. Pero ahí está.

—Háblame más de esa «protección» que de alguna manera podías haber brindado a Kayla Coles. Necesito oír eso, Alex.

—No me lo restriegues. Y no creo haber usado la palabra «protección» —dije, contrariado.

—Lo cierto es que lo has hecho. Pero da igual, sácalo fuera para que yo lo oiga, por favor. Has dicho que querías contármelo todo. Es posible que esto sea más importante de lo que tú crees.

—No hay absolutamente nada que hubiera podido hacer para ayudar a Kayla. ¿Ya estás contenta?

—Me falta poco —dijo Adele; luego esperó a que yo siguiera.

—Todo viene de aquella noche con Maria, por supuesto. Yo estaba allí. La vi morir en mis brazos. No pude hacer nada por salvar a la mujer que amaba. No hice nada. Ni siquiera atrapé nunca al hijo de puta que la mató. —Adele siguió sin decir nada—. ¿Sabes qué es lo peor? Siempre me preguntaré si aquella bala no iba dirigida a mí. Maria se me echó en los brazos... y en aquel momento le dieron.

Entonces nos quedamos sentados en silencio un rato largo, incluso para nosotros, que soportamos bien los silencios prolongados.

Nunca había confesado esto último a Adele hasta entonces, nunca lo había dicho en voz alta, a nadie. Concluí:

—Adele, voy a cambiar de vida, de un modo u otro.

Tampoco dijo nada a eso. Lista y dura, como me gusta que sean mis psiquiatras, y como espero ser yo mismo algún día, cuando madure de una puta vez.

—¿No me crees? —pregunté.

Ella habló por fin.

—Quiero creerte, Alex. Por supuesto que sí. —Luego añadió—: ¿Te crees tú a ti mismo? ¿Tú crees que de verdad alguno de nosotros puede cambiar? ¿Puedes tú?

—Sí —le respondí a Adele—. Sí que creo que puedo

cambiar. Pero me engaño a menudo. —Se echó a reír. Los dos nos reímos—. No me puedo creer que pague dinero por esta mierda —dije por fin.

—Yo tampoco —dijo Adele—. Pero se te acabó el tiempo.

# 78

Más avanzada la tarde me encontré en la iglesia de San Antonio; San Tony, como la llamo yo desde que era un crío y crecía en sus cercanías, en la no menos venerada casa de Yaya. La iglesia está como a una manzana del hospital en que murió Maria. Había traspasado el cuidado de mi salud espiritual del médico de la cabeza a la cabeza del universo, y esperaba que supusiera un ascenso de categoría, pero me figuraba que podría no serlo.

Me arrodillé ante el altar y dejé que el olor empalagoso del incienso y las familiares escenas de la Natividad y la Crucifixión me bañaran e hicieran su trabajo sucio. Lo que más llama la atención de las iglesias hermosas es, en mi opinión, que fueron diseñadas en general por personas a las que inspiraba la fe en algo más grande e importante que ellos mismos, y así es como yo trato de conducir mi propia vida. Elevé la vista al altar y de mis labios escapó un suspiro. Por lo que a Dios se refiere, tengo fe. Es así de sencillo, y siempre ha sido así. Supongo que tengo la impresión de que es un poco extraño, o presuntuoso, imaginar que Dios piensa igual que nosotros; o que Dios tiene un rostro enorme, bondadoso y humano;

o que Dios es blanco, cobrizo, negro, amarillo, verde o lo que se quiera. O que Dios escucha nuestras oraciones a todas horas del día y de la noche, o aun que las escucha alguna vez.

Pero recé unas oraciones por Kayla en la primera fila de San Tony, pidiendo no sólo que se recuperase de sus heridas, sino que se enmendase en otros aspectos importantes. La gente reacciona de distintas maneras ante un ataque que ponga en peligro su vida, o la de sus familiares, o su casa. Eso lo he aprendido en carne propia. Y ahora, desgraciadamente, también lo había aprendido Kayla.

Aprovechando que estaba en disposición de rezar, pronuncié algunas palabras privadas por Maria, que tan presente estaba últimamente en mis pensamientos.

Incluso hablé a Maria, aunque a saber qué quiere decir eso. Deseé que le gustara la forma en que estaba criando a los niños, un tema recurrente entre nosotros. Luego recé una oración por Mamá Yaya y su delicada salud; oraciones por los críos; y hasta unas palabras por *Rosie*, la gata, que venía padeciendo un fuerte resfriado que yo me temía que fuera a ser una neumonía. «No permitas que muera nuestra gata. Aún no. *Rosie* también es buena gente.»

# 79

El Carnicero había ido a Georgetown para descargar un poco de tensión acumulada; si no, podía ser que las cosas no acabaran de ir bien cuando volviera con Caitlin y los chavales, a su vida recta y estrecha. De hecho, hacía ya tiempo había comprendido que disfrutaba viviendo una doble vida. Joder, ¿y quién no?

Quizás hoy tocaba volver a jugar a «semáforo rojo, semáforo verde». ¿Por qué no? Su guerra contra Maggione Junior le estaba produciendo un montón de estrés.

La manzana del 3.000 de la calle Q, por donde ahora caminaba con paso ligero, era bonita, con sus filas de árboles y dominada por elegantes casas de ciudad y residencias aun más grandes, de tipo solariego. Era básicamente una zona residencial de clase alta, y los coches que había aparcados decían mucho del nivel social y los gustos de quienes allí vivían: varios Mercedes, un Range Rover, un BMW, un Aston Martin, uno o dos Bentleys nuevos y relucientes...

La afluencia de peatones se limitaba prácticamente a quienes entraban y salían de sus casas. Lo que convenía a sus propósitos para el día. Llevaba los auriculares puestos e iba escuchando a un grupo escocés que le gustaba, Franz Ferdinand. Al cabo de un rato, sin embargo, apagó la música y se puso serio.

En la casa de ladrillo rojo de la esquina de la Treinta y uno con Q, parecía estar preparándose para esa noche algún tipo de fiesta con cena, muy sofisticada. Estaban descargando un surtido de *delicatessen* carísimas de una furgoneta larga con el rótulo «Georgetown Valet», y los empleados que había en el jardín estaban probando las falsas lámparas de gas de la fachada de la casa, que parecían funcionar perfectamente.

Entonces, el Carnicero oyó el «clic-clac» característico de unos zapatos de tacón alto. El sonido incitante, casi intoxicante, venía de delante de él, a cierta distancia por la misma acera, que era de ladrillo más que de enlosado, y serpenteaba por el vecindario como un collar extendido plano sobre una mesa.

Por fin, divisó a la mujer de espaldas: una cosa exquisita, torneada, con una larga cabellera negra que le colgaba hasta mitad de camino de la cintura. ¿Irlandesa, como él? ¿Una guapa soltera? No había forma de saberlo vista de espaldas. Pero había empezado la caza. Pronto sabría de ella todo lo que quería saber. Sentía que el destino de esa hembra estaba ya en sus manos, que ya le pertenecía, a él, al Carnicero, su poderoso álter ego, o tal vez su verdadero yo. ¿Quién sabe?

Se acercaba cada vez más a la mujer del pelo negro como ala de cuervo, e iba fijándose en los estrechos callejones que flanqueaban algunas de las casas más grandes, las zonas arboladas, buscando un lugar adecuado... cuando vio que se aproximaban a una tienda. ¿Qué era esto? El único comercio que se había encontrado en varias manzanas. Casi parecía fuera de lugar en aquel barrio.

«Mercado de Sara», rezaba el rótulo de la fachada.

Y entonces la morenaza entró por la puerta.

—Maldita sea, mi gozo en un pozo —musitó el Carnicero, y sonrió imaginándose que se retorcía un bigote de villano. Le encantaban estos jueguecitos, esa especie de travesura del ratón y el gato provocador y peligroso en la que él dictaba todas las reglas. Pero esa sonrisa se disipó enseguida... porque vio otra cosa en el Mercado de Sara aquel, y lo que vio no fue de su agrado.

Había periódicos expuestos: ejemplares del *Washington Post*. Y qué curioso, de pronto recordó que el mismísimo Bob Woodward vivía por aquella zona. Pero lo peliagudo no era eso.

El problema era su cara, o al menos una aproximación, un dibujo a línea del Carnicero bastante logrado. Estaba colocado encima del pliegue del periódico, justo donde no debía.

—Dios mío, soy famoso.

## 80

Aquello no era cosa de risa, sin embargo, y Michael Sullivan regresó a toda prisa al lugar donde había aparcado el coche, en la calle Q. De hecho, lo ocurrido venía a ser el peor desarrollo de los acontecimientos que cabía imaginar. Últimamente, todo parecía torcérsele.

Se sentó y consideró con calma la desafortunada situación en el asiento delantero de su Cadillac.

Pensó en las probables «sospechosas», en la mujer que debía de haber ido con el chivatazo, y posiblemente dado su descripción, a la policía. Sopesó el hecho de que ahora lo acosaban desde dos frentes a la vez, la policía de Washington y la Mafia. ¿Qué hacer, qué hacer?

Cuando se le ocurrió una solución parcial, experimentó cierta satisfacción, e incluso euforia, porque le pareció que era otro juego al que jugar. Otra vuelta de tuerca.

La policía del D.C. creía saber qué aspecto tenía, lo que podía suponer un serio problema, pero también podía hacer que se volvieran descuidados y hasta que se confiaran más de la cuenta.

Error.

De ellos.

Sobre todo si él adoptaba las contramedidas adecuadas ahora mismo, cosa que, decididamente, pensaba hacer. Pero ¿cuáles eran, exactamente, esos movimientos defensivos que tenía que hacer?

El primer paso lo llevó a la avenida Wisconsin, cerca de Blues Alley... justo donde recordaba que se hallaba una pequeña peluquería. Un barbero llamado Rudy podía darle hora a media tarde, de modo que Sullivan se sentó a esperar que lo afeitaran y le cortaran el pelo.

De hecho, pasó un rato relajante y bastante agradable, preguntándose qué aspecto tendría luego, si le gustaría su nueva identidad.

En cuestión de diez o doce minutos, la cosa estuvo hecha. «Quíteme las vendas, doctor Frankenstein.» El barbero, bajito y orondo, parecía satisfecho de sí mismo.

«Como te hayas pasado, date por muerto. No es broma, Rudy —pensó para sí el Carnicero—. Te cortaré en virutas con tu propia navaja. ¡A ver qué tiene que decir el *Washington Post* al respecto!»

Pero ¡mira por dónde!

—No está mal. Me gusta bastante. Creo que me parezco un poco a Bono.

—¿El de Sonny and Cher? ¿Ese Bono? —preguntó Rudy, que no se enteraba de nada—. Qué quiere que le diga, caballero. Creo que es usted más atractivo que Sonny Bono. Que ya murió, ¿lo sabía?

—Déjelo —dijo Sullivan, que pagó el servicio, dejó una propina al barbero y salió a toda prisa del local.

A continuación, cogió el coche y se dirigió al barrio de Capitol Hill, en el centro.

Siempre le había gustado esa zona, le parecía un hallazgo. La imagen que la mayor parte de la gente tenía de la capital eran las elegantes escalinatas y terrazas de la fachada oeste del Capitolio, pero en el lado este, detrás de los edificios del Capitolio y del Tribunal Supremo y la Biblioteca del Congreso, había un barrio residencial muy animado que él conocía bastante bien. «He pasado alguna que otra vez por aquí.»

El Carnicero dio un paseo por el parque Lincoln, que tenía una vista excepcional de la cúpula del Capitolio ahora que iban cayendo las hojas de los árboles.

Se fumó un cigarrillo y repasó su plan frente al monumento a la emancipación, un poco raro, con aquel esclavo liberándose de sus cadenas mientras Lincoln lee la *Proclamación de Emancipación*.

«Lincoln: un hombre bueno según casi todo el mundo. Yo: un hombre malísimo. ¿Por qué será?»

Pocos minutos más tarde, forzaba la entrada a una casa de la calle C. Sabía, sin más, que era ésa la puta que se había ido de la lengua. Le daba en la nariz, tenía ese presentimiento. Y no tardaría en estar seguro.

Encontró a Mena Sunderland recogida en su preciosa cocinita. Iba vestida con vaqueros, una camiseta blanca inmaculada y unos zuecos gastados, y preparaba pasta para uno mientras daba un sorbo a una copa de vino tinto. «Qué preciosidad», pensó Sullivan.

—¿Me has echado en falta, Mena? Yo a ti sí. ¿Y sabes una cosa? Casi se me había olvidado lo bonita que eres.

«Pero no volveré a olvidarte, cariño. Esta vez he traído una cámara para hacerte una foto. Al final, vas a figurar en mi preciada colección personal. ¡Ya lo creo!»

Y le hizo el primer corte con su bisturí.

# 81

Yo seguía en el interior de la iglesia cuando sonó mi móvil, y era que había pasado algo cerca de la capital. Recé una oración rápida por quienquiera que estuviese en peligro, y otra pidiendo que atrapáramos pronto al asesino y violador. Luego salí corriendo de San Antonio.

Sampson y yo fuimos a toda velocidad al barrio que se extiende detrás del edificio del Capitolio; íbamos en su coche, con la sirena a todo meter y las luces del techo parpadeando. Para cuando llegamos, se veía cinta amarilla de la usada para delimitar el escenario del crimen por todas partes. El contexto, telón de fondo de importantes edificios gubernamentales, no podía ser más dramático, pensé mientras Sampson y yo subíamos a la carrera los cuatro escalones de la entrada de un edificio de piedra rojiza.

¿Estaba montando un espectáculo para nosotros? ¿Lo hacía a propósito? ¿O simplemente había ocurrido así?

Me llegó la estridencia de una alarma de coche y me volví a mirar la calle. Qué curioso espectáculo, qué extraño: policía, periodistas, una multitud creciente de mirones.

En muchos de los rostros se reflejaba claramente el

miedo, y no pude evitar pensar que ésa era la estampa, conocida ya, de los tiempos que corren, el miedo en la mirada, este estado de recelo en que todo el país parece atrapado; tal vez el mundo entero esté atemorizado ahora mismo.

Desgraciadamente, era aún peor dentro del edificio. El escenario del crimen estaba ya bajo el severo control de detectives y técnicos de Homicidios con expresión sombría, pero dejaron entrar a Sampson. Haciendo caso omiso de las objeciones de un sargento, me llevó consigo.

Entramos en la cocina.

El impensable escenario del crimen.

El taller del asesino.

Vi a la pobre Mena Sunderland donde yacía sobre el suelo de baldosas castaño rojizo. Prácticamente se le veía sólo el blanco de los ojos, que parecían fijos en un punto del techo. Pero no fueron sus ojos lo primero en que me fijé. Dios, menudo hijo de puta estaba hecho este asesino.

Mena tenía un cuchillo de trinchar clavado en la garganta, colocado como una estaca mortal. Había heridas múltiples en la cara, cortes profundos, innecesariamente crueles. Le habían arrancado la camiseta blanca que llevaba. Los vaqueros y las bragas se los habían bajado hasta los tobillos, pero no quitado. Llevaba puesto uno de los zapatos, el otro no: un zueco azul claro tirado sobre un costado en un charco de sangre.

Sampson me miró.

—¿Qué conclusiones estás sacando, Alex? Dime.

—Poca cosa. De momento. No creo que se molestara en violarla —dije.

—¿Por qué? Le bajó las bragas —quiso saber Sampson.

Me arrodillé sobre el cuerpo de Mena.

—La naturaleza de las heridas. Toda esta sangre. La desfiguración. Estaba demasiado cabreado con ella. Le dijo que no hablara con nosotros, y ella le desobedeció. De eso va todo este asunto. Eso pienso. Es posible que hayamos hecho que la mate, John.

Sampson reaccionó airadamente.

—Alex, le dijimos que no volviera aquí todavía. Le ofrecimos vigilancia, protección. ¿Qué más podíamos hacer?

Sacudí la cabeza.

—Dejarla en paz, a lo mejor. Coger al asesino antes de que llegara hasta ella. Alguna otra cosa, John; cualquier cosa menos esto.

# 82

De modo que ahora estábamos investigando el caso también por Mena Sunderland, en su memoria; al menos, eso me decía yo, ésa fue mi racionalización. Lo hacía por Maria Cross, por Mena Sunderland, y por todas las demás.

Durante los tres días siguientes, trabajé codo con codo con Sampson durante el día, y luego salía a la calle con él por la noche. Nuestro turno de noche solía desarrollarse de las diez hasta más o menos las dos. Formábamos parte del operativo encargado de patrullar Georgetown y Foggy Bottom, zonas en que el violador-asesino había actuado con anterioridad. Los ánimos estaban caldeados, pero nadie deseaba cazarlo tanto como yo.

Así y todo, hacía cuanto podía por mantener la muy tensa investigación bajo algún control, por conservar cierta perspectiva. Casi todas las noches, me las arreglaba para cenar con Yaya y los niños. Llamé a Kayla Coles a Carolina del Norte, y me pareció que estaba mejor. También llevé a cabo media docena de sesiones con mis pacientes, incluida Kim Stafford, que estaba viniendo a verme dos veces por semana, y puede que hasta haciendo algún progreso. Su prometido no le había mencionado nuestra «charla».

Mi ritual de cada mañana incluía pillar un café en el Starbucks, que estaba en mi mismo edificio, o en el Au Bon Pain, en la esquina de Indiana con la Seis. El problema del Au Bon Pain era que me gustaba demasiado su bollería, así que tenía que mantenerme alejado del lugar en la medida de lo posible.

Kim era mi paciente favorita. Los terapeutas suelen tener favoritos, por más que se empeñen en decirse a sí mismos lo contrario.

—¿Recuerda que le dije que Jason no era tan mal tío? —dijo al cabo de quince minutos de sesión, una mañana. Sí que lo recordaba, como recordaba haberle sacudido la mugre a base de bien en la comisaría donde trabajaba—. Pues era un energúmeno de marca mayor, doctor Cross. Al final lo he comprendido. Me ha llevado mucho más tiempo de lo debido.

—Lo recuerdo.

Asentí y esperé a ver qué decía a continuación. Sabía exactamente lo que quería oír de su boca.

—Lo he dejado. Esperé a que se fuera a trabajar, y me largué. ¿La verdad? Estoy muerta de miedo. Pero he hecho lo que debía.

Se puso en pie y se acercó a la ventana, que daba a la plaza de los juzgados. Desde mi casa también se veía el Tribunal del distrito.

—Lo ha dejado...

—¿Cuánto tiempo lleva casado? —me preguntó, mirando de reojo la alianza que todavía llevaba en la mano izquierda.

—Estuve casado. Ya no lo estoy. —Le hablé un poco de Maria, de lo ocurrido hacía más de diez años; la versión abreviada, la menos sentimental. Había lágrimas en sus ojos, que era lo último que yo quería. Aquella mañana, habíamos tratado un par de puntos delicados y hecho algunos progresos. Entonces ocurrió algo extraño: me dio la mano antes de marcharse.

—Lo siento —dijo cuando hube acabado—. Es usted una buena persona. Adiós, doctor Cross.

Y pensé que posiblemente acababa de perder a una paciente —la primera—, porque había hecho un buen trabajo.

## 83

Lo que ocurrió aquella noche me dejó de piedra. De hecho, la noche había ido como la seda, hasta que se me arruinó. Había obsequiado a Yaya y los niños con una cena especial en el Kinkead's, cerca de la Casa Blanca, en la avenida de Pensilvania, nuestro restaurante de Washington favorito. El gran músico de jazz Hilton Fenton se acercó a nuestra mesa y nos contó una anécdota graciosa del actor Morgan Freeman. Finalmente, me levanté y subí las empinadas escaleras de madera de mi despacho del ático, maldiciendo los escalones entre dientes, uno por uno.

Puse algo de Sam Cooke, empezando por uno de sus éxitos más populares, *You Send Me*. Luego me senté a estudiar minuciosamente una serie de expedientes de la policía del D.C. de la época del asesinato de Maria: cientos de páginas. Iba buscando casos de violación de por entonces, sin resolver, en particular los que hubieran tenido lugar en el distrito Sureste o sus alrededores. Estaba trabajando muy concentrado y escuchando la música, y me llevé una sorpresa cuando miré el reloj y vi que eran las tres y diez. Había reparado en algunos datos interesantes de los expedientes del caso de violación en serie que recordaba se venía produciendo hacia la época en que murió Maria.

De hecho, las violaciones habían comenzado algunas semanas antes de que dispararan a Maria y terminaron justo después del asesinato. Nunca volvieron a empezar. ¿Qué significaba eso? ¿Que tal vez el violador estuviera en Washington de visita?

Aún me resultó más interesante que ninguna de las mujeres agredidas hubiera proporcionado una descripción del violador. Habían recibido atención médica, pero se habían negado a hablar con la policía sobre lo que les había sucedido. De ello no cabía deducir nada en concreto, pero hizo que siguiera hojeando más páginas.

Repasé unas cuantas transcripciones más y seguí sin encontrar descripción alguna por parte de las víctimas.

¿Podía tratarse de una coincidencia? Lo dudaba. Seguí leyendo.

Entonces me quedé clavado en una página de notas del detective Hightower. Un nombre y cierta información adicional me llamaron la atención.

«Maria Cross. Trabajadora social en Potomac Gardens.»

El detective, el tal Alvin Hightower, que me sonaba vagamente haber conocido en su día —estaba bastante seguro de que ya había muerto—, había redactado un informe exhaustivo sobre la violación de una estudiante de la Universidad George Washington. La agresión se había producido dentro de un bar de la calle M.

A medida que seguía leyendo, me costaba más trabajo respirar, porque me estaba viniendo a la cabeza una conversación que tuve con Maria un par de días antes de que muriera.

Era acerca de un caso en el que estaba trabajando, sobre una chica a la que habían violado.

Según el informe del detective, la estudiante había facilitado algún tipo de descripción a una trabajadora social: Maria Cross. Era un hombre de raza blanca, de algo más de metro ochenta, y posiblemente de Nueva York. Después de violar a la muchacha, había hecho una pequeña reverencia.

Con los dedos temblándome, di la vuelta a la página y comprobé la fecha del informe inicial. Y allí estaba: la víspera del día en que asesinaron a Maria.

¿Y el violador?

El Carnicero. El asesino de la Mafia al que habíamos estado siguiendo la pista. Recordé su reverencia en la azotea, su inexplicable visita a mi casa.

El Carnicero.

Me habría apostado la vida.

CUARTA PARTE

MATADRAGONES

# 84

Yaya cogió el teléfono en la cocina, donde estaba reunida la familia preparando la cena de esa noche. Todos teníamos asignada una tarea, desde pelar patatas hasta preparar una ensalada César y poner la mesa con los cubiertos de plata. Pero yo me ponía en tensión cada vez que sonaba el teléfono. Y ahora, ¿qué? ¿Habría dado Sampson con algo sobre el Carnicero?

Yayá habló por el auricular.

—Hola, cariño, ¿cómo estás? ¿Qué tal te encuentras? Ah, eso está bien, cuánto me alegro de oírlo. Ahora te lo paso. Alex está aquí, cortando verduras como si trabajase en un restaurante japonés. Sí, sí, está bastante bien. Y estará mucho mejor cuando te oiga.

Sabía que tenía que ser Kayla, así que me fui a hablar por el teléfono del salón. Al ir a descolgarlo, me pregunté en qué momento nos habíamos convertido en una familia con teléfono casi en cada habitación, por no hablar de los móviles que últimamente se llevaban al colegio Damon y Jannie.

—Bueno, ¿cómo estás, cariño? —Descolgué y traté de imitar el tono meloso de Yaya—. Ya lo tengo. Podéis colgar en la cocina —añadí para la chiquillería, que estaba pegando la oreja e intercambiando risitas desde el umbral.

—¡Hola, Kayla! ¡Adiós, Kayla! —saltaron los niños a coro.

—Adiós, Kayla —añadió Yaya—. Te queremos. Que te mejores enseguida.

Ella y yo oímos un «clic», y entonces Kayla dijo:

—Estoy bien, en serio. La paciente va de maravilla. Casi curada y lista para patear traseros de nuevo.

Sonreí y sentí que me invadía el calor sólo de oír su voz, incluso así, a larga distancia.

—Bueno, da gusto volver a escuchar tu voz de patear traseros.

—Y la tuya, Alex. Y a los niños, y a Yaya. Perdona que no llamara la semana pasada. Mi padre no se encontraba bien, pero ya está mejor él también. Y ya me conoces. He estado trabajando desinteresadamente por el barrio un poco. Ya sabes, odio que me paguen.

Se produjo una pausa momentánea, pero enseguida llené el silencio con preguntas triviales sobre los padres de Kayla y la vida en Carolina del Norte, donde habíamos nacido los dos. A esas alturas, ya se me habían pasado los nervios por la inesperada llamada de Kayla, y volvía a ser yo mismo.

—¿Y cómo estás tú? —le pregunté—. ¿Bien, de verdad? ¿Casi recuperada?

—Sí. Y hay ciertas cosas que tengo ahora más claras de lo que las he tenido en una buena temporada. He tenido mucho tiempo para darles vueltas y reflexionar, para variar. Alex, estoy pensando que... puede que no vuelva a Washington. Quería contártelo a ti antes de hablar del asunto con nadie más.

El estómago se me encogió como si de pronto se hubiera hecho el vacío en él. Ya me olía que se estaba cociendo algo de ese tipo, pero así y todo acusé el impacto de la noticia.

Kayla siguió hablando.

—Hay tanto que hacer aquí... Cantidad de gente enferma, por supuesto. Y había olvidado lo agradable, lo cuerdo, que es este lugar. Lo siento, no me está saliendo muy... no estoy diciéndote esto de la mejor manera posible.

Conseguí colar una pequeña reflexión.

—No se te da bien explicarte. Es un problema que tenéis los científicos.

Kayla suspiró profundamente.

—Alex, ¿crees que estoy cometiendo un error? ¿Sabes a qué me refiero? Claro que lo sabes.

Quería decirle a Kayla que se equivocaba de medio a medio, que debería volver al D.C. cuanto antes mejor, pero me faltó valor. ¿Por qué?

—Mira, lo único que puedo responderte es esto, Kayla: tú sabes qué es lo mejor para ti. Nunca intentaría influirte en absoluto. Sé que no podría hacerlo aunque quisiera. No sé si me he explicado del todo bien.

—Sí, creo que sí. Sólo estás siendo honrado —dijo ella—. Es cierto que tengo que decidir qué es lo que más me conviene. Es mi forma de ser, ¿no? Nuestra forma de ser, la tuya y la mía.

Seguimos hablando un rato más, pero cuando por fin colgamos, me sentí fatal por lo que acababa de ocurrir. «La he perdido, ¿no es eso? ¿Qué es lo que me pasa? ¿Por qué no le he dicho a Kayla que la necesitaba? ¿Por qué no le he dicho que volviera a Washington en cuanto pudiera? ¿Por qué no le he dicho que la quiero?»

Después de cenar, subí al ático, a mi refugio, mi salida

de emergencia, y traté de perderme en los restos de los expedientes viejos de la época de la muerte de Maria. No pensé mucho en Kayla. Seguí pensando en Maria, echándola de menos como no lo había hecho en años, preguntándome cómo habría sido nuestra vida si no hubiera muerto.

Hacia la una de la mañana, finalmente, bajé de puntillas al piso de abajo. Volví a colarme en el cuarto de Ali. Sin hacer el menor ruido, me acosté junto a mi dulce niño, que soñaba.

Cogí su manita con mi dedo meñique, y articulé en silencio las palabras: «Ayúdame, cachorrito.»

## 85

Los acontecimientos empezaban a precipitarse... para bien o para mal. Michael Sullivan no se había sentido tan motivado ni tan en tensión en muchos años, y lo cierto era que estaba disfrutando de esa sensación de celeridad. Estaba otra vez en danza, ¿no? Diablos, sí, y en plena forma, además. Nunca había estado más cabreado, más centrado. El único problema era que se estaba dando cuenta de que le hacía falta más acción, del tipo que fuera. Ya no podía quedarse en aquel motel sin hacer nada, ni estarse mirando reposiciones de *Ley y orden*, o jugando al fútbol o al béisbol con los chicos.

Tenía que salir de caza; tenía que seguir en movimiento; le hacían falta sus dosis de adrenalina a intervalos cada vez más cortos.

Error.

De modo que ahí estaba, de vuelta en el D.C.: justo donde no debía, aunque fuera con su flamante pelo corto y una sudadera azul y plata con capucha de los Georgetown Hoyas que le daba el aspecto de un patético aspirante a *yuppie* que se merecía que le partieran la cara y le patearan la cabeza mientras seguía en el suelo.

Pero a la mierda con todo, le gustaban las mujeres de este lugar y, las que más, las del tipo profesional-de-culo-prieto. Acababa de terminar de leer *Villages*, de John Updike, y se preguntaba si el viejo Updike sería la mitad de salido que algunos de los personajes sobre los que escribía. ¿No era el mismo cachondo que había escrito *Parejas* también? Encima, el tío tenía setenta y tantos años, pero seguía llenando páginas a vueltas con el sexo como si fuera un adolescente que se folla a cualquier cosa que tenga dos, tres o cuatro patas en su granja de Pensilvania. Pero, qué demonios, tal vez él no estaba pillando de qué iba el libro. O tal vez no lo pillaba Updike. ¿Era eso posible? ¿Que un escritor no se enterara él mismo de sobre qué escribía?

En fin, a él le gustaban las mujeres de Georgetown con sus braguitas de fantasía. Lo bien que olían, lo buenas que estaban, lo bien que hablaban. *Las mujeres de Georgetown*, ese libro sí que tendría que escribirlo alguien, aunque fuera Johnny U.

Joder, al menos se estaba divirtiendo. Mientras venía de Maryland en el coche, iba escuchando a U2, y Bono gimoteaba algo como que quería pasar un tiempo dentro de la cabeza de su amante, y Sullivan se preguntaba, dejando a un lado toda ñoñería romántica irlandesa, si eso era realmente una buena idea... ¿Tenía Caitlin alguna necesidad de entrar en su cabeza? Decididamente, no. ¿Necesitaba él estar en la de ella? No. Porque tampoco le gustaban los grandes espacios vacíos.

¿Y dónde coño estaba, a todo esto?

Vale, en la Treinta y uno. Llegando a Blues Alley, que a aquellas horas estaba bastante desierta; al contrario que por la noche, cuando abrían los bares por esa parte de Washington y la gente acudía en tropel. Ahora escuchaba a James McMurtry and the Heartless Bastards. Ese CD le gustaba tanto que hasta se quedó unos minutos más en el coche una vez aparcado.

Al final, salió, estiró las piernas y aspiró el aire moderadamente sucio de la ciudad.

«¿Preparadas? ¡Ya estoy aquí!» Decidió atajar por la avenida Wisconsin y ver qué damas andaban por ahí, y tal vez engatusar a alguna para meterse en Blues Alley con ella. ¿Y luego? Qué coño, lo que le apeteciera. Era Michael Sullivan, *el Carnicero de Sligo*, un auténtico pirado hijo de puta como no había habido otro en esta bola giratoria de roca y gas. ¿Cómo era aquel viejo verso que le gustaba? *«Tres de las cuatro voces que hay en mi cabeza me dicen: al ataque.»*

La entrada al callejón por la calle Treinta y uno estaba bañada en un mortecino resplandor amarillo de las luces procedentes de un restaurante italiano llamado Ristorante Piccolo. Muchos de los garitos de moda de la calle M, que era paralela a Blues Alley, tenían aquí detrás las puertas de uso del personal.

Pasó junto a la entrada trasera de una churrasquería, luego por la de un *bistrot* francés, y por la de una hamburguesería de algún tipo, que vomitaba humo.

Reparó en que otro tío, que de pronto eran dos, entraba en la calle; y además, venían hacia él.

¿Qué significaba eso?

¿Qué coño estaba pasando aquí?

Pero creía que ya lo sabía, ¿o no? Era el final del camino. Alguien había logrado adelantársele por fin, por una vez. Cazadoras de cuero. Unos tíos corpulentos, fornidos. Desde luego, no eran estudiantes de Georgetown que hubieran pillado un atajo para ir a hincarle el diente a un chuletón en el Steak & Brew.

Dio media vuelta para volver a la Treinta y uno... y vio a otros dos tíos.

Error.

Craso.

Suyo.

Había subestimado a John Maggione Junior.

## 86

—Nos envía el señores Maggione —exclamó uno de los matones que avanzaban hacia Michael Sullivan, en actitud chulesca y decidida, desde la entrada al callejón por Wisconsin. Los sicarios habían acelerado el paso, y lo tenían acorralado. Adiós al misterio y la intriga; por no mencionar que dos de los sicarios ya habían sacado las pistolas, que llevaban relajadamente al costado, y el Carnicero no iba armado, salvo por el bisturí que guardaba en una bota.

No había forma humana de cargárselos a los cuatro, no con un solo cuchillo. Probablemente, ni aunque tuviera una pistola. ¿Qué podía hacer, entonces? ¿Sacarles una foto con su cámara?

—Me he expresado mal, Carnicero. El señor Maggione no te quiere ver —dijo un tío mayor—. Sólo quiere que desaparezcas. Cuanto antes, mejor. Hoy mismo, por ejemplo. ¿Podrías hacerle ese favor? Apuesto a que sí. Luego encontraremos a tu mujer y a tus tres hijos y les haremos desaparecer a ellos también.

A Michael Sullivan le iba la cabeza a cien, repasando todas las combinaciones y posibilidades que le quedaban.

Tal vez pudiera cargarse a uno, el bocazas; así al menos se llevaría algo por delante. Cerrarle esa boca tan fea para siempre. Y hacerle unos cuantos buenos cortes.

Pero ¿y los tres restantes?

Quizá podía cargarse a dos, si lo hacía bien y tenía suerte. Si conseguía que se acercaran lo bastante como para poder usar el bisturí, cosa que no iba a suceder. Era probable que fueran idiotas, pero no tanto. ¿Cómo podía hacer que ocurriera algo, entonces? No quería caer sin pelear.

—¿Eres lo bastante hombre como para cargárteme personalmente? —le gritó al bocazas—. ¿Eh, *babu*? —Empleó el término que usa la Mafia para decir «idiota», para referirse a un subalterno inútil. Intentaba irritarlo si podía. Joder, en ese momento intentaría lo que fuera. Iba a morir en cosa de un minuto o dos, y, la verdad, aún no estaba dispuesto a irse.

La boca del matón se torció en una sonrisa torva.

—Y tanto que sí. Te me podría cargar yo mismo. Pero adivina una cosa, ¿sabes quién es el *babu*, hoy? Te daré una pista. Es probable que esta mañana le hayas limpiado el culo.

El Carnicero se llevó la mano al bolsillo de la sudadera, y la dejó allí.

El matón bocazas se lo pensó de inmediato y levantó la mano que tenía libre. Los otros tres se detuvieron. Todos tenían la pistola en la mano, pero no iban a acercarse ni un paso más al legendario Carnicero.

El del pico de oro hizo un gesto a los hombres de detrás de Sullivan para que se echaran a la derecha, mientras el cuarto hombre y él se echaban a la izquierda. Así lo tenían todos en una buena línea de tiro. Muy inteligente.

—Estúpido Mick. Esta vez la has cagado, ¿eh? Deja

que te haga una pregunta: ¿alguna vez pensaste que la cosa acabaría así?

Sullivan no pudo sino echarse a reír.

—¿Sabes? Nunca pensé que se fuera a acabar. Ni se me pasó por la cabeza. Ni siquiera ahora, para serte sincero.

—Ah, pues se va acabar, eso seguro. Aquí mismo, ahora mismo. ¡Tú sigue disfrutando de la película hasta que se apaguen las luces!

Lo que evidentemente era verdad, no cabía la menor duda; pero de pronto, el Carnicero oyó algo que le resultó difícil de creer.

Venía de detrás de él, así que tuvo que darse la vuelta para comprobarlo, para ver si era cierto o sólo una broma cruel que le estaban gastando.

Alguien gritaba en el extremo más alejado del callejón: aquello tenía que ser una especie de milagro completamente desquiciado.

O era el día más afortunado de su vida.

O ambas cosas.

¡Había llegado la caballería!

Mira quién había acudido a salvarlo.

## 87

—¡Policía del D.C.! Dejen todos las pistolas en el suelo. ¡Ahora mismo! Somos oficiales de policía. ¡Las pistolas, al suelo!

Sullivan vio a los policías, y parecían detectives: un par de negros de aspecto atlético, en ropa de calle.

Se acercaban por detrás de los matones de la Mafia que estaban cerca de la calle Treinta y uno, tratando de pensar qué coño hacían a continuación, cuál sería su siguiente movimiento. Igual que él.

Pero menuda visión, la de los dos polis; Sullivan se preguntó si formarían parte de un operativo especial que hubieran enviado a Georgetown para atrapar al violador, para atraparlo a él.

Joder, se apostaría cualquier cosa a que sí, y de ser cierto, él era el único de toda la calle que había comprendido la situación, de momento.

Uno de los polis ya estaba pidiendo refuerzos. Entonces, los dos tíos que estaban cerca de Wisconsin se dieron media vuelta, sin más... y se largaron andando.

Los detectives habían sacado sus pistolas, pero ¿qué iban a hacer? Siendo realistas, ¿qué podían hacer?

Sullivan estuvo a punto de echarse a reír mientras se volvía lentamente y echaba a caminar él también hacia Wisconsin.

Entonces rompió a correr, un *sprint* a tope hacia la calle abarrotada. Como el loco que era, empezó a partirse el culo de risa. Había decidido echarle cara, correr sin más. Como en los viejos tiempos, en Brooklyn, cuando era un crío que aprendía el oficio.

«Corre, Micky, corre. Corre, por tu vida.»

¿Qué iban a hacer los de la metropolitana? ¿Dispararle por la espalda? ¿Por qué? ¿Por correr? ¿Siendo la víctima potencial de cuatro hombres armados en un callejón?

Los polis se estaban desgañitando, amenazándolo, pero no podían hacer otra cosa que ver cómo se escapaba. Era lo más gracioso que había visto en años, tal vez en toda su vida. La caballería había acudido al rescate: al suyo.

Tremendo error.

De ellos.

## 88

Media docena de policías de uniforme entraban y salían de la comisaría de la calle Wisconsin cuando Sampson y yo llegamos allí aquella tarde. Un detective llamado Michael Wright había atado cabos por fin y llegado a la conclusión de que tal vez su compañero y él acabaran de dejar pasar la oportunidad de capturar al violador de Georgetown, que tal vez había dejado pasar la ocasión de apuntarse el mejor tanto de su carrera. De todas formas, tenían retenidos en la jaula a dos sujetos que quizá supieran qué estaba pasando. Les hacía falta un interrogador experto.

Sampson y yo atravesamos una mampara a prueba de balas de tres metros y medio de alto y nos dirigimos a las salas de interrogatorios, que estaban pasada la zona de cubículos de los detectives. El espacio de trabajo me resultaba familiar: escritorios mellados y cubiertos de papeles, ordenadores y teléfonos viejos, como de otra época, archivadores llenos a rebosar en las paredes.

Antes de que entráramos a la sala de interrogatorios, Wright nos dijo que los dos hombres que tenían ahí dentro no habían soltado prenda hasta el momento, pero que les habían pillado con Berettas, y que estaba seguro de que eran asesinos.

—Que os divirtáis —dijo Wright; entonces John y yo entramos a la sala.

Sampson habló primero.

—Soy el detective John Sampson. Éste es el doctor Alex Cross. El doctor Cross es psicólogo forense, y trabaja en la investigación de una serie de violaciones en la zona de Georgetown. Yo soy uno de los detectives asignados al caso.

Ninguno de los dos hombres dijo una palabra, ni siquiera un chascarrillo, para romper el hielo. Los dos parecían tener treinta y pocos años y ser de los que hacen culturismo, y tenían una sonrisa de suficiencia congelada en la boca.

Sampson hizo un par de preguntas más; después, nos limitamos a quedarnos allí sentados al otro lado de la mesa, enfrente de los dos hombres.

Finalmente, un auxiliar administrativo llamó a la puerta y entró. Tendió a Sampson un par de faxes, calentitos aún, recién salidos del aparato.

Leyó las dos páginas... y me las pasó a continuación.

—Creía que la Mafia no operaba en la zona del D.C. —dijo Sampson—. Supongo que me equivocaba. Los dos sois soldados de la Mafia. ¿Alguno tiene algo que decir sobre lo que estaba pasando en ese callejón?

No era así, y se mostraban irritantemente arrogantes en cuanto a no responder a nuestras preguntas y hacer como si ni siquiera estuviéramos presentes.

—Doctor Cross, tal vez podamos resolver esto sin su ayuda. ¿Qué te parece? —me preguntó Sampson.

—Podemos intentarlo. Aquí dice que John *Enterrador* Antonelli y Joseph *Cuchilla* Lanugello trabajan para

John Maggione fuera de Nueva York. Que será John Maggione Junior. Maggione Senior era el que contrató a un hombre llamado Michael Sullivan, también conocido como el Carnicero, para que hiciera un trabajo en el D.C. hace algunos años. ¿Te acuerdas de ésta, John?

—Sí —dijo Sampson—. Se cargó a un traficante de drogas chino. A tu mujer, Maria, también la asesinaron por aquellos mismos días. El señor Sullivan es ahora sospechoso en este caso.

—El mismo Michael Sullivan, *el Carnicero*, es sospechoso también de una serie de violaciones en Georgetown, y como mínimo un asesinato relacionado con las violaciones. ¿Era Sullivan el hombre al que habíais acorralado en Blues Alley? —pregunté a los sicarios de la Mafia.

De ninguno de ellos salió una palabra. Nada de nada. Unos tíos realmente duros.

Sampson se puso en pie finalmente, frotándose la barbilla.

—Pues supongo que ya no necesitamos a Enterrador y Cuchilla. Bueno, ¿qué habríamos de hacer con ellos? Espera, tengo una idea. Ésta te va a encantar, Alex —dijo Sampson, riéndose para sí. Indicó a los mafiosos que se levantaran—. Ya hemos terminado aquí. Pueden acompañarme, caballeros.

—¿Adónde? —dijo Lanugello, rompiendo al fin su mutismo—. Aún no nos han acusado de nada.

—Vamos. Tengo una sorpresa para vosotros. —Sampson echó a andar delante de ellos dos, y yo detrás. Parecía que no les gustaba tenerme a su espalda. Tal vez pensaran que podía estar resentido todavía por lo que le había ocurrido a Maria. Bueno, tal vez lo estaba.

Sampson señaló a un guardia al final del pasillo, que

usó sus llaves para abrir la puerta de una celda. El área de reclusión ya estaba repleta, con varios detenidos a la espera de comparecer ante el juez. Menos uno, eran todos negros. John entró y los demás lo seguimos.

—Os quedaréis aquí. Si cambiáis de opinión y queréis hablar con nosotros —dijo Sampson a los mafiosos—, pegad un grito. Es decir, si es que el doctor Cross y yo seguimos en el edificio. Si no, pasaremos a veros por la mañana. Si ése fuera el caso, que paséis buena noche. —Sampson dio unos golpecitos con su placa en las barras de la celda.

»Estos dos hombres son sospechosos de una serie de violaciones —anunció al resto de prisioneros—. Violaciones de mujeres negras en el distrito Sureste. Pero andaos con cuidado, son tipos duros de Nueva York.

Nos fuimos, y el encargado de echar el cerrojo lo hizo con estrépito a nuestra espalda.

# 89

Las cuatro en punto de una madrugada fría y lluviosa, y sus dos hijos pequeños estaban llorando como magdalenas en el asiento trasero del coche. Caitlin hacía lo mismo en el asiento de delante. Sullivan les echaba a Junior Maggione y La Cosa Nostra la culpa de todo, del enorme y feo aprieto en que se encontraban ahora. Maggione iba a pagar por esto de un modo u otro, y esperaba impaciente el día de la represalia.

Como lo esperaban su bisturí y su sierra de carnicero.

A las dos y media de la noche, había empaquetado a su familia en el coche y se habían pirado de una casa a diez kilómetros de Wheeling, al norte de Virginia. Era la segunda vez que se mudaban en el mismo número de semanas, pero no tenía elección. Había prometido a los chicos que volverían a Maryland algún día, pero sabía que no era cierto. Nunca volverían a Maryland. Sullivan hasta había recibido ya una oferta por la casa de allí. Necesitaba dinero en mano para su plan de fuga.

Así que ahora su familia y él estaban corriendo para salvar el pellejo. Mientras dejaban su «hogar virginiano del salvaje Oeste», como lo llamaba él, tenía el presentimiento de que la Mafia volvería a encontrarlos... Que podían toparse con ellos en la próxima curva de la carretera.

Pero tomó esa curva, y la curva siguiente, y consiguieron salir del pueblo sanos y salvos y de una pieza. Pronto estuvieron cantando canciones de los Rolling Stones y ZZ Top, incluida una versión de unos veinte minutos de *Legs*, hasta que su mujer se negó en redondo a seguir escuchando ese ruido incesante pasado de testosterona. Pararon en un Denny's a desayunar, en el Micky D para su segunda pausa para ir al servicio, y hacia las tres de la tarde estaban en un sitio en donde no habían estado nunca.

Sullivan confiaba en no haber dejado ningún rastro que pudiera seguir una banda de asesinos mafiosos. Nada de miguitas de pan como en *Hansel y Gretel*. Lo bueno era que ni él ni su familia habían estado nunca en esa zona. Era territorio virgen, sin raíces ni conexión con ellos.

Aparcó en el camino de entrada a una casa de estilo victoriano rústico de tejado empinado, un par de torretas y hasta una ventana con vidriera.

—¡Me encanta esta casa! —exclamó Sullivan eufórico, todo sonrisas forzadas y entusiasmo exagerado—. ¡Bienvenidos a Florida, chicos!

—Muy gracioso, papá. No —dijo Mike hijo desde el asiento de atrás, donde permanecían los tres muchachos con expresión deprimida y fúnebre.

Estaban en Florida... Massachusetts, y Caitlin y los críos recibieron con gruñidos el último de sus chistes malos. Florida era una pequeña comunidad de menos de mil habitantes, situada en plena zona montañosa de las Berkshires. A falta de otra cosa, tenía unas vistas asombrosas. Y no había sicarios de la Mafia esperándoles a la entrada. ¿Qué más podían pedir?

—Es perfecto. ¿Dónde íbamos a encontrar algo mejor? —seguía diciéndoles Sullivan a los chicos mientras volvían a deshacer el equipaje.

Así que, ¿por qué lloraba Caitlin mientras él le enseñaba su nuevo salón con vistas panorámicas del imponente monte Greylock y el río Hoosic? ¿Por qué le estaba mintiendo cuando le decía: «Todo irá bien, reina mía, luz de mi vida.»?

Tal vez porque él sabía que no era verdad, y, probablemente, también ella. Él y su familia iban a ser asesinados un día, quizás en esta misma casa.

A menos que hiciera algo drástico para evitarlo. Y rápido. Pero ¿qué? ¿Cómo podía impedir que la Mafia lo persiguiera?

¿Cómo podía uno matar a la Mafia entera?

## 90

Al cabo de dos días, por la noche, el Carnicero volvía a estar en la carretera. Él nada más. Un solo hombre.

Ahora tenía un plan, y viajaba en dirección sur, hacia Nueva York. Estaba tenso y nervioso, pero iba cantando con Springsteen, Dylan, The Band, Pink Floyd. Todo clásicos y grandes éxitos, las cuatro horas de viaje al sur. No tenía especiales deseos de dejar a Caitlin y a los chicos en la casa de Massachusetts, pero suponía que allí estarían seguros de momento. Y si no, al menos había hecho por ellos cuanto estaba en su mano. Más de lo que su padre hizo nunca por él, o por su madre y hermanos.

Finalmente, abandonó la autopista del oeste hacia medianoche; y ya fue directamente a los apartamentos Morningside en el 107 de la avenida West End de Nueva York. Ya había estado allí alguna vez y sabía que era un lugar lo suficientemente apartado para servir a sus propósitos. Bien comunicado, además, con cuatro líneas de metro que pasaban por las dos estaciones cercanas.

Las habitaciones no tenían aire acondicionado, según recordaba, pero eso daba igual en noviembre. Durmió como un bebé en el vientre de su madre. Cuando Sullivan se despertó a las siete, cubierto por una delgada pátina de su propio sudor, sólo tenía en mente una idea: vengarse de Maggione Junior. O quizás otra aun mejor: la supervivencia de los más fuertes y mejor adaptados.

Aquella mañana, hacia las nueve, fue en metro a echarle un ojo a un par de posibles escenarios para unos asesinatos que tenía pensado cometer en un futuro cercano. Tenía una «carta a los Reyes» con varios objetivos distintos, y se preguntaba si alguno de esos hombres, y dos mujeres, tenía la más remota idea de que podían darse por muertos, de que dependía de él quién viviera y quién muriera, y cuándo, y dónde.

Por la noche, hacia las nueve, cogió el coche hasta Brooklyn, el escenario de sus primeras correrías. Derecho al barrio de Maggione Junior, sus dominios en Carroll Gardens.

Iba pensando en su viejo colega Jimmy Sombreros, y lo echaba un poco de menos, porque se figuraba que probablemente el padre de Maggione había eliminado a Jimmy. Alguien lo había hecho, y había hecho desaparecer el cadáver después, como si Jimmy no hubiera existido. Siempre había sospechado que el culpable era Maggione Senior, así que eso era otra deuda que saldar para el Carnicero.

Una furia terrible se iba apoderando de él. Furia por algo. Por su padre tal vez: el Carnicero de Sligo original, aquel saco de mierda irlandés que le había arruinado la vida antes de que cumpliera los diez años.

Enfiló la calle de Maggione, y no pudo sino sonreírse. El poderoso Don seguía viviendo como un fontanero de cierto éxito, o tal vez un electricista local, en una casa familiar de ladrillo claro. Y lo que era más sorprendente: no veía ningún guardaespaldas apostado en la calle.

De modo que o bien Junior lo estaba subestimando peligrosamente, o su gente era buenísima escondiéndose en lugares despejados. Joder, tal vez ahora mismo lo estuviera apuntando directamente a la frente un francotirador con un rifle. A lo mejor le quedaban un par de segundos de vida.

La emoción lo estaba matando. Tenía que enterarse de qué pasaba allí. Así que le dio a la bocina de su coche una, dos, tres veces, y no pasó nada de nada.

Nadie le atravesó el cráneo de un disparo. Y por primera vez, el Carnicero se permitió pensar: «Puede que gane esta pelea después de todo.»

Había resuelto el primer misterio: Maggione Junior había hecho mudarse de casa a la familia. Maggione también estaba huyendo.

Entonces atajó esa línea de pensamiento con sólo una palabra: «error».

No podía cometer ninguno; ni un paso en falso, desde ahora hasta que acabase todo esto. Si cometía uno, estaba muerto.

Así de sencillo.

Y punto.

# 91

Era tarde, y decidí ir a dar una vuelta en el R350. Me estaba encantando el coche. A los chicos, igual. Hasta a Yaya, bendito sea Dios. Me sorprendí pensando otra vez en Maria. En la larga investigación de su asesinato que llevé a cabo y en la que fracasé. Estaba calentándome yo solo la cabeza, tratando de recordar su cara, tratando de oír el sonido exacto de su voz.

Más tarde, ya de noche, de vuelta en casa, intenté dormir, pero no podía. Me desesperé tanto que fui al piso de abajo y volví a ver *Diary of a Mad Black Woman*. De hecho, estuve ahí jaleando a la luz parpadeante de la pantalla como si estuviera chiflado. La película de Tyler Perry encajaba perfectamente con mi estado de ánimo.

Hacia las nueve de la mañana del día siguiente llamé a Tony Woods a la oficina del director. Luego me tragué mi orgullo y le pedí a Tony que me echara una mano con el caso de violación y asesinato. Necesitaba averiguar si el FBI sabía algo del asesino a sueldo conocido como el Carnicero, algo que a Sampson y a mí pudiera sernos de utilidad; información clasificada, tal vez.

—Sabíamos que me llamarías un día de éstos, Alex. El

director Burns está ansioso por volver a trabajar contigo. ¿Estás dispuesto a asesorarnos alguna vez? Sólo asuntos menores. Tú decides qué y dónde. Más ahora, que vuelves a aceptar casos.

—¿Quién dice que acepto casos? Esto es una circunstancia especial —le dije a Tony—. Es probable que fuera el Carnicero quien asesinó a mi mujer hace años. Es el único caso que no puedo dejar sin resolver.

—Te entiendo. Te entiendo, de veras. Intentaremos ayudarte si podemos. Te daré lo que necesites.

Tony dispuso que utilizara el despacho de un agente que estaba fuera de la ciudad, y dijo que podía ponerme en contacto con una investigadora-analista del FBI llamada Monnie Donnelley si quería.

—Ya he hablado con Monnie —le dije.

—Ya lo sabemos. Nos lo dijo Monnie. Ahora le hemos dado permiso. Oficialmente.

Los dos días siguientes los pasé, prácticamente, en el edificio del FBI. Resultó que tenían un montón de información sobre Michael Sullivan, *el Carnicero*. Su expediente contenía docenas de fotografías. El problema era que las fotos tenían seis o siete años, y parecía que no habían tenido ningún contacto con Sullivan últimamente. ¿Dónde se había metido? Lo que descubrí fue que Sullivan se había criado en una parte de Brooklyn conocida como Flatlands. Su padre había sido carnicero de verdad allí. Conseguí incluso los nombres de antiguos contactos y amigos de Sullivan de los tiempos en que se movía por Nueva York.

Lo que leí del pasado de Sullivan era curioso. Había ido a escuelas parroquiales hasta décimo curso, y había sido buen alumno, pese a que no parecía que estudiara mucho. Luego, Sullivan dejó los estudios. Entró en contacto con la Mafia y fue uno de los pocos no italianos que conseguían entrar. No era miembro de pleno derecho, pero le pagaban bien. Sullivan cobraba cheques de seis cifras cuando con veintipocos años se convirtió en el asesino favorito de John Maggione Senior. A su hijo, el Don actual, nunca le gustó Sullivan.

Después empezó a ocurrir algo inquietante y extraño para todos los involucrados. Hubo informes de que Michael Sullivan torturaba a las víctimas y mutilaba sus cuerpos; de que había asesinado a un sacerdote y a un laico acusados de conducta inapropiada con chicos en su antigua escuela; de un par de casos de justiciero anónimo; sobre el rumor de que Sullivan pudiera haber matado a su propio padre, que desapareció un día de su carnicería y cuyo cuerpo no había sido hallado nunca.

Luego Sullivan parecía haber desaparecido por completo de la pantalla de radar del FBI. Monnie Donnelley estuvo de acuerdo con mi hipótesis: que Sullivan podía haberse convertido en confidente de alguien de la casa. Era posible que el FBI o la policía de Nueva York lo estuvieran protegiendo. Incluso que Sullivan estuviera en el programa de protección de testigos. ¿Era eso lo que había sido del asesino de Maria?

¿Era el soplón de alguien?

¿Estaba el FBI protegiendo al Carnicero?

# 92

John Maggione Junior era un hombre orgulloso, un poco sobrado a veces, demasiado chulesco, pero no era idiota, y no acostumbraba a ser descuidado. Era consciente de la situación creada a propósito del asesino rabioso que su padre utilizaba en otros tiempos... el Carnicero, un irlandés encima. Pero hasta el chiflado de su padre había intentado eliminar a Michael Sullivan cuando comprendió lo peligroso e impredecible que era. Ahora rematarían la faena, y había que hacerlo inmediatamente.

Sullivan seguía suelto, Maggione lo sabía. Como medida suplementaria de protección, había trasladado a su familia fuera de la casa del sur de Brooklyn. Estaban viviendo en un complejo residencial de Mineola, en Long Island. Ahora se encontraba allí con ellos.

La casa era de estilo colonial, de ladrillo, y estaba situada al final de una calle muy tranquila, sin salida. Tenía su propio muelle sobre el canal, y una lancha motora, llamada *Cecilia Teresa* en honor a su hija mayor.

Aunque el emplazamiento del complejo era muy conocido, las verjas que guardaban el lugar eran seguras, y Maggione había duplicado el número de sus guardaespaldas. Se sentía tranquilo en cuanto a la seguridad de su familia. Después de todo, el Carnicero era un solo tío. Siendo realistas, ¿cuánto daño podía hacer? ¿Cuánto daño más?

Junior tenía planeado ir a trabajar a última hora de la mañana, y hacer después su parada habitual en el club social de Brooklyn. Era importante que mantuviera las apariencias. Además, ahora estaba seguro de tenerlo todo bajo control. Su gente le había dado garantías: Sullivan no tardaría en estar muerto, al igual que su familia.

A las once de la mañana, Maggione estaba nadando en la piscina interior del complejo. Ya se había hecho treinta largos, y pensaba hacerse cincuenta más.

Sonó su móvil encima de la tumbona.

No había nadie más cerca, así que al final salió de la piscina y respondió él mismo.

—¿Sí? ¿Qué hay?

—Maggione —oyó que decía una voz de hombre al otro lado.

—¿Quién coño es? —preguntó, aunque ya lo sabía.

—Pues es Michael Sullivan, jefe, mira por dónde. Qué huevos tiene el muy descarado, ¿eh?

Maggione estaba tranquilo, pero alucinado de que aquel pirado se hubiera atrevido a llamarle otra vez.

—Creo que será mejor que hablemos —le dijo al sicario irlandés.

—Estamos hablando. ¿Sabes por qué? Has enviado asesinos a por mí. Primero a Italia. Luego llegaron junto a mi casa de Maryland. Dispararon a mis hijos. Luego se presentaron en Washington para buscarme. ¿Porque se supone que soy una amenaza descontrolada? ¡La amenaza descontrolada eres tú, Junior! ¡A ti es a quien hay que quitar de en medio!

—Escucha, Sullivan...

—No, escucha tú, tonto del culo, escoria, hijo de puta. ¡Escúchame tú a mí, Junior! Ahora mismo debe de estar llegando un paquete a tu fortaleza. Échale un vistazo, jefe. ¡Voy a por ti! No puedes detenerme; nada puede detenerme. Estoy pirado, ¿verdad? Trata de no olvidarlo. Soy el hijo de puta más pirado que hayas conocido, o hasta del que tengas noticia. Y volveremos a encontrarnos.

Entonces el Carnicero colgó.

Maggione Junior se puso un albornoz, luego caminó hasta la parte delantera de la casa. No podía creerlo: ¡FedEx estaba haciendo una entrega!

Eso significaba que ese pirado hijo de puta podía estar observando la casa en aquel preciso instante. ¿Era posible? ¿Podía estar sucediendo, tal y como había dicho?

—¡Vincent! ¡Mario! ¡Moved el culo hasta aquí! —gritó a sus guardaespaldas, que llegaron corriendo desde la cocina con sándwiches en la mano. Hizo que uno de sus hombres abriera el paquete... fuera, en el cuarto del billar.

Al cabo de un par de tensos instantes, el tío gritó:

—Son fotos, señor Maggione. Y no precisamente de momentos Kodak.

## 93

—Puede que hayamos dado con él, bombón.

Acababa de terminar una sesión matutina de terapia con una mujer llamada Emily Corro, que ya se había ido a su trabajo de docente, era de desear que con una imagen ligeramente mejorada de sí misma. Ahora tenía a Sampson al móvil. El gran John no solía alterarse de la emoción, así que esto tenía que ser bueno.

Resultó que sí.

Ya por la tarde, el grandullón y yo llegábamos a Flatlands, en Brooklyn. Procedimos a localizar una taberna del barrio llamada Tommy McGoey's.

El antro estaba limpio cuando entramos, y prácticamente vacío. Sólo había un camarero irlandés de aspecto duro y un tío fornido y más bien bajo, probablemente de cuarenta y tantos años, sentado ante el extremo más alejado de una barra de caoba bien encerada. Se llamaba Anthony Mullino, era artista gráfico, trabajaba en Manhattan, y había sido en tiempos el mejor amigo de Michael Sullivan.

Nos sentamos a ambos lados de Mullino, encajonándolo.

—Muy acogedor —dijo, y sonrió—. Oigan, no me voy a escapar de ustedes corriendo. He venido por voluntad propia. Procuren no olvidarlo. Joder, si tengo dos tíos que trabajan de policías aquí en Crooklyn. Compruébenlo si quieren.

—Ya lo hemos hecho —dijo Sampson—. Uno está jubilado y vive en Myrtle Beach. El otro está suspendido de empleo.

—Eso es un cinco sobre diez. No está tan mal. Es un aprobado.

Sampson y yo nos presentamos, y al principio Mullino estaba convencido de que conocía a John de algo, pero no recordaba de qué. Dijo que había seguido el caso del cabecilla de la mafia rusa al que llamaban el Lobo, una investigación en la que yo había trabajado cuando estaba en el FBI, y que se había desarrollado allí mismo, en Nueva York.

—También leí algo sobre usted en alguna revista —dijo—. ¿Qué revista era?

—No leí el artículo. Era *Esquire*.

Mullino cogió el chiste y se rió con una risa que era como una tos acelerada. Dijo:

—¿Y cómo se enteraron de que yo era amigo de Sully? Hace mucho tiempo de eso. Es historia antigua.

Sampson le contó parte de lo que sabíamos: que el FBI había puesto escuchas en un club social frecuentado por John Maggione Junior.

Sabíamos que Maggione había enviado sicarios a cargarse a Sullivan, probablemente a causa de los poco ortodoxos métodos del Carnicero, y que el Carnicero había tomado represalias.

—El FBI estuvo haciendo preguntas por Bay Parkway. Su nombre salió a relucir —dijo Sampson.

Mullino ni siquiera esperó a que Sampson terminara. Me fijé en que no dejaba de mover las manos cuando hablaba.

—Vale, el club social de Bensonhurst. ¿Han estado allí? Viejo barrio italiano. Casi todo casas de dos pisos, fachadas de tiendas, ya saben. Ha visto tiempos mejores, pero sigue siendo bastante agradable. Sully y yo crecimos no lejos de allí... Pero ¿dónde encajo yo ahora? Esa parte me tiene un poco confuso. Hace años que no veo a Mike.

—Archivos del FBI —dije yo—. Es amigo suyo, ¿no?

Mullino negó con la cabeza.

—De críos, éramos más o menos íntimos. Pero hace mucho tiempo de eso, colegas.

—Fuisteis amigos hasta los veintipico. Y él se mantiene en contacto contigo —repliqué—. Es la información que nos han dado.

—Venga ya, felicitaciones navideñas —dijo Mullino, y se rió—. A saber por qué. Sully es un tío complicado, totalmente impredecible. Manda una postal por vacaciones de vez en cuando. ¿Qué pasa con eso? ¿Estoy metido en un lío? No lo estoy, ¿no?

—Sabemos que no tiene relación con la Mafia, señor Mullino —dijo Sampson.

—Me alegro de oírlo, porque no la tengo, ni la he tenido nunca. De hecho, estoy un poco harto de tanta calumnia como se dice sobre nosotros los italianos. «Bada bing» y todas esas chorradas. Claro que hay tíos que hablan así. ¿Saben por qué? Porque lo ven en la tele.

—Háblenos de Michael Sullivan, pues —dije—. Nos hace falta que nos cuente todo cuanto sepa sobre él. Aunque sean cosas de los viejos tiempos.

Anthony Mullino pidió otra bebida, agua con gas, a Tommy McGoey en persona. Luego empezó a hablarnos, y las palabras, al menos, le salían con facilidad.

—Les voy a contar algo que tiene su gracia, una anécdota. Yo era el protector de Mikey en secundaria. Eso era en el colegio de la Inmaculada Concepción. Hermanos cristianos irlandeses. En nuestro barrio, había que desarrollar bastante el sentido del humor para no enredarte en una pelea un día sí y otro no. Por aquel entonces, Sullivan no es que tuviera mucho; sentido del humor, digo. Y por otra parte, tenía un pánico cerval a que le volaran los dientes de un puñetazo. Pensaba que algún día sería una estrella de cine o algo así. Juro por Dios que es cierto. Verdad, ¿vale? Su viejo y su madre dormían los dos con la dentadura postiza en un vaso de agua junto a la cama. —Mullino agregó que Sullivan cambió cuando estaban en el instituto—. Se volvió duro, y más malo que la tiña. Pero desarrolló un gran sentido del humor, para ser irlandés al menos.

Se inclinó hacia la barra y bajó la voz.

—Mató a un tío en noveno curso. De nombre Nick Fratello. Fratello trabajaba en la tienda de periódicos, con los libreros. Siempre estaba jorobando a Mikey, no paraba de tocarle las pelotas. Sin ton ni son. ¡Así que Sully lo mató con el cúter de abrir las cajas, sin más! Aquello llamó la atención de la Mafia, concretamente a John Maggione. De John Maggione Senior, me refiero... Fue entonces cuando Sully empezó a frecuentar el club social de Bensonhurst. Nadie sabía qué hacía exactamente. Ni siquiera yo. El caso es que de pronto tenía los bolsillos llenos de dinero. Con diecisiete años, o dieciocho como mucho, se compró un Grand Am, un Pontiac Grand Am. Un cochazo, por aquel entonces. Maggione

Junior siempre odió a Mike, porque se había ganado el respeto del viejo.

Mullino miró a la cara a Sampson, luego a mí, e hizo un gesto como diciendo: «¿Qué más quieren que les cuente? ¿Puedo irme ya?»

—¿Cuándo fue la última vez que vio a Michael Sullivan? —le preguntó Sampson.

—¿La última vez? —Mullino se echó atrás en su asiento e hizo el numerito de que se esforzaba por hacer memoria. Luego empezó a gesticular con las manos otra vez—. Yo diría que fue en la boda de Kate Gargan, en Bay Ridge. Hace seis o siete años. Que yo recuerde, al menos. Claro que seguro que tienen ustedes mi vida en vídeo y audio, ¿no?

—Es posible, señor Mullino. ¿Y dónde está ahora Michael Sullivan? Esas felicitaciones navideñas, ¿desde dónde se las envía?

Mullino se encogió de hombros y levantó las manos al cielo, como si le empezara a exasperar la conversación.

—Sólo me ha enviado *christmas* un par de veces. Con matasellos de Nueva York, creo. Puede que de Manhattan. Sin dirección de remite, colegas. Así que díganmelo ustedes: ¿dónde para Sully últimamente?

—Está aquí mismo, en Brooklyn, señor Mullino. Lo vio usted hace dos noches en el Chesterfield Lounge, en la avenida Flatbush. —Entonces le enseñé una foto suya... con Michael Sullivan.

Mullino se encogió de hombros y sonrió. Lo habíamos pillado en un renuncio, ¿y qué?

—Fuimos muy amigos en tiempos. Llamó, quería que habláramos. ¿Qué iba a hacer, mandarle a tomar viento? No es muy buena idea. ¿Y por qué no lo cogieron entonces, de todas formas?

—Mala suerte —dije yo—. Los agentes de vigilancia no tenían ni idea del aspecto que tiene hoy por hoy: el pelo rapado, el *look* punk a lo años setenta. Así que tengo que volver a preguntárselo: ¿dónde está Sully actualmente?

# 94

Michael Sullivan estaba rompiendo las reglas ancestrales y no escritas de la Famiglia, y lo sabía. Y comprendía perfectamente las consecuencias que ello acarreaba. Pero todo este disparate lo habían empezado ellos, ¿no? Habían ido a por él, y lo habían hecho delante de sus hijos.

Ahora él iba a zanjar el asunto, o quizá muriera en el intento. En cualquier caso, lo estaba pasando la hostia de bien, la hostia de bien.

Diez y media de la mañana del sábado, y él iba al volante de una furgoneta de la UPS que había secuestrado hacía menos de veinte minutos. Primero una de la FedEx, luego la de la UPS, así que al menos era un secuestrador paritario. El conductor estaba en la parte de atrás, haciendo lo que podía por recuperarse de un tajo en la garganta.

En el salpicadero había una foto de su novia, o su mujer, o lo que fuera, y la dama era casi tan fea como el conductor moribundo. Al Carnicero no podía importarle menos este asesinato circunstancial. No sentía nada por el desconocido, y lo cierto era que para él todo el mundo era un desconocido, hasta su propia familia, la mayor parte del tiempo.

—Oye, ¿qué tal ahí atrás? —exclamó por encima del ruido escandaloso del traqueteo de la furgoneta. No llegó respuesta de la parte trasera, nada—. Eso suponía, amigo. Pero no te preocupes: el correo y todo eso ha de llegar a su destino. Ni la lluvia, ni la nieve, ni la nevisca, ni la muerte... ya sabes.

Detuvo la gran furgoneta marrón de reparto frente a una casa de campo de medianas dimensiones, en Roslyn. A continuación cogió un par de paquetes de buen tamaño de la repisa metálica que había detrás del asiento del conductor.

Se dirigió a la puerta principal, a paso veloz, apresurado, como siempre había visto hacer a los chicos de marrón en la tele, silbando una alegre melodía y todo.

El Carnicero llamó al timbre. Esperó. Sin dejar de silbar. Representando su papel a la perfección, pensó.

Por el portero automático sonó una voz de hombre.

—¿Qué hay? ¿Quién anda ahí? ¿Quién es?

—UPS. Un paquete.

—Déjelo ahí y váyase —dijo la voz.

—Necesito que me firme, señor.

—He dicho que lo deje, ¿vale? No se preocupe por la firma. Deje el paquete. Adiós.

—Lo siento, señor —dijo Sullivan—. No puedo hacer eso. Lo siento, en serio. Sólo hago mi trabajo.

Esta vez el portero automático no respondió. Pasaron treinta segundos, cuarenta y cinco. A lo mejor le iba a hacer falta un plan B.

Por fin, acudió a la puerta un hombre muy corpulento con un chándal Nike negro. Físicamente, era impresionante, lo que no tenía nada de extraño, dado que había sido jugador profesional de fútbol americano con los New York Jets y los Miami Dolphins.

—¿Eres sordo? —preguntó—. Te he dicho que dejaras el paquete en el porche. *Capisci?*

—No, señor, la verdad es que soy de origen irlandés. Pero no puedo dejar estos valiosos paquetes sin una firma.

El Carnicero le tendió el albarán electrónico, y el fornido ex futbolista garabateó malhumorado un nombre con el puntero.

El Carnicero lo comprobó: Paul Mosconi, que casualmente era un soldado de la Mafia casado con la hermana pequeña de John Maggione. Esto violaba las reglas más elementales, pero ¿acaso había reglas ya para nada? ¿En la Mafia, en el gobierno, en las iglesias, en toda esta sociedad desquiciada?

—No es nada personal —dijo el Carnicero.

Pop.

Pop.

Pop.

—Estás muerto, Paul Mosconi. Y el gran jefe se va a cabrear mucho conmigo. Por cierto, yo antes era hincha de los Jets. Ahora soy más del New England.

Entonces, el Carnicero se agachó y le rajó la cara al muerto repetidas veces con su bisturí. Luego le abrió la garganta, zis, zas, justo en la nuez.

Una mujer asomó la cabeza por el salón, morena, con los rulos aún puestos, y se puso a chillar.

—¡Pauli! ¡Pauli, Dios mío! ¡Pauli, mi Pauli! ¡No, no, no!

El Carnicero hizo su mejor pequeña reverencia en honor de la viuda desconsolada.

—Saluda a tu hermano de mi parte. Esto te lo ha hecho él. A tu Pauli lo ha matado tu hermano, no he sido yo. —Hizo ademán de marcharse y de pronto se giró de nuevo.

»Ah, te acompaño en el sentimiento.

E hizo otra pequeña reverencia.

# 95

Ésta podía ser la buena. El final de un camino largo y tortuoso desde el asesinato de Maria.

Sampson y yo cogimos la autopista de Long Island y luego la estatal del norte, hasta la punta de Long Island. Seguimos la carretera 27 y, finalmente, dimos con el pueblo de Montauk, que hasta aquel momento no era más que un nombre que había oído y alguna vez hasta leído. Pero allí era donde se escondían Michael Sullivan y su familia según Anthony Mullino. Supuestamente, se habían mudado aquel mismo día.

Encontramos la casa después de buscarla durante veinte minutos por carreteras secundarias desconocidas. Cuando llegamos a la dirección que nos habían dado, había dos chicos tirándose un balón de fútbol americano bien hinchado en una pequeña zona de césped delante de la casa. Chicos rubios, de aspecto irlandés. Bastante buenos atletas, en particular el más pequeño. Sin embargo, el que hubiera críos podía hacernos las cosas mucho más difíciles.

—¿Crees que es aquí donde vive? —preguntó Sampson al apagar el motor. Estábamos al menos a cien pasos de la casa, y bastante ocultos a su vista; íbamos con precaución.

—Mullino dice que ha ido de un lado para otro. Dice que ahora está aquí seguro. Los chicos son de la edad de los suyos. Hay otro, mayor, Michael Junior.

Entorné los ojos para ver mejor.

—El coche de la entrada lleva matrícula de Maryland.

—Eso no debe de ser una coincidencia. Se supone que Sullivan estaba viviendo en algún lugar de Maryland antes de que su familia y él se dieran a la fuga la última vez. Tiene sentido que estuviera tan cerca del D.C. Explica las violaciones. Las piezas empiezan a encajar.

—Sus hijos aún no nos han visto. Esperemos que Sullivan tampoco. Vamos a procurar que siga siendo así, John.

Arrancamos, y Sampson volvió a aparcar a dos calles de distancia; luego sacamos rifles y pistolas del maletero. Fuimos caminando entre el arbolado por detrás de una fila de casas modestas, aunque con buenas vistas al océano. El lugar donde vivían los Sullivan estaba a oscuras por dentro, y hasta el momento no habíamos visto a nadie más.

Ni Caitlin Sullivan ni Michael Sullivan estaban en casa, o, si lo estaban, se mantenían alejados de las ventanas. Eso tenía sentido. Además, yo sabía que Sullivan era bueno con el rifle.

Me senté, apoyado en un árbol, acurrucado para protegerme del frío, con el rifle en el regazo. Empecé a darle vueltas al problema de reducir a Sullivan sin hacer daño a su familia. ¿Podía hacerse, para empezar? Al cabo de un rato, empecé a pensar en Maria otra vez. ¿Estaba cerca por fin de hacer justicia por su asesinato? No lo sabía con seguridad, pero lo presentía. ¿O eran sólo las ganas que tenía?

Saqué mi cartera y extraje una vieja foto de su funda

de plástico. La seguía echando de menos todos los días. Maria tendría siempre treinta años en mi cabeza, ¿no? Qué vida desperdiciada.

Pero ahora me había traído aquí, ¿verdad? ¿Por qué, si no, habíamos subido solos Sampson y yo a coger al Carnicero?

Porque no queríamos que nadie se enterara de lo que íbamos a hacer con él.

# 96

El Carnicero estaba ciego de ira, y eso no acostumbraba a ser bueno para el índice de población mundial. De hecho, se estaba cabreando más a cada minuto. O más bien a cada segundo. Joder, odiaba a John Maggione.

Distraerse un poco ayudaba. El viejo barrio estaba bastante distinto de como lo recordaba. No le gustaba entonces, y ahora le traía aun más al pairo. Con una vaga sensación de *déjà vu*, siguió la avenida P y luego giró a la izquierda por el paseo Bay.

Que él supiera, aquella zona seguía siendo el principal centro comercial de Bensonhurst. Una manzana tras otra de edificios de ladrillo rojo, con comercios en la planta baja: putos restaurantes italianos, panaderías, charcuterías, todo italiano. Había cosas que no cambiaban nunca.

Volvía a ver ráfagas de la carnicería de su padre: todo siempre blanco inmaculado; la cámara frigorífica, con su puerta de esmalte blanco; dentro de la cámara, ganchos con cuartos traseros de vaca colgando; bombillas en cajas de rejilla metálica en el techo; cuchillos, hachas y sierras por todas partes.

Su padre, ahí de pie con la mano bajo el delantal; esperando a que su hijo se la chupara.

Giró a la derecha por la calle Ocho-primera. Y allí estaba. No la vieja carnicería: algo mejor todavía. ¡La venganza, un plato que sabe mejor si se sirve caliente, humeante, quemando!

Localizó el Lincoln de Maggione aparcado detrás del club social. Matrícula: ACF3069. Estaba bastante seguro de que era el coche de Junior, por lo menos.

¿Error?

«Pero ¿error de quién?», se preguntó mientras seguía caminando por la calle Ocho-primera. ¿Tan arrogante era el hijo de puta de Junior como para andar entrando y saliendo cuando le apetecía? ¿Era posible que no tuviera miedo del Carnicero? ¿Ni respeto por él? ¿Ni siquiera ahora?

¿O le había tendido una trampa?

Puede que fueran las dos cosas a partes iguales. Arrogancia y engaño. Estandartes del mundo en que vivimos.

Sullivan se detuvo en un Dunkin' Donuts que había en el cruce de New Utrecht con la Ochenta y seis. Tomó un café solo y un *bagel* de sésamo demasiado harinoso e insulso. Tal vez ese tipo de bollería basura tuviera algo que hacer en los estados del Centro, pero nadie compraría un *bagel* tan cutre en Brooklyn. De todos modos, se sentó a una mesa a ver pasar las luces de los coches por New Utrecht, arriba y abajo, y pensó que le gustaría entrar al club de la calle Ochenta y uno y liarse a tiros. Pero eso no era un plan, ni mucho menos: era sólo una fantasía violenta y tentadora, de momento.

Naturalmente, tenía un plan de verdad en mente.

Maggione Junior podía darse ya por muerto, y probablemente algo peor aún. Sullivan sonrió al pensarlo, luego comprobó que no lo miraba nadie pensando que estaba loco. Nadie lo miraba. Y sí que estaba loco. Perfecto.

Tomó otro sorbo. Lo cierto era que el café del Dunkin' no estaba nada mal. Pero los *bagels* eran de lo peor.

# 97

Veinte minutos más tarde, estaba en su posición. Y tenía su gracia: había hecho este mismo tipo de ataque de comando siendo sólo un crío. Jimmy Sombreros, Tony Mullino y él habían trepado por una escalera de incendios desvencijada en la Setenta y ocho, para luego correr por la tela asfáltica de las azoteas hasta un edificio cercano al club social. A plena luz del día. Sin miedo.

Se «dejaban caer» para ver a una chica que conocía Tony en el edificio contiguo al club social. La tía se llamaba Annette Bucci. Annette era una italianita calentorra que se enrollaba con sus amigos cuando todos tenían trece o catorce años. Veían en la tele *Happy Days* y *Laverne & Shirley*, como idiotas que eran, fumaban cigarrillos y hierba, se bebían el vodka del padre de ella y se la follaban hasta quedarse lelos. Nadie tenía que ponerse condón, porque Annette decía que no podía tener hijos, lo que hizo de los tres chicos los hijos de puta con más suerte del barrio aquel verano.

De todos modos, esta aventura actual era mucho más fácil, ya que era de noche y la luna estaba casi llena. Y claro, tampoco estaba allí para tirarse a Annette Bucci.

No, tenía asuntos muy serios que tratar con Maggione Junior, asuntos pendientes que probablemente se retrotraían a Maggione Senior, que se había cargado a su colega Jimmy Sombreros. ¿Qué más le podía haber pasado a Sombreros si no? Así que la cosa iba de venganza, que iba a ser tan dulce que el Carnicero ya casi la paladeaba. Veía a Maggione Junior muriéndose.

Si esta noche salía bien el plan, en el barrio lo iban a estar comentando durante años.

¡Y, naturalmente, iba a haber fotos!

El corazón le latía con fuerza mientras corría por las viejas azoteas, confiando en que no le oyera nadie en los pisos superiores, no fueran a subir a echar un vistazo, o incluso a llamar a la poli. Por fin, llegó al edificio de piedra rojiza contiguo al del club social.

Parecía que nadie se había enterado de que estaba allí. De modo que se agachó sobre la azotea para recuperar el aliento. Esperó a que el pulso bajara, pero la ira no desapareció. ¿Hacia Maggione? ¿Hacia su padre? ¿Qué más daba?

Mientras estaba allí sentado, Sullivan se preguntó si no se había vuelto suicida llegado a este momento de su vida. En cierto sentido, al menos. Tenía la teoría de que la gente que fumaba tenía que serlo, y los capullos que bebían y conducían demasiado rápido, y cualquiera que se subiera a una moto. O que matara a su propio padre y se lo diera de comer a los peces de Sheepshead Bay. Suicidas secretos, ¿no?

Como John Maggione Junior. Había sido un inútil toda su vida. Había ido a por el Carnicero. Y ahora, mira lo que le iba a pasar.

Si el plan salía bien.

## 98

Vigilar. Esperar. Hacer puñetas con los pulgares. Otra vez como en los viejos tiempos, pero ahora no resultaba ni mucho menos el coñazo que era entonces.

Mientras Sampson y yo permanecíamos sentados a menos de cien pasos de la casa de Montauk, en el extremo sur de Long Island, me iba entusiasmando ante la posibilidad de detener al Carnicero ya pronto. Al mismo tiempo, no podía evitar la impresión de que algo no iba bien.

Puede que supiera incluso lo que iba mal: a este asesino nunca lo había atrapado nadie. Que yo supiera, nadie se le había acercado siquiera. Así que, ¿por qué creía yo que ahora podíamos cazarlo?

¿Porque yo era el Matadragones y ya había tenido éxito con otros asesinos? ¿Porque un día fui el Matadragones? ¿Porque al final la vida es justa, y habría que coger a los asesinos, sobre todo al que había asesinado a mi mujer? Pues no, joder, la vida no era justa. Eso lo sabía desde que Maria se desplomó y murió en mis brazos.

—¿No crees que vaya a volver aquí? —preguntó Sampson—. ¿Es eso lo que estás pensando, bombón? ¿Crees que se ha dado a la fuga otra vez? ¿Que se ha ido hace rato?

—No es exactamente eso. No se trata de que Sullivan vaya a venir aquí o no. Creo que puede que venga. No sé qué es exactamente lo que me preocupa, John. Es sólo que tengo la impresión... es como si nos hubieran tendido una trampa.

Sampson hizo una mueca de extrañeza.

—Una trampa, ¿quién? ¿Por qué iban a tendernos una trampa?

—No sé la respuesta, desgraciadamente. A ninguna de estas preguntas tan razonables.

En aquel momento era una sensación visceral. Pero sólo una sensación. Una de mis famosas corazonadas. Que a menudo resultaban ciertas, pero no siempre, no siempre.

Cuando el sol se fue poniendo y empezó a hacer frío, vi a un par de chiflados pescando abajo, en la playa, junto al océano. Podíamos ver el mar desde la arboleda. Los pescadores llevaban trajes de neopreno hasta el pecho, y en esta época del año debían de estar pescando lubinas. Llevaban los anzuelos y las bolsas con los cebos atados a la cintura, y uno de ellos tenía una lámpara de minero muy rara sujeta con cinta adhesiva a su gorra de béisbol. Hacía mucho viento, y cuanto más viento mejor para la pesca... o eso tengo entendido.

Me hacía a la idea de que Sampson y yo también estábamos pescando, siempre pescando cualquier amenaza disparatada que nadara en las profundidades, bajo la superficie.

Y mientras observaba la actividad aparentemente inocente que se desarrollaba abajo, en la playa, uno de los pescadores desapareció bajo una ola y luego se incorpó ró como pudo para recuperar parte de su dignidad perdida. El agua tenía que estar fría de cojones.

Confiaba en que a Sampson y a mí no nos pasara lo mismo esa noche.

No tendríamos que estar allí; pero allí estábamos.

Y estábamos expuestos, ¿verdad?

Y este asesino era uno de los mejores a que nos hubiéramos enfrentado jamás. Sí, puede que el Carnicero fuera el mejor.

# 99

Era muy sencillo, en realidad, los elementos básicos de un asesinato profesional, cometido por un profesional: en esta ocasión, una garrafa de gasolina de alto octanaje, propano, un cartucho de dinamita para la ignición. Los preparativos habían sido fáciles. Pero ¿funcionaría el plan a la hora de la verdad? Ésa era siempre la pregunta del millón.

En cierto modo, al Carnicero casi le parecía que era una travesura... una diablura que hubieran podido intentar Tony Mullino, Jimmy Sombreros y él en los viejos tiempos, allí en el barrio. Por partirse el culo un poco. Tal vez sacarle un ojo a algún panoli con un petardo. Tenía la impresión de que la mayor parte de su vida había consistido en eso: travesuras, diabluras, cobrarse venganza por agravios pasados.

Eso fue lo que pasó con su padre, así llegó a matar a ese enfermo hijo de puta. No le gustaba pensar mucho en ello, y no lo hacía, había cerrado el compartimiento sin más. Pero una noche, en Brooklyn, tiempo atrás, había cortado al Carnicero de Sligo original en cachitos, y luego alimentado con Kevin Sullivan a los peces de la bahía.

Los rumores eran todos ciertos. Jimmy Sombreros había ido en la barca con él, y Tony Mullino también. Los tíos en los que confiaba.

Esta noche era bastante parecida en una cosa: todo iba de tomar venganza. Joder, odiaba a Maggione Junior desde hacía veinte años.

Bajó por una escalera de incendios desde la azotea del edificio contiguo al club social. Ya en el nivel de la calle, pudo oír voces broncas de hombres procedentes del interior del club social. Estaban mirando un partido de fútbol: Jets contra Pittsburgh, en la ESPN. A lo mejor era el partido lo que tenía a todo el mundo preocupado en aquella fría y encapotada noche de domingo.

—¡Bollinger juega atrás! ¡Bollinger sigue en el área! —gritaban.

Bueno, él también estaba en el área, se dijo el Carnicero para sus adentros. Una protección perfecta para el juego, todo el tiempo que necesitaba para ejecutarlo. Y odiaba a todos esos cabrones del club. Siempre los había odiado. Nunca habían acabado de admitirlo en su pequeño círculo, jamás. Siempre había estado fuera.

Colocó su bomba altamente combustible junto a una pared de madera de un callejón que daba a la calle. A través del callejón, localizó a un par de soldados de Maggione apostados allí. Estaban apoyados en el capó de un Escalade negro.

Él los veía, pero ellos no le veían a él en la oscuridad.

Se retiró hacia el interior del callejón y se protegió detrás de un contenedor de basura que olía a pescado podrido.

Un reactor de la American Airlines pasó tronando por encima, en dirección al aeropuerto LaGuardia, haciendo un ruido como si un trueno hubiera sacudido el cielo.

Perfectamente sincronizado con lo que vino a continuación.

El rugido del avión no fue nada comparado con la explosión ensordecedora contra la pared trasera del club social; inmediatamente llegaron los gritos y maldiciones de los hombres que había dentro.

¡Y el fuego! ¡Dios! Las llamas se extendieron bailando descontroladas por el exterior en un abrir y cerrar de ojos.

La puerta de atrás se abrió de golpe y dos soldados, la escolta personal de Maggione, sacaron al jefe en volandas como si fuera el presidente de Estados Unidos, y ellos del servicio secreto, apremiándolo a ponerse a cubierto. Los guardaespaldas iban tosiendo a causa del humo, sangrando, pero no se detenían, avanzaban en dirección al Lincoln del jefe. Intentaban apartarse el humo de los ojos con las mangas de sus camisas.

Sullivan salió de detrás del contenedor y dijo:

—¡Eh, capullos! Dais asco.

Hizo cuatro disparos. Los guardaespaldas cayeron al suelo, los dos juntitos, muertos antes de tocar el cemento. La chaqueta a cuadros de uno de ellos todavía estaba en llamas.

Entonces Sullivan corrió hasta donde estaba Maggione Junior, que tenía cortes y quemaduras en la cara. Le hundió el cañón de su pistola en la mejilla.

—Me acuerdo de cuando no eras más que un crío, Junior. Eras un mierda estirado y mimado por aquel entonces. No has cambiado nada, ¿verdad? Métete en el coche o te mato de un tiro aquí mismo, en el callejón. Te disparo entre los ojos y luego te los saco y te los meto en las orejas. ¡Entra en el coche antes de que me entusiasme!

—Y entonces fue cuando enseñó a Maggione Junior el bisturí—. Adentro, antes de que lo use.

# 100

Sullivan dio un paseo al jefe de la Mafia por las familiares calles de Brooklyn, la avenida New Utrecht, luego la calle Ochenta y seis, en el coche del propio Don, disfrutando de cada minuto de aquello.

—Para mí es un viaje de lo más nostálgico —comentó de pasada mientras procedía—. ¿Quién dice que nunca puede uno volver a casa? ¿Sabes quién dijo eso, Junior? ¿Alguna vez has leído un libro? Deberías haberlo hecho. Ahora ya es tarde.

Paró junto al Dunkin' Donuts de la Ochenta y seis y traspasó a Maggione al Ford Taurus de alquiler, que básicamente era un montón de chatarra, pero que al menos no llamaría la atención en la calle.

Luego le puso unas esposas a Junior. Bien apretadas, como lo hace la policía.

—¿Qué coño te crees que estás haciendo? —gruñó Maggione cuando le clavaba las esposas en las muñecas.

Sullivan no estaba seguro de a qué se refería Maggione: ¿al cambio de coche, a la bomba y el incendio, a la próxima media hora o así? ¿A qué?

—Tú fuiste a por mí, ¿te acuerdas? Tú empezaste todo esto. Y, ¿sabes?, yo estoy aquí para ponerle fin. Debí haber hecho esto cuando los dos éramos críos.

Al Don se le puso la cara roja, y parecía a punto de sufrir un infarto de miocardio en el coche.

—¡Estás loco! ¡Eres un lunático! —gritó, mientras salían del aparcamiento.

Sullivan estuvo a punto de parar el coche en mitad de la calle. ¿Pues no le estaba gritando Maggione Junior como si le tuviera en nómina?

—Mira, no voy a discutir contigo mi estado de salud mental. Soy un asesino a sueldo, así que se supone que un poco loco ya estoy. Se espera de mí que esté loco, ¿vale? He matado a cincuenta y ocho personas, de momento.

—Cortas a la gente en pedacitos —dijo Maggione—. Eres una amenaza descontrolada, un chiflado. Mataste a un amigo mío ¿lo recuerdas?

—Cumplo con mis contratos en el plazo, siempre. Puede que tenga un perfil demasiado alto para el gusto de algunos. Pero quédate con eso de cortar a la gente en pedacitos.

—¿De qué coño estás hablando? No estás tan loco. Nadie está tan loco.

Era asombroso ver cómo funcionaba la cabeza de Maggione, o cómo no funcionaba. Así y todo, Junior era un asesino despiadado, de forma que tenía que andarse con cuidado. Ahora, nada de errores.

—Quiero ser muy claro con esto —dijo Michael Sullivan—: Vamos a ir a un embarcadero que hay en el río Hudson. Cuando lleguemos, voy a sacar algunas fotos artísticas para que las vean todos tus amigotes italianos. Les voy a enviar una clara advertencia que espero que entiendan, para que nos dejen a mí y a mi familia en paz.

Entonces Sullivan se llevó un dedo a los labios—. Y no

digas nada más. Casi estás empezando a darme un poco de pena, Junior, y no quiero sentirme así.

—¿Qué más me da cómo te sientas? ¡Aaah! —exclamó Maggione, ya que Sullivan le había clavado una navaja automática en el estómago, se la había hundido hasta la empuñadura y se la había sacado luego muy despacio.

—Eso, de aperitivo —dijo en una voz extraña, susurrante—. No he hecho más que empezar a entrar en calor.

Entonces el Carnicero hizo media pequeña reverencia. «Estoy así de loco.»

# 101

Sampson y yo estábamos de vuelta en su coche, esperando a que el Carnicero regresara a su casa de Montauk. Estábamos como quien dice contando los minutos. Tenía que volver, más tarde o más temprano, sólo que aún no lo había hecho, y Sampson y yo estábamos cansados y, para ser sincero, decepcionados.

Sobre las siete y media apareció un repartidor de pizzas de Papa John. Pero ni rastro de Sullivan, ni Carnicero, ni alivio a la vista. Ni pizza para nosotros tampoco.

—Hablemos de algo —dijo Sampson—. Así no pensaremos en la comida. Ni en el frío.

—He estado pensando otra vez en Maria, aquí sentado y congelándome el culo —dije mientras observábamos al tío de las pizzas ir y venir con sus pelos largos. Se me había pasado por la cabeza que Sullivan podría recurrir a un repartidor como aquél para transmitirle un mensaje a su mujer. ¿Era eso lo que acababa de pasar? Tampoco podíamos hacer nada al respecto, pero ¿era eso lo que acababa de pasar?

—No es de extrañar, bombón —dijo Sampson.

—Lo que pasa es que en estos últimos dos meses ha

salido a la superficie buena parte del pasado. Creía que ya había guardado duelo el tiempo suficiente. Pero puede que no. Los terapeutas se inclinan a opinar que no.

—Tenías dos bebés a los que criar por aquel entonces. Tal vez estuvieras demasiado ocupado para dolerte todo lo que te hacía falta. Recuerdo que solía pasarme por tu casa algunas noches. Parecía que no durmieras nunca. Siempre trabajando en casos de homicidio. Tratando de ejercer de padre. ¿Recuerdas la parálisis facial de Bell?

—Ahora que lo dices.

Tras la muerte de Maria, tuve, durante algún tiempo, un tic facial desconcertante.

Un neurólogo del Johns Hopkins me dijo que podía ser que desapareciera o que me durara años. Duró poco más de dos semanas, y era una herramienta de trabajo muy efectiva. Acojonaba a los criminales que tenía que interrogar en la jaula.

—En aquella época, te morías de ganas de cazar al asesino de Maria, Alex... Entonces empezaste a obsesionarte con otros casos de asesinato. Fue entonces cuando te convertiste en un detective tan bueno. En mi opinión, al menos. Es cuando te centraste. Así te convertiste en el Matadragones.

Me sentía como si estuviera en el confesionario. John Sampson era mi cura. Ninguna novedad.

—No quería estarme todo el tiempo pensando en ella, así que supongo que tenía que consagrarme a alguna otra cosa. Estaban los críos, y estaba el trabajo.

—¿Y qué, Alex? ¿Ya has guardado bastante duelo? ¿Esta vez sí? ¿Se acabó? ¿Te queda poco?

—¿Sinceramente? No lo sé, John. Es lo que intento averiguar ahora.

—¿Y si esta vez tampoco cazamos a Sullivan? ¿Y si se

nos escapa? ¿Y si ya se nos ha escapado? —dijo Sampson con disimulado desconsuelo.

—Creo que me sentiré mejor respecto a Maria. Hace mucho que se fue. —Hice una pausa, inspiré—. No creo que fuera culpa mía. No podía hacer nada más que lo que hice cuando le dispararon.

—Ajá —dijo Sampson.

—Ajá —dije yo.

—Pero no estás seguro del todo, ¿verdad? Todavía no estás convencido.

—No al cien por cien. —Entonces me reí—. Tal vez si lo cazamos esta noche. Tal vez le vuele la tapa de los sesos. Entonces ya estaríamos empatados.

—¿Para eso hemos venido, bombón? ¿Para volarle la tapa de los sesos?

Alguien llamó a la puerta del coche, y eché mano a mi pistola.

# 102

—¿Qué coño hace él aquí? —preguntó Sampson.

De pie junto al coche estaba nada menos que Tony Mullino; de mi lado. ¿Qué coño hacía él allí en Montauk?

Bajé la ventanilla despacio, confiando en descubrirlo, en obtener una respuesta, acaso todo un montón de respuestas.

—Podría haber sido Sully —dijo, con la cabeza ladeada—. Estarían los dos muertos, si lo llego a ser.

—No, tú estarías muerto —dijo Sampson. Sonrió a Mullino con parsimonia y exhibió su pistola—. Te he visto venir desde atrás hace como dos minutos. Y Alex también.

Yo no lo había visto, pero era reconfortante saber que Sampson seguía guardándome la espalda, que alguien lo hacía, porque era posible que yo estuviera empezando a descentrarme un poco... y eso podía costarte que te pegaran un tiro. O algo peor.

Mullino se frotaba las manos.

—Hace un frío que te cagas aquí esta noche. —Esperó un momento, e insistió—. Digo que hace una rasca de cojones, que me estoy congelando aquí fuera.

—Sube —le dije—. Pasa adentro.

—¿Prometes no dispararnos por la espalda? —dijo Sampson.

Mullino levantó ambas manos y puso cara bien de desconcierto o bien de alarma. A veces no lo tenía uno muy claro con él.

—Ni siquiera voy armado, colegas. No he llevado un arma en mi vida.

—Pues tal vez deberías, vistos los amigos que tienes. Piensa en ello, hermano.

—Vale, hermano —dijo Mullino, con una risita malévola que me hizo reconsiderar quién era.

Abrió la puerta del coche y se deslizó en el asiento de atrás. La pregunta seguía encima de la mesa: ¿por qué había aparecido por allí, y qué quería?

—¿No va a venir? —dije, cuando hubo cerrado la puerta trasera al frío—. ¿Es eso?

—No, no va a venir —dijo Mullino—. Nunca fue su intención.

—¿Le avisaste tú? —pregunté. Veía a Mullino por el retrovisor. Entornó los ojos y pude apreciar en ellos su extremo nerviosismo, cierta incomodidad, que algo no iba bien.

—No me hizo falta avisarle. Sully confía en sí mismo, se cuida muy bien él solito. —Hablaba en voz baja, casi con un susurro.

—Apuesto a que sí —dije.

—¿Qué ha pasado pues, Anthony? —preguntó Sampson—. ¿Dónde está ahora tu amiguito? ¿Por qué estás aquí?

La voz de Mullino nos llegó como de debajo del agua. Esta vez ni siquiera entendí bien lo que dijo.

Ni tampoco Sampson.

—Tienes que hablar más alto —le dijo, volviéndose—. ¿Me oyes? ¿Ves cómo funciona? Tienes que elevar el tono de voz hasta un cierto volumen.

—Esta noche ha matado a John Maggione Junior —dijo Mullino—. Le secuestró, y después lo cosió a cuchilladas. Esto se veía venir desde hace mucho tiempo.

En el coche se hizo un silencio absoluto. Dudo que pudiera haber dicho nada que me sorprendiera más. Antes había tenido el presentimiento de que nos habían tendido una trampa, y así era.

—¿Cómo te has enterado tú? —le pregunté al fin.

—Vivo en el barrio. Brooklyn a veces es como un pueblo. Siempre ha sido así. Además, Sully me llamó después de hacerlo. Quería compartirlo.

Sampson se dio la vuelta del todo para mirarle a la cara.

—Así que Sullivan no piensa venir a recoger a su familia. ¿No tiene miedo por ellos?

Yo seguía observando a Tony Mullino por el retrovisor. Pensé que quizá sabía ya lo que iba a decir a continuación.

—Ésta no es su familia —dijo—. Ni siquiera sabe quiénes son.

—¿Quién está en la casa, entonces?

—No sé quiénes son. Servicio de casting. Una familia que podría parecerse a la de Sully.

—¿Trabajas para él? —pregunté a Mullino.

—No. Pero ha sido un buen amigo. El que tenía miedo en el colegio de que le partieran la cara era yo, no él. Sully siempre me protegió. Así que lo he ayudado. Volvería a hacerlo. Joder, si hasta lo ayudé a matar al pirado de su viejo.

—¿Por qué has venido hasta aquí? —le pregunté a continuación.

—Ésa es fácil. Me dijo él que viniera.

—¿Por qué? —pregunté.

—Pregúntaselo a él. Tal vez porque le gusta hacer una pequeña reverencia después de un trabajo bien acabado. De hecho, lo hace, ya sabéis. Hace una reverencia. Y mejor que no tengáis ocasión de verlo.

—Yo ya lo he visto —le dije.

Mullino abrió la puerta trasera del coche, nos saludó con la cabeza y luego desapareció en la noche.

Y así supe que lo mismo había hecho el Carnicero.

# 103

¿Cómo dice ese verso de una vieja canción, o nueva canción, o lo que sea? ¿«La vida es lo que ocurre mientras estás ocupado haciendo otros planes»?

Volví a Washington aquella misma noche porque quería ver a los críos, y por Mamá Yaya, y porque tenía pacientes que dependían de mí y tenían cita para el día siguiente.

Yaya siempre ha afirmado que para mí es importante ayudar a la gente; dice que es mi maldición. Probablemente, está en lo cierto.

Recordaba con toda nitidez la cara de Michael Sullivan, su pequeña reverencia, y me desesperaba al pensar que seguía por ahí suelto.

Según el FBI, la Mafia ya había ofrecido una recompensa de un millón de dólares por su cabeza, y un millón más por las de su familia. Yo todavía sospechaba que pudiera ser confidente del FBI o de la policía, y que unos u otros estuvieran contribuyendo a protegerlo, pero no lo sabía con certeza, y era posible que nunca lo supiera.

Una noche, después de escaparse Sullivan, víspera de

colegio para los críos, me senté en el porche acristalado y toqué rock and roll al piano para Jannie y Damon. Estuve tocando hasta casi las diez.

Después hablé a los chicos de su madre. Iba siendo hora.

# 104

No estoy seguro de por qué necesitaba ahora hablarles de Maria, pero quería que los críos conocieran mejor la verdad sobre ella.

Tal vez quería que ellos pudieran correr el telón que no había podido correr yo. Nunca había mentido a los niños acerca de Maria, pero me había guardado cosas, y... no, había mentido respecto a una cosa. Había contado a Damon y a Jannie que no estaba con Maria cuando le dispararon, pero que llegué al San Antonio antes de que muriera, y aún pudimos tener unas últimas palabras. El motivo fue que no quería tener que darles detalles que nunca podría quitarme yo de la cabeza: el sonido de los disparos que derribaron a Maria; su brusca inspiración en el instante en que la alcanzaron; la forma en que se escurrió de entre mis brazos y cayó a la acera.

Luego, la visión inolvidable de la sangre manando del pecho de Maria, y el momento en que comprendí que sus heridas eran mortales.

Seguía recordándolo con una claridad de pesadilla diez años después.

—He estado pensando en vuestra madre últimamente —dije aquella noche en el porche—. He pensado mucho en ella. Supongo que eso ya lo sabéis vosotros. —Los críos se habían colocado muy cerca de mí, sospechando que ésta no era una de nuestras charlas habituales—. Era una persona especial por tantas, tantas cosas, Damon, Jannie... Tenía los ojos vivaces, y siempre francos. Sabía escuchar. Y eso suele ser señal de que se es buena persona. Yo creo que lo era, vaya. Le encantaba sonreír y hacer sonreír a otras personas si podía. Solía decir: «Aquí tienes una taza de tristeza, y aquí tienes una de alegría, ¿con cuál te quedas?» Ella casi siempre elegía la taza de alegría.

—¿Casi siempre? —preguntó Jannie.

—Casi siempre. Piénsalo, Janelle. Tú eres lista. Me eligió a mí, ¿no? Con todos los chicos guapos que podía haber elegido, eligió este careto, este carácter adusto.

Janelle y Damon sonrieron; luego, Damon dijo:

—¿Esto es porque el que la mató ha vuelto? ¿Por eso estamos hablando ahora de mamá?

—En parte sí. Pero, además, últimamente he comprendido que tengo asuntos pendientes con ella. Y con vosotros dos. Por eso estamos hablando, ¿vale?

Damon y Jannie me escucharon en silencio, y estuve hablando mucho rato. Al final, mi voz se quebró con un sollozo. Creo que fue la primera vez que les dejé verme llorar por Maria.

—La quería tanto, quería a vuestra madre como si fuera una parte física de mí. Y supongo que la sigo queriendo. Sé que la sigo queriendo.

—¿Es por nosotros? —preguntó Damon—. En parte es culpa nuestra, ¿no?

—¿Qué quieres decir, cariño? Me parece que no te sigo —le dije.

—Te recordamos a ella, ¿verdad? Te hacemos recordar a mamá todos los días, cada mañana cuando nos ves te acuerdas de que ella no está, ¿no es así?

Negué con la cabeza.

—A lo mejor hay un poquito de verdad en eso. Pero me la recordáis para bien, de la mejor manera posible. Créeme si te lo digo. Es todo bueno.

Esperaron a que dijera algo más, y no me quitaban los ojos de encima, como si de pronto fuera a salir corriendo.

—Están teniendo lugar muchos cambios en nuestras vidas —dije—. Ahora tenemos a Ali con nosotros. Yaya se hace mayor. Yo vuelvo a tener pacientes.

—¿Te gusta? —preguntó Damon—. Lo de ser psicólogo.

—Sí. Por ahora.

—Por ahora. Qué tuyo es eso, papi —dijo Jannie.

Resoplé a modo de risa, pero no quise ver un cumplido en lo que había dicho Jannie. No porque fuera absolutamente reacio a los cumplidos, sino porque hay un momento para cada cosa, y éste no era el adecuado. Recuerdo que cuando leí la autobiografía de Bill Clinton, no pude sino pensar que, cuando admitía el daño que había hecho a su esposa y a su hija, daba la impresión de no poder resistirse a buscar el perdón a la vez, y puede que hasta los abrazos del lector. No podía evitarlo; tal vez por la gran necesidad que tiene de ser amado. Y tal vez le vengan de ahí también su empatía y su compasión.

Luego, por fin, hice lo más difícil: conté a Damon y a Jannie lo que le había pasado a Maria. Conté a mis hijos la verdad tal y como yo la conocía. Compartí casi todos los detalles de la muerte de Maria, de su asesinato, y les conté que ocurrió ante mis ojos, que estaba con ella cuando murió, que sentí su último aliento en este mundo y oí sus últimas palabras.

Cuando hube acabado, cuando ya no podía seguir hablando, Jannie susurró:

—Mira el río, cómo corre, papi. El río es verdad.

Eso era un mantra que les repetía yo a los niños cuando eran pequeños y Maria ya no estaba. Les llevaba a dar un paseo por el río Anacostia o el Potomac y les hacía mirarlo, mirar el agua, y les decía: «Mirad el río... El río es verdad.»

O al menos, está más cerca de ella de lo que nosotros lo estaremos nunca.

# 105

Últimamente me sentía extrañamente sensible y vulnerable, y quizá también vivo, supongo.

Eso era bueno y era malo, las dos cosas.

Tomaba el desayuno con Mamá Yaya como a las cinco y media casi todas las mañanas. Luego iba corriendo a mi consulta, me cambiaba de ropa y empezaba con mis sesiones no más tarde de las seis y media.

Kim Stafford era mi primera paciente del día los lunes y los jueves. Siempre era difícil mantener los sentimientos personales al margen de las sesiones, al menos para mí, o a lo mejor era sólo que había perdido la práctica. Por otra parte, a mí siempre me había parecido que algunos de mis colegas eran demasiado clínicos, demasiado reservados y distantes. ¿Cómo esperaban que se tomara eso cualquier paciente, cualquier ser humano? «Bah, no pasa nada porque sea tan afectuoso como un nabo; soy terapeuta.»

Esto tenía que hacerlo a mi modo, con calidez a veces, con mucho sentimiento y compasión, más que empatía; necesitaba transgredir las normas, ser heterodoxo. Cosas como encararse con Jason Stemple en su comisaría y tratar de noquear a ese miserable. Eso es lo que yo llamo profesionalidad.

Tenía un hueco en la agenda hasta el mediodía, así que decidí ir a Quantico a ver qué tenía Monnie Donnelley. Estaba investigando una teoría mía sobre el Carnicero. Casi no había tenido tiempo ni de saludarla cuando Monnie me interrumpió.

—Tengo algo para ti, Alex. Creo que te va a gustar. En cualquier caso, es idea tuya, tu teoría.

Monnie me dijo entonces que había utilizado mis notas y rastreado información relativa a la mujer de Sullivan, a través de un soldado de la Mafia que estaba en el programa de protección de testigos y vivía en aquel momento en Myrtle Beach, Carolina del Sur.

—Sigue, Monnie.

—He seguido la pista que abriste, e ibas bien encaminado. Me condujo a un tipo que estuvo en la boda de Sullivan, que fue discreta, como puedes suponer. El colega de Brooklyn del que me hablaste, Anthony Mullino, también fue. Al parecer, Sullivan no quería que hubiera mucha gente al corriente de su vida privada. Su misma madre no fue invitada, y su padre ya había muerto, como sabes.

—Sí, a manos de su propio hijo y un par de colegas. ¿Qué descubriste de la mujer de Sullivan?

—Bueno, tiene su interés, tampoco es lo que cabría esperar —dijo Monnie—. Ella es de Colts Neck, Nueva Jersey, y antes de conocer a Sullivan era maestra de escuela. ¿Qué te parece? Salvatore Pistelli, el tío de protección de testigos, dijo que era una chica muy dulce. Dijo que Sullivan buscaba una buena madre para sus hijos. Conmovedor, ¿no, Alex? Nuestro sicario psicópata tiene su corazoncito. La mujer se llama Caitlin Haney. Su familia sigue viviendo en Colts Neck.

Aquel mismo día, intervinimos el teléfono de los padres de Caitlin Sullivan Haney. Y también el de una hermana que vivía en Toms River, Nueva Jersey, y el de un hermano que trabajaba de dentista en Ridgewood.

Volví a abrigar esperanzas. Tal vez pudiéramos cerrar este caso después de todo y detener al Carnicero.

Tal vez volviera a verlo y fuera yo quien le hiciera una pequeña reverencia.

# 106

Michael Sullivan venía usando el nombre de Michael Morrisey desde que se mudaron a Massachusetts; Morrisey era un capullo al que había destripado y troceado un poco en sus primeros tiempos de asesino a sueldo. Caitlin y los chicos conservaban sus nombres de pila, pero ahora llevaban todos el apellido Morrisey también. La historia que se habían aprendido de memoria era que habían estado viviendo unos años en Dublín, donde su padre trabajaba como asesor para varias empresas irlandesas que mantenían relaciones comerciales con Estados Unidos.

Ahora hacía trabajos de «asesoría» en Boston.

La última parte resultaba que era verdad, ya que el Carnicero acababa de aceptar un encargo que le había llegado a través de un viejo contacto que tenía en Boston sur. Un encargo, un trabajo, un asesinato remunerado.

Aquella mañana salió de la casa sobre el río Hoosic a las nueve de la mañana, una hora de lo más civilizada. Luego cogió el coche, hacia el oeste; se dirigía a la autopista de peaje de Massachusetts en su Lexus nuevo. Llevaba las herramientas en el maletero: pistolas, una sierra de carnicero, una pistola de clavos.

No puso música en toda la primera mitad del trayecto, prefirió recorrer otra vez los caminos de la memoria. Últimamente se acordaba mucho de sus primeros asesinatos: de su padre, por supuesto; de dos trabajitos que hizo para Maggione Senior; y de un cura católico llamado Francis X. Conley. El padre Frank X. llevaba años abusando de niños de la parroquia. Los rumores corrían por todo el barrio, historias adornadas con cantidad de detalles escabrosos, morbosos. A Sullivan no le cabía en la cabeza que algunos padres supieran lo que estaba pasando y no hubieran tomado ninguna iniciativa para impedirlo.

Cuando tenía diecinueve años y trabajaba ya para Maggione, un día vio al cura por casualidad en los muelles, donde Conley tenía una pequeña fueraborda con la que salía a pescar. Alguna vez se llevaba a pasar la tarde a alguno de los monaguillos. Un premio. Un regalito por ser bueno.

Aquel día de primavera en concreto, el buen cura se había acercado a los muelles para preparar su barca de cara a la temporada. Estaba trabajando con el motor cuando Sullivan y Jimmy Sombreros subieron a bordo.

—¡Eh, padre Frankie! —dijo Jimmy, y esbozó una sonrisa maligna—. ¿Qué le parece si hoy nos damos una vueltecita en la barca? ¿Nos vamos de pesca?

El cura entornó los ojos ante los jóvenes sicarios, y frunció el gesto al reconocerlos.

—Creo que no, chicos. La barca todavía no está dispuesta para la acción.

Aquello le arrancó una risotada a Sombreros, que repitió:

—Dispuesta para la acción... Sí, sí, ya lo pillo.

Entonces Sullivan dio un paso al frente.

—Sí que está dispuesta, padre. Nos vamos de crucero por el mar. ¿Conoce esa canción? ¿*Un crucero por el mar*, de Frankie Ford? Pues ahí vamos. Los tres solitos.

De modo que botaron la barca y se alejaron del muelle, y del padre Frank X. nunca más se supo.

—Que Dios acoja su alma inmortal en el infierno —bromeó Jimmy Sombreros en el camino de vuelta.

Y aquella mañana, mientras iba a cumplir con su último encargo, a Sullivan le vino a la cabeza la vieja canción de Frankie Ford; y recordó cómo había suplicado el patético cura por su vida, y luego por su muerte, antes de acabar troceado para dar de comer a los tiburones. Pero sobre todo, recordó que él se preguntó si acababa de hacer una buena acción con el padre Frank, y si era o no posible que hiciera una.

¿Podría hacer el bien alguna vez en su vida?

¿O no había en él más que maldad?

# 107

Llegó por fin a Stockbridge, cerca de la frontera entre Nueva York y Massachusetts, y localizó la casa indicada gracias a su GPS. Estaba listo para aplicarse con toda su saña, para volver a ser el Carnicero, para ganarse el jornal.

Al carajo con las buenas obras y los buenos pensamientos, que a saber qué se suponía que demostraban. Localizó la casa, que era de estilo «campestre» y, en su opinión, de muy buen gusto. Se alzaba en mitad de varios acres de arces, olmos y pinos. Había un Porsche Targa negro aparcado en el camino de entrada, como una escultura moderna.

Al Carnicero le habían dicho que estaba en la casa una mujer de cuarenta y un años llamada Melinda Steiner... pero que conducía un Mercedes descapotable rojo despampanante. Así que, ¿de quién era el Porsche negro?

Sullivan aparcó fuera de la carretera principal, tras un grupo de pinos, y estuvo unos veinte minutos observando la casa. Una de las cosas en que se fijó fue que la puerta del garaje estaba cerrada. Y tal vez hubiera un magnífico Mercedes rojo descapotable en el garaje.

De modo que, una vez más, ¿de quién era el Porsche negro?

Con cuidado de permanecer oculto tras las gruesas ramas, se llevó a los ojos un par de binoculares alemanes. Entonces examinó despacio las ventanas de la casa que daban al este y al sur, una por una.

No parecía haber nadie en la cocina: no se veía luz tras sus ventanas, ni movimiento alguno.

Lo mismo en el salón, que se veía igualmente oscuro y desierto.

Pero alguien había en la casa, ¿no?

Les encontró al fin en un dormitorio que hacía esquina en el segundo piso. Probablemente, la suite principal.

Melinda, o Mel, Steiner estaba allí arriba.

Y un tipo rubio. De probablemente cuarenta y pocos años, cabía suponer que el propietario del Porsche.

«Demasiadas equivocaciones que calcular —pensó—. Una verdadera maraña de errores, y bien jodidos.»

Lo que podía calcular también era que su tarifa de setenta y cinco mil dólares por este trabajo acababa de duplicarse, porque nunca hacía dos por el precio de uno.

El Carnicero empezó a caminar hacia la casa de campo, en una mano la pistola, en la otra la caja de herramientas, y se sentía bastante contento con el trabajo, el día, la vida que llevaba.

# 108

Pocas cosas había en la vida mejores que la sensación de confiar en tu habilidad para hacer bien un trabajo. Michael Sullivan pensaba en lo cierto de esa afirmación al aproximarse a la casa.

Era consciente de la cantidad de terreno que rodeaba la casa blanca de estilo colonial, tres o cuatro acres de campos y bosques aislados. Vio al fondo una pista de tenis que parecía hecha de arcilla verde. Podía ser que fuera de Har-Tru, que al parecer era la favorita de los aficionados al tenis allá en Maryland.

Pero sobre todo estaba centrado en su trabajo, en la misión que debía cumplir, y en sus dos puntos fundamentales.

Matar a una mujer llamada Melinda Steiner... y a su amigo, que ya se había convertido en un estorbo.

No dejarse matar él. Nada de errores.

Abrió lentamente la puerta principal de madera de la casa, que no tenía echado el pestillo. La gente hacía eso mucho en el campo, ¿verdad? Error. Y estaba bastante seguro de que tampoco iba a encontrar mucha resistencia una vez arriba.

«Pero nunca se sabe, así que no vayas de sobrado, no te vuelvas descuidado, no te confíes más de la cuenta, Mikey.»

Recordó el fiasco de Venecia, en Italia, lo que había ocurrido allí. El desastre que fue, y lo poco que faltó para que lo pillaran. Ahora La Cosa Nostra andaría buscándolo por todas partes, y un día lo encontrarían.

Así que, ¿por qué no hoy? ¿Por qué no ahí mismo?

El contacto por el que le había llegado el trabajo era un viejo amigo, pero la Mafia podía haberse propuesto llegar hasta él fácilmente. Y luego tenderle una encerrona al Carnicero.

Pero no lo creía, la verdad.

Hoy no.

Se había encontrado la puerta principal sin atrancar. La habrían cerrado si fuera una trampa, sobre todo si querían que resultara convincente.

La pareja que había visto en el dormitorio actuaba con demasiada naturalidad, se la veía demasiado metida en situación, y no se creía que nadie, salvo quizás él mismo, fuera lo bastante fino como para montar una trampa de ese tipo tan meticulosamente. Los dos del piso de arriba estaban sacudiéndose los sesos y fluidos vitales a base de bien; de eso no le cabían muchas dudas.

Al subir por la escalera, iban llegando a sus oídos los gruñidos de placer con que acompañaban el polvo. El ruido de los muelles del colchón al contraerse y estirarse, el de la cabecera dando golpes contra la pared.

Claro que podía tratarse de una grabación.

Pero el Carnicero lo dudaba, y su instinto solía funcionar bien, muy bien. Hasta el momento, lo había mantenido con vida, y había supuesto la muerte para muchas otras personas.

# 109

Al llegar al segundo piso, el corazón le latía mucho más deprisa, los gemidos y el surtido de ruidos de la cama se oían más alto, y a él se le escapó una sonrisa sin querer.

Curiosamente, le había venido a la cabeza una escena de una película titulada *Entre copas,* con la que en su día se había partido de risa. El personaje más bajito, que básicamente era un borrachín, tenía que recuperar la cartera del otro gilipollas, y no tenía más remedio que colarse en un dormitorio en donde una pareja regordeta y de baja estofa copulaba como cerdos en celo en su pocilga. La escena era genial; desternillante y totalmente inesperada, además. Igual que iba a resultar esto. Para él, al menos.

De modo que dio la vuelta a una esquina y echó un ojo al interior de la habitación, y pensó: «Sorpresa, estáis los dos muertos.»

Tanto el hombre como la mujer estaban en muy buena forma. Atléticos, con buen tono muscular y culos bonitos y prietos. Una pareja muy sexy. Sonrientes los dos.

Daba la impresión de que se gustaban, y de que por eso estaban disfrutando. Quizás estuvieran enamorados.

Desde luego, parecían estar pasándolo fenomenal con el polvo, que era de los gimnásticos y sudorosos. El tío rubio la estaba metiendo hasta el fondo, y se diría que a Melinda ya le parecía bien así. Resultaba todo bastante excitante. Melinda llevaba puestos unos calcetines blancos largos hasta la rodilla, un detalle que a Sullivan le encantó. ¿Lo hacía por el tío o por ella misma?, se preguntó.

Después de mirarlos durante un minuto más o menos, se aclaró la garganta.

—Ejem, ejem. Orden en la polvera.

La pareja en celo se separó de un brinco, lo que no resultó fácil, dada la enrevesada posición en que se hallaban trabados un par de milisegundos antes.

—¡Caramba! ¡Sois la bomba! —dijo, y sonrió complaciente, como si estuviera allí de inspección de asuntos extraconyugales o algo así—. No veas cómo le dais. Estoy impresionado.

Lo cierto era que le gustaban los dos bastante, sobre todo la tal Mel. No había duda de que era muy atractiva para su edad. Bonito cuerpo, bonita cara; «muy dulce», pensó. Le gustaba incluso el hecho de que no se tapara y se quedara sosteniéndole la mirada, como diciendo: «¿Qué coño te crees que estás haciendo aquí? Ésta es mi casa, me acuesto con quien me da la gana, y no es asunto tuyo, quienquiera que seas. ¡Así que piérdete!»

—Eres Melinda Steiner, ¿correcto? —preguntó, apuntándole con la pistola, pero no de modo amenazador. ¿Qué sentido tenía amenazarlos, asustarlos más de lo estrictamente necesario? A éstos no se la tenía jurada. No eran de la Mafia. No la habían emprendido a tiros con él ni con su familia.

—Sí. Soy Melinda Steiner. Y tú, ¿quién eres? ¿Qué pintas aquí?

Era algo peleona, decididamente, pero no por ello un fastidio. Joder, era su casa, y tenía derecho a saber qué estaba haciendo él allí.

Se plantó dentro de la habitación en dos zancadas y...

¡Pop!

¡Pop!

¡Pop!

Alcanzó en la garganta y en la frente al rubio, que cayó de la cama al suelo, sobre la alfombra de estilo indio. Para que digan que si te mantienes en forma vives más tiempo.

Melinda se tapó la boca con ambas manos, y exclamó con voz entrecortada:

—¡Oh, Dios mío! —Pero no chilló, lo que significaba que aquello iba más que nada de sexo. Estaban follando, pero no estaban enamorados ni mucho menos. Viendo la cara de ella ahora mismo, Michael ni siquiera creía que a Melinda le gustara tanto el rubiales.

—Buena chica, Melinda. Estás pensando con la cabeza. No ha sentido nada de nada. Ningún dolor, te lo prometo.

—Era mi arquitecto —dijo ella, y añadió inmediatamente—: No sé por qué te lo digo.

—Porque estás nerviosa, eso es todo. ¿Cómo no ibas a estarlo? Probablemente ya has adivinado que he venido a matarte a ti, no a tu ex amante.

Estaba de pie a un metro de la mujer, y la apuntaba con la pistola más o menos al corazón. Parecía dominar bastante bien su pánico, sin embargo; lo tenía muy impresionado. A Sullivan le iban ese tipo de chicas. Tal vez debiera ser ella la jefa de la Mafia. Tal vez la propusiera para el cargo.

Decididamente, le gustaba, y de pronto le asaltó la

idea de que su marido no le gustaba demasiado. Se sentó en la cama con la pistola sobre ella; bueno, concretamente sobre su teta izquierda.

—La cosa está así, Mel. A mí me ha enviado a matarte tu marido. Me ha pagado setenta y cinco mil dólares —dijo—. Ahora mismo estoy improvisando, pero ¿tienes acceso a tu propio dinero? Tal vez podríamos negociar algún tipo de acuerdo. ¿Crees que es posible?

—Sí —dijo ella—. Lo es. —Eso fue todo.

Alcanzaron un acuerdo en cuestión de dos minutos, y su tarifa se cuadriplicó. Hay mucha gente loca por el mundo; se le pasó por la cabeza que no era de extrañar que *Mujeres desesperadas* tuviera tanto éxito.

# 110

Hacía años que Sampson y yo no íbamos a Massachusetts, desde que estuvimos cazando a un loco asesino llamado «señor Smith», en un caso que llevaba el nombre en clave de «El ratón y el gato». El señor Smith era probablemente el más astuto de cuantos psicópatas habíamos perseguido hasta el momento. Estuvo a punto de matarme a mí. De modo que no eran muy buenos los recuerdos que nos asaltaban yendo en el coche de Sampson desde el D.C. hasta las Berkshires.

De camino, paramos a disfrutar de una cena fabulosa y una tertulia desenfadada en el restaurante de mi primo Jimmy Parker, el Red Hat, en Irvington, Nueva York. Hummm, qué bueno. Por lo demás, era un viaje estrictamente de trabajo. Íbamos solos, sin ningún refuerzo. Yo seguía sin haber decidido lo que haría si encontraba al Carnicero. Si lo encontrábamos; si no había puesto ya tierra de por medio.

Estuvimos escuchando casetes viejos de Lauryn Hill y Erykah Badu y no hablamos mucho de Michael Sullivan, por lo menos hasta que llegamos al final de la autopista de Connecticut y cruzamos a Massachusetts.

—Así que, ¿a qué hemos venido, John? —dije, rompiendo al fin el hielo con el tema.

—A lo mismo de siempre, a perseguir al malo —replicó—. Nada ha cambiado, ¿no? El tío es un asesino, un violador. Tú eres el Matadragones. Yo te acompaño.

—Tú y yo solos, ¿no? ¿No hacemos una llamada a la policía local? ¿No metemos al FBI en esto? Habrás advertido que acabamos de cruzar una frontera estatal.

Sampson afirmó con la cabeza.

—Supongo que esta vez es algo personal. ¿Me equivoco al respecto? Además, el tío merece la muerte, si llegamos a eso, cosa que es posible. Y más bien probable.

—Es personal, es personal. Más personal que nunca. Esto lleva cociéndose mucho tiempo. Ha de acabarse ya. Pero...

—Nada de peros, Alex. Tenemos que pararle los pies.

Seguimos viajando en silencio unos cuantos kilómetros. Pero yo aún tenía que hablar un poco más del asunto con Sampson. Teníamos que establecer algún tipo de protocolo de actuación.

—No pienso ir directamente a cargármelo... si es que está aquí arriba. No soy un justiciero, John.

—Eso ya lo sé —dijo Sampson—. Te conozco, Alex, te conozco como el que más. Vamos a ver cómo va la cosa. A lo mejor ni siquiera está aquí.

Llegamos a la población de Florida, Massachusetts, sobre las dos de la tarde; directamente, fuimos a buscar la dirección en que esperábamos encontrar de una vez a Michael Sullivan. Yo sentía que la tensión iba creciendo dentro de mí.

Nos llevó media hora más localizar la casa, que estaba construida en la ladera de una montaña, sobre un río. Observamos el lugar, y no parecía que hubiera nadie dentro. ¿Le había ido alguien con el soplo a Sullivan otra vez?

Si había ocurrido tal cosa, ¿quién podía haberlo hecho? ¿El FBI? ¿Estaba el tío en protección de testigos después de todo? ¿Le cubría las espaldas el FBI? ¿Le habían avisado ellos de que a lo mejor íbamos a por él?

Entramos con el coche en el centro de la ciudad y comimos en un Denny's. Sampson y yo apenas dijimos palabra mientras despachábamos nuestros huevos con patatas, cosa inusual en nosotros.

—¿Estás bien? —preguntó él al fin, cuando nos hubieron traído los cafés.

—Estaré mejor si le cazamos. Pero esto tiene que acabarse. En eso llevas razón —admití.

—Pues adelante, vamos a ello.

Volvimos a la casa, y poco después de las cinco un monovolumen se metió por el camino de la residencia y aparcó justo delante del porche. ¿Era él? ¿El Carnicero, por fin? Del asiento de atrás salieron tres chavales; luego, una mujer guapa, morena, salió por la puerta del copiloto. Era evidente que los niños y ella se entendían bien. Se pusieron a hacer el bruto en el césped de delante; luego entraron en tropel en la casa.

Yo llevaba encima una foto de Caitlin Sullivan, pero no me hizo falta mirarla.

—Es ella, no hay duda —le dije a Sampson—. Esta vez estamos en el sitio correcto. Ésos son Caitlin y los hijos del Carnicero.

—Nos verá si nos quedamos aquí —dijo Sampson—. Esto no es *Cops*, y él no es ningún idiota pirado que vaya a dejarse coger.

—Sí, lo tengo en cuenta —dije yo.

# 111

Michael Sullivan no estaba ni tan siquiera cerca de la casa al oeste de Massachusetts. A las siete y media de aquella tarde, entraba a una mansión de diez habitaciones en Wellesley, un opulento barrio de las afueras de Boston.

Iba unos pasos por detrás de Melinda Steiner, que tenía unas piernas largas y un culito digno de mirarse. Melinda lo sabía, además. Y también sabía ser sutil y provocativa a la vez, en su justa medida, con su meneíto al caminar.

Había luz en una de las habitaciones que daban al amplio recibidor, que contaba con tres lámparas de araña en elegante sucesión, cortesía sin duda de Melinda o su interiorista.

—¡Cariño, ya estoy en casa! —exclamó Melinda al tiempo que dejaba caer con estrépito su bolsa de viaje en el suelo pulidísimo.

Su voz no delataba nada sospechoso. Ni alarma, ni advertencia, ni nervios, nada más que cordialidad conyugal.

«Es buena, la cabrona. —No pudo menos que pensar Sullivan—. Me alegro de no estar casado con ella.»

Nadie le devolvió el saludo desde el cuarto en que estaba encendida la televisión.

—¿Estás aquí? ¿Cariño? He vuelto del campo. ¿Jerry?

El hijoputa tenía que haberse quedado de piedra. «¡Cariño, estoy en casa! ¡Cariño, sigo viva!»

Un hombre de aspecto cansado en camisa de vestir de rayas finas, unos *boxers* y playeras azul eléctrico apareció en la puerta.

«Vaya... Él también es bastante buen actor. Como si no pasara nada de particular. Hasta este preciso instante en que ve al Carnicero caminando al paso detrás de su amada esposa, a quien acaba de intentar hacer asesinar en su casa de campo.»

—Hola. ¿Quién es éste, Mel? ¿Qué está pasando? —preguntó Jerry al ver a Sullivan de pie en el recibidor.

El Carnicero llevaba ya la pistola en la mano, y apuntaba con ella a la ropa interior del tío, a sus pelotas, pero luego la elevó hacia el corazón, si es que tenía de eso el hijo de puta insidioso. ¿Matar a su mujer? ¿Qué especie de mierda despiadada era ésa?

—Cambio de planes —dijo Sullivan—. ¿Qué quieres que te diga? Son cosas que pasan.

El marido, Jerry, levantó las manos sin que nadie se lo pidiera. También se estaba espabilando, en plan el que no corre vuela.

—¿De qué está hablando? ¿Qué es esto, Mel? ¿Qué hace este hombre en nuestra casa? ¿Quién coño es?

Una réplica clásica y una interpretación explosiva.

Ahora le tocaba a Melinda soltar su monólogo, y decidió responder a gritos.

—¡Es el tío que se supone que tenía que matarme, Jerry! ¡Has pagado por hacerme asesinar, miserable montón de mierda! Eres una escoria despreciable, y un cobarde además. Así que yo le he pagado más para que te mate a ti. Eso es lo que pasa, cariño. Supongo que podrías decir que es un asesino de quita y pon —dijo, y rió su propio chiste.

Fue la única: ni Jerry ni Sullivan se rieron. Lo cierto era que tenía su gracia, pero tampoco era de carcajada. O quizá lo había dicho con poca gracia, con un punto de excesiva aspereza, o había un poco más de verdad de la cuenta en él.

El marido retrocedió al cuarto de la tele de un salto y trató de cerrar la puerta, pero no hubo ni forcejeo.

El Carnicero estuvo rápido y metió un pie, con su bota de remaches, en el hueco, bloqueando la puerta. Luego aplicó el hombro y siguió a Jerry al interior de la habitación.

Jerry, el que le había contratado en primer lugar, era un tío alto, con barriga, con aspecto de ejecutivo o director financiero, y empezaba a quedarse calvo. La salita olía a su sudor y al humo de un cigarro que se consumía en un cenicero junto al sofá. Sobre la alfombra había un *putter* de dos agujeros y un par de bolas de golf. Muy viril, el tío este que había pagado para hacer matar a su esposa y estaba ahora practicando el *putt* para demostrar que no le podían los nervios.

—¡Te pagaré más de lo que pueda pagarte ella! —chilló Jerry—. ¡Te doy el doble de lo que te haya pagado esa puta! ¡Lo juro por Dios! Ahí tengo el dinero. Es tuyo.

«Caramba... Esto se pone mejor por momentos», pensó Sullivan. Le daba un significado nuevo a concursos como *Jeopardy!* o *¿Hay trato?*

—¡Capullo de mierda!    le gritó Melinda a su marido desde la puerta. Luego entró corriendo y le dio un puñetazo en las costillas. A Sullivan le seguía pareciendo una mujer magnífica en muchos aspectos, aunque en otros no tanto.

Volvió a mirar al marido. Luego miró a Melinda. Una pareja interesante, eso estaba claro.

—Estoy de acuerdo con Melinda —dijo el Carnicero—. Pero Jerry se ha anotado un tanto, Mel. Tal vez deberíamos organizar una pequeña subasta aquí mismo. ¿Qué os parece? Vamos a hablarlo como adultos. Se acabó lo de pegarse o insultarse.

# 112

Dos horas más tarde, la subasta había acabado, y Michael Sullivan iba conduciendo su Lexus por la autopista de peaje de Massachusetts. El coche marchaba razonablemente bien, suave como el culito de un bebé, o quizás era sólo que se sentía bien.

Quedaban un par de detalles por aclarar, pero el trabajo estaba hecho. Le había reportado 350.000, abonados en su integridad en una cuenta del Union Bank en Suiza. A decir verdad, hacía tiempo que no sentía tanta seguridad económica, aunque probablemente había quemado a su contacto de Boston con el trabajo. Puede que tuviera que volver a trasladar a la familia, también. O tal vez era el momento de romper amarras y largarse por su cuenta, una idea que le rondaba bastante la cabeza últimamente.

Probablemente, había valido la pena: trescientos cincuenta de los grandes por un día de trabajo. Jerry Steiner había sido el mejor postor, pero al final se había cargado a ese hijoputa odioso igualmente. Lo de Melinda era distinto. Le gustaba, no quería hacerle daño, pero ¿qué otra elección tenía? ¿Dejarla suelta para que hablase? Así que lo hizo de modo que no le doliera: un tiro en la nuca de

Mel. Luego un par de fotos para guardar el recuerdo de su bonita cara en su colección.

El caso es que iba cantando una balada de los Rolling que siempre le había encantado, *Wild Horses*, cuando tomó una curva de la carretera. Allí estaba su casa de la colina, en el mismo sitio en que la había dejado.

Y... ¿qué coño pasaba?

¿Error?

Pero ¿error de quién?

Apagó las luces del coche al llegar a la siguiente y suave curva de la carretera. Luego se metió por un camino cortado, desde el que dominaba mejor su casa y el terreno.

Joder, últimamente no le daban tregua. No conseguía dejar atrás su pasado por más lejos que se fuera.

Los había visto a la primera, en un coche azul oscuro, tal vez un Dodge, con el morro apuntando a la casa como una pistola. Dentro había dos hombres, por lo que alcanzaba a distinguir. Esperándolo a él, eso podía darse por seguro.

Error.

¡De ellos!

Pero ¿quién coño eran esos dos tíos a los que tenía que matar ahora?

## 113

Bueno, no tenía mayor importancia. Eran dos muertos; muertos por nada, muertos por ser unos putos negados para su trabajo. Muertos que estaban vigilando su casa, que habían venido a matarles a él y a su familia.

Sullivan llevaba en el maletero del coche un Winchester de tres años de antigüedad que mantenía limpio, aceitado y listo para el uso.

Abrió el maletero, sacó el rifle. Luego lo cargó con balas de punta hueca.

No llegaba a reunir las condiciones de un francotirador del ejército, pero este tipo de emboscada se le daba bastante bien.

Se apostó en el bosque, entre un par de árboles altos de hoja perenne, bien frondosos, que le brindaban una pantalla de protección adicional. Luego echó un vistazo por la mirilla de infrarrojos. Era de visor de diana, que él prefería al de puntero. De hecho, había sido Jimmy Sombreros quien le había enseñado a tirar de lejos. Jimmy había recibido entrenamiento en Fort Bragg, en Carolina del Norte, antes de que lo expulsaran del ejército.

Situó la diana justo en la cabeza del conductor, y acarició el gatillo con el dedo. Aquello iba a resultar fácil, no iba a tener ningún problema.

Entonces desplazó el objetivo hacia la cabeza del tío sentado en el asiento del copiloto. Fueran quienes fueran esos dos, no iban a salir vivos de allí.

En cuanto los liquidara, iba a tener que coger a la familia y poner tierra por medio de nuevo. Y romper con cualquier contacto del pasado. Ése debía de haber sido el error... Haberse mantenido en contacto con alguien de su vida pasada. Tal vez con la familia de Caitlin, en Nueva Jersey. Probablemente, alguien había localizado una llamada telefónica. Se apostaría cualquier cosa a que había sido eso.

Error, error, error.

Y Caitlin no iba a dejar de cometerlos, ¿no? Lo que significaba que tendría que eliminar a Caitlin. Prefería no pararse a pensar mucho en ello, pero Caitlin estaba condenada también. A menos que se largara él solo, por su cuenta.

Muchas decisiones que tomar. Y muy poco tiempo para pensárselas.

Volvió a situar el punto de mira sobre la cabeza del conductor. Estaba listo para hacer dos disparos, y los dos hombres del coche ya estaban muertos. Sólo que todavía no lo sabían. Expulsó el aire de sus pulmones lentamente, hasta que su cuerpo estuvo relajado e inmóvil, y listo para hacer aquello.

Tomó conciencia de su ritmo cardiaco: lento, regular, seguro; lento, regular, seguro.

Entonces apretó el gatillo... y oyó un satisfactorio y penetrante chasquido resonar en la noche.

Al cabo de un instante, apretó el gatillo del rifle por segunda vez.

Luego, una tercera, y una cuarta.

Suficiente.

Se había cargado a esos tipos, y tenía que ahuecar el ala, y volando. Con Caitlin y los críos, o sin ellos.

Pero primero tenía que saber a quién acababa de matar, y tal vez sacar alguna foto de los finados.

# 114

Sampson y yo observamos al Carnicero acercarse al coche. Se movía con mucho sigilo, pero quizá no era tan bueno como él creía. Se plantó allí en un santiamén y se agachó en posición de tiro, preparado para hacer frente a una posible resistencia.

Estaba a punto de descubrir que había abatido un montón de ropa y cojines comprados en el Wal-Mart del pueblo. Sampson y yo estábamos agazapados en el bosque, a menos de treinta pasos, detrás del coche contra el que acababa de atentar. De modo que, ¿a quién se le daba mejor el juego? ¿Al Carnicero o a nosotros?

—A partir de ahora, Alex, lo que tú digas —susurró Sampson entre dientes.

—No lo mates, John —dije yo, y toqué a Sampson en el brazo—. Salvo que no nos quede más remedio. Basta con reducirlo.

—Lo que tú digas —repitió Sampson.

Entonces todo se salió un poco de quicio, por decirlo suavemente.

De pronto, el Carnicero se dio la vuelta... ¡pero no hacia nosotros! ¡En dirección contraria!

¿A qué venía eso? ¿Qué coño estaba pasando?

Sullivan miraba hacia la espesura del bosque por el lado este... no hacia el lugar por donde salíamos nosotros. En aquel momento no nos prestaba la menor atención.

Hizo dos disparos rápidos... y oí que alguien se dolía a lo lejos.

Un hombre vestido de negro surgió por un instante; luego se desplomó en el suelo. ¿Quién era? Entonces cinco hombres más salieron a la carrera del bosque en dirección norte. Llevaban pistolas y metralletas ligeras; pude distinguir una Uzi, al menos.

¿Quiénes eran estos tíos?

Como respondiendo a mi pregunta, uno de ellos gritó:

—¡FBI! ¡Tire su arma! ¡FBI!

No me lo tragué.

—¡La Mafia! —le dije a Sampson.

—¿Estás seguro?

—Sí.

Entonces, todo el mundo se lió a tiros con todo el mundo, como si estuviéramos en las calles de Bagdad y no perdidos en el Massachusetts rural.

# 115

Los matones de la Mafia, si es que lo eran, nos dispa-
raban también a nosotros. Sampson y yo respondimos al
fuego. Y lo mismo hizo el Carnicero.

Yo le di a un tío con cazadora de cuero; el que llevaba
la Uzi, mi primer objetivo.

El pistolero giró sobre sí mismo y cayó a tierra, pero
luego levantó la Uzi para volver a disparar. Un tiro le acertó de lleno en el pecho, y la fuerza del impacto lo tumbó
de espaldas. Pero no había sido yo quien le había disparado. ¿Sampson, tal vez?

¿O le había dado Sullivan?

La oscuridad ponía en serio peligro a todo el mundo.
Las balas pasaban silbando por todas partes, proyectiles
de plomo que se clavaban en los árboles y rebotaban en
las rocas. Aquello era el caos, la de Dios es Cristo, una locura que ponía los pelos de punta y desafiaba a la muerte
a campo abierto y a ciegas.

Los sicarios de la Mafia se abrieron en abanico, tratando de ampliar la separación entre ellos, lo que a nosotros nos crearía aún más problemas.

Sullivan se había echado a correr hacia su izquierda

buscando la protección de los árboles y las sombras. Sampson y yo intentábamos ocultarnos como podíamos tras los árboles delgados.

Me temía que fuéramos a morir allí; parecía más que posible. Se estaban disparando muchos tiros en un área demasiado reducida. Aquello era una zona de peligro mortal. Era como estar bien armado pero ante un pelotón de fusilamiento.

Uno de los sicarios de la Mafia vació el cargador de su metralleta sobre el Carnicero. Yo no estaba muy seguro, pero no creía que le hubiera acertado.

Y así era, porque Sullivan se incorporó súbitamente y disparó al mafioso mientras retrocedía a toda prisa hacia la seguridad del bosque. El que había disparado dejó escapar un grito y luego quedó en silencio. Calculé que habían caído de momento tres de los soldados de la Mafia. Sampson y yo estábamos ilesos, pero no éramos objetivos principales.

Y luego, ¿qué? ¿Quién tomaría la iniciativa a continuación? ¿Sullivan? ¿John o yo?

Entonces sucedió algo extraño: oí una voz de niño. Una vocecita que exclamó:

—¡Papá! ¡Papá! ¿Dónde estás, papá?

# 116

Volví el cuello bruscamente para mirar hacia la casa de la colina. Vi a dos de los chicos de Sullivan, que bajaban corriendo por las escaleras de la entrada. Iban en pijama y con los pies descalzos.

—¡Volved atrás! —les chilló Sullivan—. ¡Vosotros dos, entrad en casa! ¡Adentro!

Entonces Caitlin Sullivan salió corriendo de la casa en albornoz, tratando de retener a su hijo pequeño hasta que lo cogió en brazos. Se desgañitaba gritándoles a los otros dos chicos para que volvieran adentro.

Entre tanto, continuaba la ensalada de tiros, explosiones estruendosas que resonaban en la noche. Fogonazos de luz iluminaban los árboles, las rocas, los cuerpos caídos sobre la hierba.

Sullivan seguía gritando:

—¡Volved a la casa! ¡Volved! ¡Caitlin, hazles entrar!

Los chicos no hacían caso; seguían avanzando por el césped en dirección a su padre.

Uno de los sicarios volvió su arma hacia las figuras que corrían; le disparé y le acerté en un lado del cuello. Se retorció, cayó, y allí se quedó. Pensé: «Acabo de salvarles la vida a los hijos de Sullivan.» ¿Qué significaba eso? ¿Que estábamos en paz por la vez que vino a mi casa y no mató a nadie? ¿Se suponía que ahora debía disparar yo a Caitlin Sullivan en represalia por Maria?

Nada parecía tener mucho sentido para mí en aquel césped oscuro y teñido de sangre.

Otro sicario retrocedió corriendo en zigzag hasta llegar al bosque. Entonces se tiró de cabeza en la maleza. Un último sicario se alzó en campo abierto. Sullivan y él se encararon y se dispararon el uno al otro. El soldado giró de pronto sobre sí mismo y se fue al suelo, con la sangre brotándole a borbotones de una herida abierta en la cara. Sullivan quedó en pie.

Se volvió hacia donde estábamos Sampson y yo.

# 117

Un *impasse*... momentáneo, por lo menos. ¿Un par de segundos? Y luego, ¿qué?

Me di cuenta de que el coche de Sampson ya no hacía de escudo entre Sullivan y nosotros. Sus hijos habían dejado de correr hacia él. Caitlin Sullivan rodeaba con sus brazos a los dos pequeños. El chico mayor estaba de pie a su lado, con aire protector, muy parecido a su padre. Recé por que el muchacho no se metiera ahora en esto.

—Soy Alex Cross —le dije a Sullivan—. Estuviste en mi casa una vez. Después mataste a mi mujer. En el noventa y tres, en Washington D.C.

—Sé quién eres —exclamó Sullivan en respuesta—. Yo no maté a tu mujer. Sé a quién he matado.

Entonces el Carnicero echó a correr a la desesperada hacia el bosque. Le apunté en mitad de la espalda; lo tenía... Pero no apreté el gatillo. No fui capaz.

No por la espalda. No con su mujer y sus hijos presentes, de ninguna manera.

—¡Papá! —gritó uno de los chicos en cuanto Sampson y yo salimos a perseguir a su padre—. ¡No pares! ¡No pares!

—Es un asesino, Alex —dijo Sampson mientras corríamos por aquel terreno irregular, cubierto de hierba alta, piedras salientes y raíces de árboles—. Tenemos que pararle los pies. Lo sabes muy bien. No tengas piedad del diablo.

No me hacía falta que me lo recordaran; no pensaba bajar la guardia.

Pero no había aprovechado la ocasión cuando lo tuve a tiro. Había dejado pasar la oportunidad de cargarme a Michael Sullivan.

En el bosque reinaba la oscuridad, pero la luz de la luna era suficiente para distinguir siluetas y algún que otro detalle. Tal vez pudiéramos ver a Sullivan, aunque él también nos vería a nosotros.

Seguíamos en un *impasse*. Pero uno de nosotros iba a morir esta noche. Lo sabía, y esperaba que no fuera yo. Pero todo aquello tenía que acabar de una vez. Había tenido que pasar mucho tiempo para llegar a esto.

Me preguntaba hacia dónde corría él; si tenía un plan de fuga, o si nos tenía preparada una emboscada.

No habíamos visto a Sullivan desde que había alcanzado la zona arbolada. Tal vez era rápido, o podía haber dado un quiebro y salido en otra dirección. ¿Conocería bien el terreno?

¿Estaba observándonos ahora mismo? ¿Disponiéndose a disparar? ¿A abalanzarse sobre nosotros desde detrás de un árbol?

Por fin, detecté movimiento: alguien que corría a gran velocidad por delante de nosotros. ¡Tenía que ser Sullivan! A menos que se tratara del mafioso que quedaba.

Fuera quien fuese, no lo tenía a tiro. Demasiados troncos y ramas de árboles por medio.

Mi respiración era entrecortada y ronca. No estaba

bajo de forma, así que debía de ser por la tensión de los acontecimientos. Estaba persiguiendo al hijo de puta que había matado a Maria. Hacía más de diez años que lo odiaba, y había deseado que llegara este día con toda mi alma. Hasta había rezado para que llegara.

Pero no había disparado cuando tuve ocasión.

—¿Dónde está? —Sampson estaba a mi lado. Ninguno de los dos veíamos al Carnicero. Y tampoco le oíamos ya correr.

Entonces oí el rugido de un motor... ¡En el bosque! ¿Un motor? ¿Qué tipo de motor?

De pronto brillaron unas luces largas: dos ojos resplandecientes enfocados directamente a nosotros.

Un coche se aproximaba a toda velocidad, con Sullivan o quien fuera agachado al volante, por una senda que el conductor conocía bien.

—¡Dispara! —chilló Sampson—. ¡Dispara, Alex!

## 118

Sullivan había escondido un coche en el bosque, probablemente en previsión de una huida de emergencia como ésta. Permanecí plantado en el sitio y encajé uno, dos, tres tiros en el lado del conductor del parabrisas.

¡Pero el Carnicero seguía acercándose!

El coche era un sedán oscuro. De pronto, aminoró la marcha. ¿Le habría dado?

Corrí hacia él, tropecé con una roca, solté una maldición. No pensaba en qué hacer o qué no hacer, sólo en que aquello tenía que acabar. Entonces vi a Sullivan incorporarse en el interior del coche... y él me vio ir a por él. Me pareció que una sonrisa torva asomaba a sus labios mientras levantaba su pistola. Me agaché en el momento en que me disparaba. Volvió a disparar, pero yo estaba unos centímetros por debajo de su campo de visión.

El coche se puso en marcha de nuevo, con el motor todo revolucionado. Dejé que pasara a mi lado; entonces me encaramé al maletero. Me agarré a los laterales y me sujeté fuerte, con la cara pegada al frío metal.

—¡Alex! —oí que gritaba Sampson tras de mí—. ¡Bájate!

No pensaba hacerlo; no podía.

Sullivan aceleró, pero había demasiados árboles y piedras para que pudiera ir muy rápido. El coche chocó con una roca y dio un tumbo; los dos neumáticos delanteros se separaron del suelo. Yo casi salí despedido de la parte de atrás, pero me las apañé para no soltarme.

Entonces Sullivan frenó. ¡Bruscamente! Alcé la vista.

Él se giró en el asiento del conductor. Durante una fracción de segundo, nos miramos los dos, a no más de metro y medio uno de otro. Él tenía un lado de la cara manchado de sangre. Le habían dado, tal vez uno de mis tiros por el parabrisas.

Levantó de nuevo su pistola, y disparó al tiempo que yo saltaba de la parte de atrás del coche. Aterricé en el suelo duro y seguí rodando.

Me incorporé como pude sobre las rodillas. Apunté al coche con mi arma.

Disparé dos veces a la ventanilla. Gritaba a Sullivan, al Carnicero, a quien coño fuera. Lo quería muerto, y quería ser yo quien se encargase.

«Esto se ha de acabar.

»Aquí mismo, ahora mismo.

»Alguien muere.

»Alguien vive.»

# 119

Volví a disparar al monstruo que había matado a mi mujer y a tantos otros, por lo general de formas impensables, con mazos de carnicero, sierras, cuchillos de trinchar. «Michael *el Carnicero* Sullivan, muere. Muérete ya, hijo de puta. Si alguien merece la muerte en este mundo, ése eres tú.»

De pronto salió del coche, con dificultad.

¿Qué estaba pasando? ¿Qué hacía?

Comenzó a caminar renqueando hacia su mujer y sus tres hijos. La sangre le corría por la camisa, calándosela, chorreándole por los pantalones y hasta los zapatos. Luego Sullivan cayó de rodillas sobre el césped junto a su familia. Les atrajo hacia sí y los abrazó.

Sampson y yo nos acercamos al trote, desconcertados ante lo que estaba ocurriendo, sin saber muy bien qué hacer a continuación.

Veía hilos de sangre en los chicos, y Caitlin Sullivan los tenía por todas partes. Era la sangre de su padre, del Carnicero. Al aproximarme más, vi que parecía aturdido, como a punto de desmayarse, o quizá de morir. Entonces me habló:

—Caitlin es una buena persona. No sabe a qué me dedico, todavía no lo sabe. Y éstos son buenos chicos. Llévatelos lejos de aquí, lejos de la Mafia.

Yo seguía queriendo matarlo, y temía que fuera a escapar con vida, pero bajé la pistola. No podía apuntar a su mujer y a sus críos. Sullivan se echó a reír, y súbitamente levantó la pistola hasta la cabeza de su mujer. La hizo levantarse de un tirón.

—Deja la pistola o la mato, Cross. En un visto y no visto. La mataré. Incluso a los niños. No me supone ningún problema. Ése soy yo.

La expresión del rostro de Caitlin Sullivan no era tanto de sorpresa o conmoción como de una inmensa tristeza y decepción por este hombre al que probablemente amaba, o había amado en algún momento, cuando menos. El más pequeño de los chicos estaba chillándole a su padre, y era algo que partía el corazón.

—¡No, papá, no! ¡No hagas daño a mamá! ¡Papá, por favor!

—¡Tirad las armas! —gritó Sullivan.

¿Qué podía hacer yo? No tenía elección. No cabía otra en mi cabeza, ni en mi universo ético. Solté mi Glock.

Y Sullivan hizo una reverencia.

Luego en su pistola estalló un disparo.

Sentí un fuerte impacto en el pecho, que casi me elevó del suelo. Durante un segundo quizá, me sostuve de puntillas. ¿Bailando? ¿Levitando? ¿Muriendo?

Oí una segunda explosión... y después ya no sentí gran cosa. Sabía que iba a morir, que no volvería a ver a mi familia, y que nadie más que yo tenía la culpa.

Me lo habían advertido muchas veces. Sólo que no escuchaba.

Se acabó el Matadragones.

# 120

Me equivocaba. No morí aquella noche fuera de la casa del Carnicero, aunque tampoco es que pueda decir que esquivé una bala más.

Estuve bastante grave, y pasé todo el mes siguiente en el Hospital General de Massachusetts, en Boston. Michael Sullivan pudo hacer su reverencia, pero luego Sampson le metió dos tiros en el pecho. Murió allí mismo, en la casa. No lo lamento. No siento ninguna compasión por el Carnicero. Lo que probablemente significa que no he cambiado tanto como quería, o por lo menos que sigo siendo el Matadragones.

Últimamente, casi todas las mañanas, después de pasar visita a algunos pacientes, tengo yo mismo una sesión con Adele Finaly. Me sabe manejar todo lo que me dejo. Un día, le cuento lo del tiroteo final en la casa de Sullivan, y que quería la satisfacción de la venganza, y de obtener justicia, pero que no la obtuve. Adele dice que lo entiende, pero que no siente ninguna simpatía, ni por Sullivan ni tampoco por mí. Ambos comprendemos las evidentes conexiones que hay entre Sullivan y yo. Y uno de nosotros va y muere delante de su familia.

—Me dijo que él no había matado a Maria —le cuento a Adele durante la sesión.

—¿Y qué, Alex? Sabes que era un mentiroso. Un psicópata. Asesino. Sádico. Una mierda pinchada en un palo.

—Sí, todo eso y más. Pero me parece que le creo. Sí, le creo. Sólo que aún no entiendo lo que eso significa. Otro misterio que resolver.

En otra sesión, hablamos de un viaje por carretera que hice a Wake Forest, en Carolina del Norte, que cae al norte de Raleigh. Me llevé el R350 nuevo, el coche familiar, el vehículo *crossover*. Me fui hasta allí para visitar a Kayla Coles, para hablar con ella, para perderme en sus ojos mientras me hablaba ella. Kayla estaba estupenda, tanto mental como físicamente, y decía que le gustaba la vida que llevaba allí aún más de lo que esperaba. Me dijo que se iba a quedar en Raleigh.

«Hay mucha gente necesitada de ayuda aquí en Carolina del Norte, Alex —me dijo Kayla—. Y hay más calidad de vida que en Washington, para mí al menos. Quédate por aquí una temporada y compruébalo.»

—¿Estaba Kayla haciéndote una invitación? —preguntó Adele tras producirse un silencio entre nosotros.

—Podría ser. Una invitación que ella sabía que yo rechazaría.

—¿Y por qué?

—¿Por qué? Porque... soy Alex Cross —dije.

—Y eso no va a cambiar, ¿no? Te lo pregunto, sólo. No como terapeuta, Alex, como amiga tuya.

—No sé si puede cambiar. Hay cosas en mi vida que quiero cambiar. Por eso estoy aquí. Además de porque es un placer charlar contigo. Vale, la respuesta es no, no voy a cambiar hasta ese punto.

—Porque eres Alex Cross.

—Sí.

—Muy bien —dijo Adele—. Es un comienzo. Y, Alex...

—¿Sí?

—Yo también disfruto charlando contigo. Eres único.

# 121

Otro misterio que resolver.

Una noche de primavera, Sampson y yo íbamos caminando por la calle Cinco, dándonos una vuelta, sin más. A gusto, como siempre hemos estado el uno con el otro. Teníamos un par de cervezas en sus bolsas de papel marrones. Sampson llevaba unas gafas de sol Wayfarer y un viejo sombrero Kangol que no había visto en su cabezón en años.

Pasamos junto a unas casas de madera viejas que llevan allí desde que éramos críos y no habían cambiado apenas, pese a que gran parte del D.C. ha cambiado una barbaridad, para bien y para mal, y a veces ni para una cosa ni la otra.

—Me tuviste preocupado mientras estabas allí arriba, en aquel hospital —dijo.

—Yo también me tenía preocupado —acepté—. Se me estaba empezando a pegar el acento de Massachusetts. Con todas esas aes tan abiertas. Y me estaba volviendo políticamente correcto.

—Hay algo de lo que tengo que hablarte. Hace tiempo que me ronda la cabeza —indicó Sampson.

—Te escucho. Hace una noche estupenda para charlar.

—Es que no sé muy bien por dónde empezar, no es fácil. Es algo que ocurrió... puede que dos o tres meses después de que mataran a Maria —continuó Sampson—. ¿Te acuerdas de un tío del barrio que se llamaba Clyde Wills?

—Me acuerdo de Wills muy bien. Un camello ambicioso, con aspiraciones. Hasta que se lo cargaron y tiraron su cadáver al contenedor de basura de detrás de un Popeye's Chicken, si no recuerdo mal.

—Recuerdas bien. Wills era confidente de Rakeem Powell, cuando Rakeem estaba de detective en la 103.

—Ya. No me sorprende que Wills hiciera doble juego. ¿Adónde nos lleva todo esto?

—Eso es lo que te voy a contar, bombón. Es lo que intento hacer. Clyde Wills se enteró de algunas cosas sobre Maria... como quién pudo haberla matado —prosiguió Sampson.

Yo no dije nada, pero un escalofrío recorrió mi espalda. Seguí caminando, con un leve temblor en las piernas.

—¿No fue Michael Sullivan? —pregunté—. ¿Nos dijo la verdad?

—Tenía un socio por aquel entonces —dijo Sampson—. Un tipo duro del barrio de Brooklyn en que se crió, llamado James *Sombreros* Galati. Fue Galati el que disparó a Maria. Sullivan no estaba allí. Puede que se lo encargara él a Galati. O quizá Galati te estuviera apuntando a ti.

No dije nada. En honor a la verdad, no podía. Además, quería dejar a Sampson terminar con lo que había venido a hacer. Él mantenía la mirada al frente mientras iba caminando y hablando. Sin volverla hacia mí en ningún momento.

—Rakeem y yo investigamos un poco. Nos llevó unas semanas, Alex. Estuvimos trabajando en el caso la mar de bien. Incluso fuimos a Brooklyn. Pero no pudimos conseguir ninguna prueba de peso contra Galati. Sabíamos que lo había hecho él, no obstante. Comentó el trabajo a algunos amigos en Nueva York. A Galati lo habían entrenado para francotirador en el ejército, allí en Fort Bragg.

—Fue entonces cuando conociste a Anthony Mullino, ¿no? ¿Por eso le sonaba tu cara? —pregunté.

Sampson asintió.

—Así que ahí va el asunto, esto es con lo que cargo desde entonces. Decírtelo ahora se me hace muy difícil. Nos cargamos a ese capullo, Alex. Rakeem y yo matamos a Jimmy Galati en Brooklyn, una noche. He sido incapaz de decírtelo nunca, hasta ahora mismo. Lo intenté en su día. Quería hacerlo cuando nos pusimos a buscar a Sullivan de nuevo. Pero no pude.

—Sullivan era un asesino, y de la peor calaña —dije—. Había que cazarlo a toda costa.

Sampson no dijo nada más, y yo tampoco. Caminamos un rato más; luego él se fue por su cuenta, supongo que camino de su casa, por las mismas calles en que habíamos crecido juntos. Se había ocupado del asesino de Maria por mí. Había hecho lo que le pareció correcto, pero sabía que yo no podría vivir sabiéndolo. Así que nunca me lo contó, ni siquiera cuando andábamos tras los pasos de Sullivan.

Esta última parte no la acabé de entender, pero nunca llega uno a comprenderlo todo. Tal vez le preguntara a John por el asunto en otra ocasión.

Aquella noche, en casa, no conseguía dormir, ni tampoco pensar con claridad. Al final, fui y me acurruqué junto a Ali otra vez. Dormía como un ángel, libre de toda preocupación.

Me quedé ahí tendido, pensando en lo que Sampson me había contado y en lo mucho que lo quería, a pesar de lo que había pasado. Luego pensé en Maria y en lo mucho que la había querido a ella.

—Me ayudaste tanto —susurré a mi recuerdo de ella—. Tú me quitabas el peso de encima. Me enseñaste a creer en el amor, en que existe tal cosa, por más difícil de alcanzar que sea. Así que ayúdame ahora, Maria... Necesito pasar página, dulzura. Sabes a qué me refiero. Necesito pasar página para empezar a vivir otra vez.

De pronto, oí una voz en la oscuridad, y me sobresaltó, porque estaba perdido en mis pensamientos, muy lejos del presente.

—Papi, ¿estás bien?

Estreché suavemente a Ali contra mi pecho.

—Ahora estoy bien. Claro que sí. Gracias por preguntar. Te quiero, coleguita.

—Te quiero, papi. Soy tu hombrecito —dijo él.

Sí. Y eso es lo que hay.

EPÍLOGO

UNA FIESTA DE CUMPLEAÑOS

# 122

Y así es cómo empieza mi nueva vida, o quizás es sólo cómo continúa de historia en historia. Hoy básicamente es un día estupendo y alegre, porque es el cumpleaños de Yaya, aunque se niega a decir cuál, y hasta de qué década estamos hablando.

Yo habría pensado que estaría en una fase en que le daría por empezar a presumir de longevidad, pero no es el caso.

De cualquier modo, es su noche, desde luego, su semana de cumpleaños, que dice ella, y puede hacer lo que le dé la gana. «Igual que cualquier otro día del año», me digo para mis adentros; pero me lo callo.

Es la voluntad de su alteza que «los chicos» preparen la cena, de modo que Damon, Ali y yo vamos en el coche familiar al mercado y damos uso a parte de los dos metros cúbicos y medio de espacio de carga. Luego nos pasamos la mayor parte de la tarde preparando dos tipos de pollo frito, galletas, mazorcas de maíz, judías con mantequilla, gelatina de tomate.

Se sirve la cena a las siete, e incluye un buen burdeos, con un sorbito para los chicos y todo.

—¡Feliz centenario! —digo, y alzo mi copa.

—Yo también quiero proponer algunos brindis —dice Yaya, y se pone en pie—. Os veo alrededor de esta mesa, y tengo que decir que quiero a nuestra familia más que nunca, y me siento orgullosa y feliz de formar parte de ella. Sobre todo teniendo en cuenta mi edad. Sea la que sea, que no son cien años, en cualquier caso.

—¡Bien dicho! —asentimos todos, y aplaudimos como esos monitos de lata que tocan los platillos.

—Brindo por Ali, que ya lee libros él solito, y sabe atarse los cordones de los zapatos como un campeón —prosigue Yaya.

—¡Por Ali! ¡Por Ali! —coreo yo—. ¡Bravo por atarse esos cordones!

—Damon tiene tantas opciones maravillosas a elegir para su futuro... Canta divinamente, es muy buen estudiante... cuando se aplica. Te quiero, Damon.

—Y yo a ti, Yaya. Pero se te ha olvidado la NBA —dice Damon.

—No me he olvidado de la Asociación Nacional de Baloncesto —dice Yaya, asintiendo con la cabeza—. No vas muy bien de la mano izquierda. Tendrás que trabajarla como un poseso si quieres jugar a un cierto nivel.

Luego continúa:

—Janelle también es una estudiante excelente, y no lo hace por su padre ni por mí; lo hace ella sola, por sí misma. Me enorgullece decir que Janelle gobierna a Janelle.

Entonces Yaya se sienta, y todos nos quedamos un poco sorprendidos, pero sobre todo yo, ya que no he merecido ni una triste mención. Ni siquiera era consciente de que me tuviera castigado hasta este momento.

Entonces se vuelve a levantar con una sonrisa ladina de oreja a oreja en su carita angulosa.

—Ah, casi se me olvida alguien. Alex es quien ha cambiado más profundamente en este año, y todos sabemos lo que le cuesta cambiar a este hombre. Vuelve a tener su propia consulta y se entrega a los demás. Además, trabaja en la cocina del San Antonio, aunque cuesta Dios y ayuda que se meta en mi cocina.

—¿Quién ha hecho esta cena?

—Los chicos han hecho un trabajo magnífico, todos vosotros. Estoy orgullosísima de nuestra familia, y ya sé que me repito. Alex, estoy muy orgullosa de ti. Eres un enigma. Pero me das muchas alegrías. Siempre lo has hecho. Que Dios bendiga a los Cross.

—¡Que Dios bendiga a los Cross! —repetimos juntos.

Más avanzada la noche, acuesto a Ali, como suelo hacer, y me quedo con él en la cama unos minutos más. El chico ha tenido un día muy agitado, y cae redondo.

Entonces suena el teléfono como una alarma, y me levanto de un brinco y corro al salón. Lo cojo y dejo temblando la inestable mesita.

—Residencia familiar de los Cross —respondo, embargado por el espíritu del día.

—Ha habido un asesinato —oigo, y se me encoge el estómago.

Dejo pasar un instante antes de decir nada.

—¿Y por qué me llama a mí? —pregunto.

—Porque usted es el doctor Cross, y yo soy el asesino.

# Índice

# OTROS TÍTULOS
# DEL AUTOR

# LOS PUENTES DE LONDRES

A plena luz de día, en una zona desértica de los Estados Unidos, unos soldados evacuan la totalidad de la población de Sunrise Valley (Nevada). Minutos más tarde, una bomba explota arrasando por completo la zona.

Alex Cross recibe poco después una llamada: un hombre acaba de responsabilizarse de la explosión en Nevada. Se trata de El Lobo, considerado como uno de los criminales más peligrosos del mundo; su confesión parece sincera, poniendo en alerta no sólo a Cross, sino a todo el FBI.

Mientras tanto, varias ciudades del mundo —entre las que se cuentan Nueva York, Londres y París— reciben serias amenazas terroristas. Todo indica que El Lobo se encuentra una vez más implicado en las mismas y lo que es peor, parece que no actúa solo. A las amenazas se añade un terrible factor: los líderes mundiales tienen únicamente cuatro días como plazo para evitar el cataclismo. Alex Cross —conocedor de primera mano de la trayectoria de El Lobo— es asignado como uno de los principales encargados de la investigación. Ayudado por las fuerzas de Scotland Yard y la Interpol, Cross deberá sortear todo tipo de amenazas y peligros, descartar pistas falsas, así como coordinar el trabajo de numerosos agentes extranjeros, para llegar al corazón del conflicto.

# EL LOBO DE SIBERIA

Alex Cross, que ha abandonado el cuerpo de policía de Washington para convertirse en agente del FBI, se enfrenta a uno de los casos más complejos de su carrera. En numerosos lugares de Estados Unidos hombres y mujeres son secuestrados a la luz del día sin dejar rastro. Cross comienza a indagar y descubre que no han sido capturados con la intención de exigir un rescate por ellos, sino que son víctimas de un siniestro mercado de compra y venta de seres humanos. A medida que avanza en su investigación, Cross tiene la creciente sospecha de que detrás de todo ello pueda hallarse la siniestra figura de El Lobo, uno de los cerebros del crimen organizado más temido por la policía.

Exasperado por la lentitud con la que considera que se mueve el FBI, el investigador decide ir por su cuenta tras los pasos de El Lobo con la intención de liberar a aquellas víctimas que puedan seguir con vida.

A nivel personal, las cosas tampoco son fáciles para Cross: su ex mujer ha regresado a su vida, pero no por las razones por las que él hubiera deseado que lo hiciera.

# MARY, MARY

Una alta ejecutiva de Hollywood es asesinada en el escenario de una película. Pronto, lo que parece ser un crimen aislado se revela como un eslabón más de una escalofriante cadena.

Arnold Griner, redactor de *Los Angeles Times*, comienza a recibir e-mails firmados por una tal Mary Smith en los que, en primera persona, se relata con morboso detalle cada uno de los asesinatos cometidos.

El agente del FBI Alex Cross tendrá que interrumpir sus vacaciones familiares para enfrentarse a este nuevo caso.